女儿，

我想把世界讲给你听

晏菁　著

黑龙江科学技术出版社
HEILONGJIANG SCIENCE AND TECHNOLOGY PRESS

图书在版编目（ＣＩＰ）数据

女儿，我想把世界讲给你听 / 晏菁著. -- 哈尔滨：
黑龙江科学技术出版社, 2023.1
ISBN 978-7-5719-1702-9

Ⅰ. ①女… Ⅱ. ①晏… Ⅲ. ①书信集－中国－当代
Ⅳ. ①I267.5

中国版本图书馆 CIP 数据核字(2022)第 241262 号

女儿，我想把世界讲给你听
NÜ' ER, WO XIANG BA SHIJIE JIANG GEI NI TING

作　　者	晏　菁	
责任编辑	沈福威　宋秋颖	
封面设计	芙蓉城 zhuo 刀	
出　　版	黑龙江科学技术出版社	

地址：哈尔滨市南岗区公安街 70-2 号　邮编：150001
电话：（0451）53642106　传真：（0451）53642143
网址：www.lkcbs.cn　www.lkpub.cn

发　　行	全国新华书店
印　　刷	天津久佳雅创印刷有限公司
开　　本	787 mm×1092 mm　　1/16
印　　张	22.25
字　　数	252 千字
版　　次	2023 年 1 月第 1 版
印　　次	2023 年 1 月第 1 次印刷
书　　号	ISBN 978-7-5719-1702-9
定　　价	68.00 元

前言
PREFACE

在旅行中养育女儿

2009 年，我成了妈妈，大女儿 Lucky 来到了我的生命中；2011 年，小女儿 Star 也与我相遇。养女儿是一件很特别的事，你想保护她们尽量不遭风雨。当你看到女儿小小的生命慢慢长大，变成一个全新的充满生命力的女孩，你会希望这世界充满阳光，阳光温柔地照耀她们，让她们轻快地前行，勇敢地往前走！

在这么多年里，我一直在思考，怎样才能把我所认为的最好的那部分给她们呢？

我用心地学习很多理论，看过很多育儿书籍，甚至还考了青少年心理健康辅导员、全球生涯规划师、家庭教育指导师培训证，我陪孩子去世界上很多地方，在日常生活中记录和她们每天的相处并思考很多……然后，有一天我终于明白了。

当你看到孩子缺乏耐心时，你要提醒自己——做一个会等待的母亲，播下种子，点滴耕种，你会看到它发芽。耐心等待，一点点，等着它自己想要开花，等着它自己想要长大。

当你看到孩子做事让你不放心时，你要深吸一口气——做一个放手的母亲。看着孩子，让她们自己去经历，去完成，去选择自己将要成为什么样的人，而你只是在必要的时候出现，而不是为她们解决一切问题。

当你看到孩子身上有缺点时，你要问自己一个问题——我是不是有类似的问题？孩子就是你的一面镜子，照见你的所有不足和优点，看着孩子经历时，你也要内省，慢慢让自己成为成长型的母亲。

当你看到孩子抱怨生活时，你要转换角度——做一个清醒的母亲。你要能够承担，同时内心自由。烦琐不会让你变得微小，它只会让你的心灵更加柔韧和广阔；平淡不会让生活失去光彩，它只会让你充满了丰富的想象力，从平凡的日子中找寻到美丽的色彩。

我培养女儿的心得正是这样，当我希望孩子做到时，我先要求自己。当我看到眼前同花儿般灿烂，如同夜莺歌声般美好的女儿们时，我提醒自己，我要做到以下几点：

1. 尊重女孩的天性和禀赋，接纳真实的她们，而不是把她们变成自己理想中的样子。

2. 带女孩去看外面大大的世界，让她们能够拥有广阔的视野，让她们明白，生活只是一种体验，看淡奢华与平常之间的区别。

3. 鼓励女孩用平常心看待人生的得失，人生起起落落，历史循环往复，要有宏大的历史观。

4. 鼓励女孩尊重差异，明白世界有很多不同的族群，我们只是其中之一。

5. 鼓励女孩拥有梦想，要知道世界那么大，可以做的梦很多。

6. 培养她们理性与感性共同发展的思维，要让她们懂得说美好的话，理解他人的不易；也能够跳出来，以理性的思维来分析

问题。

　　我发现，在旅行中，这所有的教育都可以实现，而且，旅行还是对学校教育的有益补充，所以这是我从孩子们婴儿时期就坚持的活动。同时，旅行后写下的家书可以增加与孩子的交流，保存我们共同的美好回忆，加强与孩子的亲密关系。我从2012年开始坚持写家书和孩子们的成长记录，总的字数已经上百万字了，我也想把这个方法和大家分享。不要觉得很难，我和孩子们交流的简短的明信片，只不过一两百字，却见证着我们彼此深深的爱。

　　我想，健康的家庭中父母和女儿的关系应该是彼此滋养的，女儿会在家庭中得到足够的爱与力量，去成为她们自己。家庭中的父母也会怀着愉悦的心情看孩子长大，长成蓬勃的，了不起的，自己未曾想象过的丰盛生命！

　　　　　　　　　　　　　　　　　　　　　　　　晏　菁

　　　　　　　　　　　　　　　　　　　　　　2022 年 9 月

推荐序

如果你有女儿，你需要这本书

我有一个12岁的女儿，我常常跟她说，最遗憾的事情就是她3岁之前我没有陪伴在她身边，以至于这种遗憾成了家中的经典"笑话"。只要我一说起遗憾，女儿就会接上，除了英语单词，我不太喜欢听别人反复说一句话。现在，虽然我与女儿已经处得如同姐妹，可是曾经有6年的时间，我都在适应差劲的亲子关系。

问题在于，我不知道该怎么养女儿。女儿刚从奶奶家回来，和我一点儿也不亲，经常故意惹我生气，和我唱反调。当时我不知道，那是她进入了小小叛逆期的缘故，于是我变得很暴躁，我不知道为什么她不能理解我，同时我也不理解她。

她最初与我生活在一起时，简直成了我的"老大难"。厨房里的餐具动辄消失了，然后你会在床底下发现"亮闪闪的东西"，还是在很多天你已经买了新的餐具之后；我刚买的口红，打开盖子，里面的"内容"没了，去哪儿了，我永远不知道；还有，上小学后，因为作业拖拉问题、成绩问题，令我变成了一朵黑乎乎的焦虑的云。

　　这样的过程，我经历了整整 6 年，直到我开始放下焦虑，耐心去陪伴，直到和她一起做很多事。现在，我们已经成为了很好的"姐妹"，她甚至有时直接改口叫我"姐姐"，而不是妈妈。如果我能更早一些看到《女儿，我想把世界讲给你听》这本书，我想我会有全新的领悟和感受。一个女儿，已经让我鸡飞狗跳了，两个女儿呢？作者有两个女儿，她们相差 3 岁，但是妈妈能在混乱中把握自己生活的节奏，把女儿们教育得优秀而独立，实在十分难得。

　　所以，作为一个妈妈，我认为，如果你有一个女儿，那么你需要看这本书；如果你有两个女儿，那么你就一定要深入阅读这本书了。关于如何养育好女儿，这本书里有满满的能量。

　　加油，愿我们都成为好母亲，愿我们的女儿都挺拔美好！

于　枫

中国人民大学硕士

英国纳皮尔大学硕士

北京好橡树文化负责人

目录
CONTENTS

环游
在祖国的怀抱中慢慢长大

最初

女儿发脾气的时候，如果我也发脾气，局面就会失控。这时候，我会想，现在发生的事情，以后回头看，都不是事儿！或许还很好笑。

重庆　慢下来，女儿成长不着急

当女儿还没有为一件事情做好准备的时候，我会慢下来，静静地等待，也会适时地推动。我尊重她们的选择，既支持她们的成功，也接受她们的失败。

海南　美好的心灵是珍贵的财富

金钱是财富。金钱使我们拥有很多选择的机会，但我希望女儿也明白这一点，当她们能够接纳世界、善待他人时，也就拥有了富有的心灵！

香港　愿你懂得感恩，也懂得反哺

记得别人的好，不容易；忘记别人的好，很容易。我告诉女儿，你们要经常反哺社会，有机会就去行好事，这才对得起曾经帮助过你的人。

武汉　成长中学会共情和换位思考

我常常跟女儿们讲我自己的成长故事，也分享她们的成长故事。这可以让她们学会变换角度去理解父母的立场，从而成长为能共情和换位思考的人。

台湾　向别人学习，自己才会变得优秀

每个人身上都有值得我们学习的地方，我一直鼓励女儿们和各种各样的人交流，而不是远远躲开。当我们悦纳自己也欣赏他人时，就会生活得更加自在、更加潇洒。

北京　梦园让女儿拥有内心的笃定

我希望女儿能有自己的梦园，这个梦园不仅仅局限于家，它可以是一处小小的田野，也可以是一条河流。有了这样的梦园，她们即使去了远方也能安然自处。

乐亭与北戴河　好心态会更容易幸福

人们需要得太多，但是我帮助女儿们明白这样一个事实：一碗清水可以解渴，一个馒头可以饱腹，我们不需要太多，相反，多余的东西都可以馈赠他人。

四川（一）　重视亲情，对家庭心存敬意

亲情也需要仪式。比如我认真地为女儿做每一顿饭，她们会在这种仪式中感受到我对家的重视和耐心的维系。这种仪式感催生的爱和联系会传递下去。

四川（二）　不仅会读书，也要会做饭

读书，帮助我走出了家乡。书始终是我的精神殿堂。但是，我又不希望你们因此而脱离生活，会做饭，会剥豆子，不会妨碍你们仍然是美丽的公主。

云南　尊重信仰和差异

地面上的生活，是日常；星空之上，是信仰。我希望你们把目光投到更遥远的地方，去理解和尊重每一种信仰，尊重人与人的每一个差异，尊重人们眼中这世界的不同。

家中　爱家，也爱更广阔的世界

家是一方小小的空间，它为什么重要呢？因为你们在展翅高飞之前，都要在这里孵化和成长。这里既存放你们的理想，也存放你们的疲惫。

高飞
去见识了不起的世界

越南　好朋友，就是会指出你的缺点

什么才是好朋友？友情应是什么样的？妈妈有一个观点和你们分享：真正的友谊，不是"因为……所以"，而是"虽然……但是"。

尼泊尔　你们的心胸要容得下每一处差异

我们很小很小，但世界很大很大，所以我们要让自己的心胸变得很大很大。要做到这一点，你们就要去走走，多看看，去接受心灵上的震撼。

泰国　要做的事情就马上做

生命何其可贵，要完成一个梦想，永远是从现在开始。无论你们有什么样的奇思妙想，我都会相信你们，只要是你们真心想做的事，就一定能够做到。

澳大利亚　付出是一种爱的表达

我们在旅途中听到很多故事，也明白一个人哪怕他很弱小，也可以给予别人爱的支持，这会让失去力量的人也变得强大。你们要记住，你们是可以给予的。

新加坡　我们要尊重规则，但是也要充满人情

你们要常常问一个问题："这种情况，有没有什么更好和更灵活的处理方法？"这样可以让你们保持思维的开放与灵活。

梦游　总有想去的地方渴望到达

女儿们，妈妈喜欢旅行，想去的地方是一定会去的！我这样做也是想给你们做出榜样，如果有梦想，那么就得排除万难去追求，去实现梦想。

写给妻女　因为你们，我的世界变得辽阔

在家庭中，最重要的关系永远是伴侣之间的关系。当我们能够好好去爱另一半时，爱就像泉水一般，也一并灌溉着孩子们。

后记　爱与时光　335

说给女儿的话
世界在我们的背囊中

亲爱的孩子们：

　　我知道世界永远不会停止变化，就像绿叶一定会变得金黄，大地会经历由春到冬、再由冬到春的循环。我怀中的小小婴孩——一岁的女儿 Star，还有奔跑在地上的三岁女儿 Lucky，总有一天，你们会成长为明丽的女子，独立于我存在，拥有自己丰富的人生。而那一天，我也将安然地老去，做一个可爱的老太太。最后，我也将遵循这世界的规律，化为青烟，或者变成一颗星星。

　　但是在那之前，一定有很多岁月是我想要和你们一同走过的。在那之前，我想留给你们这世界上最宝贵的财富：关于世界，关于人生，关于勇气，关于希望，关于智慧，关于梦想。有太多太多关于这精彩世界的感受，我想和你们一同分享。来到这世界最好的纪念，是我想和你们一同留下彼此在人间结缘的回忆。

　　人生是一场旅程，我愿与你们全心同行，不只作为妈妈，更作为你们最忠诚的旅伴。旅行是这世界上最丰富、最难以言传的体验。我想和你们一同出发，然后告诉你们——孩子，世界再远，也在我们脚下，在我们的背囊中！

妈　妈

2012 年 1 月

快乐的我们仨

妈妈　　　　　Lucky　　　　Star

妈妈：年龄保密，温和的狮子座。个性有点犹豫，常常会出现选择困难，自我感觉有些内向。不过，在旅行中，她常常会爆发超级潜力，变得非常勇敢。喜欢看书，喜欢和孩子们一起看动画片，也喜欢给孩子们写书，喜欢吃葡萄和焦糖味瓜子，喜欢喝手冲咖啡和乌龙茶。她现在正在和青春期的孩子们一起写下新的故事。

Lucky：今年13岁，大步往前的狮子座。很有主见，独立自信。小时候的梦想是考满分和当老师，现在新的梦想还在生成中。喜欢看书，最喜欢的人是妹妹，喜欢吃外公做的可乐鸡翅和妈妈做的芒果奶昔，喜欢喝芝士味的奶茶。现在正走向青春期，个子长得快有妈妈高了。书里的旅行很多发生在她幼儿园和小学时期。

Star：今年11岁，向往自由的射手座。善于倾听和表达，古灵精怪。梦想过当女警、军医、画家……现在向往写出让大家欣赏的故事。喜欢看书，最喜欢的人是姐姐，喜欢吃外公做的白灼虾和妈妈做的南瓜汤，喜欢喝杨枝甘露。现在正处在一个飞速探索世界的阶段，会唱歌、画画、讲故事……不断尝试自己喜欢的领域。书里的旅行很多发生在她婴儿和幼儿园时期。

我们的信件

亲爱的特蕾莎，

你知道吗，你的选择和我出奇的像，不过我会保护好我爱的小马的，可是为什么要让那懒。如果是我，我首先就不会有那好没有猴子就喂小马，所以我比你们都更偷懒！你想背着蛇和包怎么少比一边背着猴子轻松！

单身是我一生的目标，因为……
我有更重要的事，我不希望有人挡着我拦着我！

亲爱的star：

单身与否并不重要，幸福的

star

感受每个人都不同，希望你有一个包容你支持你的自己的小家！

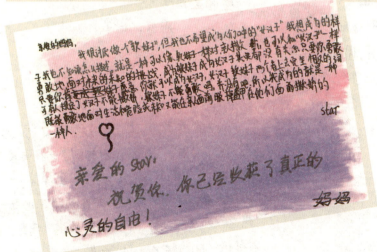

亲爱的star：

祝贺你，你已经收获了真正的

心灵的自由！

妈妈

Star

To Mama,

听到你再次讲起"外公的'光辉'事例",仍抑不住地想笑。说实话,关于小时候很多旅行的事都记不太清了。其实,外公的事心嘛,我们都知道他一直是这样的。他确实比较容易受多媒体的影响。但现在想来他好像一直都有社牛,或是他这个年纪的人都有——总是能随便找一个人聊天,还很投机。但他也很有趣,有时也会说点俏皮话。就像你说的,我们要有面对刚开始让自己害怕,难以踏越的困难,甚至,要乐观面对生活。正如"生以苦以风雪对你,你却仍报之以歌唱。"

Yours,
Lucky

Lucky

亲爱的妈妈,
我深觉这封信当想着到底什么样的人,或事在你眼里是真迹呢?我相信你情这不会懂得有这只着那些被人熟知的人才能创造吧?那你觉得明星大腕,现在这都什么时的吗?
妈妈创造一个真迹也许是一瞬间也许几十年的时间而逆,每天都有发生,也许别人
抹黑但他们依然很快乐。
你觉得什么叫亲情?亲情又为什么而在?   star

亲爱的star:
　　亲情是相隔万里仍心存牵挂. 亲情是永远希望对方生活得很好, 亲情是因为我们在这大地上抱团取暖, 携手共行而存在. 那么, 你的答案是什么呢?
　　　　　　　　　　妈妈

亲爱的star:
　　当你在追求一个梦想时, 除了"考上好学校""拿第一""得奖"; 更重要是这件事要让你感觉到快乐. 就像你成为警察为了伸张正义, 成为舞者为了舞动的自由. 真正的梦想埋藏在心中, 像一团火焰. 我想, 咸鱼也有梦想. 何况, 在我心中, 你是一头鲸鱼, 在大海中自由地遨游着!
　　　　　　　　妈妈

亲爱的妈妈：

如果我是你曾经的室友我也许不会那样说，而是和你一起走过每一片你想去的上地，妈妈你知道吗，当你说起美丽时你的眼里是闪亮的光那里一定很美，希望我能和你一起绕过所经历的一切美好和一切悲伤，你累时，你与我彼此一起歇息，你难过时我会轻轻拍拍你的背让你挺起来，你说起那些渔民时不知为何我总觉得他们更勇敢，那么，勤勉的是值得每个人知道的，也许不用知道姓名，只用知道有这样一群用自己生活而努力奋斗的人就足够了。

我想，我在什么地方看开我什么时间，什么年纪什么样的时候再去一次这茫涯？也许我在前往某道路的时候我依然会想起那个静在我对面时轻轻拍我背的那个和我一起分享喜悦的人！

star

妈妈我爱你！

I love you!

To 小洲：

加油，姐姐相信你。

亲爱的妈妈，

你知道吗，当时我其实也有点怕，但也许是想起了花木兰我就不怕了。你还记得当时我最喜欢哪位迪士尼公主吗？

star
3.

star：

你好！我一直记得你最喜欢的是花木兰，因为她勇敢、坚定地去追寻着自己的梦想。我说的对吗？你也和她一样喔！

妈妈

亲爱的孩子：

当我看到你所写的梦想时，我们的内心突然有种莫名的激动和感动。梦想，随着年龄的增长而变化，这没有什么不好。我要告诉你，孩子：一旦拥有梦想，无论你多么疲惫。当你疲惫需继续前进时，请想想你曾经的梦想。当你因为努力而疲累时，也请想想我们为什么要有梦想？其实梦想很简单，他就是让我们今天更快乐、幸福！这就是我们的梦想。当警察可以让自己更快乐、快乐，让我们每一天都快乐、乐！当警者可以让自己变快乐！当商人可以让自己更快乐！有时候，让自己闲下来，是为了让自己在下一刻更勇敢而努力地奋斗！我相信你，孩子！

爸爸
2024.03.17

Lucky

To mom,

每次回老家，最让我期待的不仅是爷爷奶奶的拥抱，还有老家的奶汤面。小时的记忆里便有奶汤面了。它承载着我们一家人的回忆，也有我们的情怀。不是说奶汤面吸引我们的只有味道，更有小时与家人的回忆。所以，自然而然，去吃奶汤面就成了一种习惯。

Your,
Lucky

亲爱的star：我真的有那么好吗？有些不好意思了。

代想渊，那也许是外婆最会心的夕岩乐观吧！那是一份很最的礼物，请收下哩！

妈妈

环游

在祖国的怀抱中慢慢长大

最初

潼南油菜花

Lucky

妈妈

外公

Star

2012 年，我们去潼南赏花短途旅行，那是不到 1 岁的 Star 第一次坐大巴出行，这一路的鸡飞狗跳留给我难忘的记忆。不过，现在想来却也是趣味十足，就把它作为旅程的开始吧！

时间将混乱变得有幽默感

亲爱的孩子们：

你们还记得那次旅行吗？在 Star 刚刚出生四五个月的那个春天，我们全家都在经历适应期。

Lucky，那时你常常会无名地哭闹，虽然你很爱妹妹，但也许是你进入了生命中第一个叛逆期的缘故，你的情绪会时不时地爆发，而这情绪的爆发，又往往会引起全家的情绪大混乱。外公很爱你，你一哭，他就会乱了阵脚，转而把这压力向外释放。

我多么希望我们能够找回宁静与各自的平和。尽管那个春天我很忙碌，我还是决定带大家去潼南看油菜花，春天开放的花朵，应该会让我们看到外面世界的美好，让自己的烦恼消除吧。

Lucky 和 Star，你们还记得吗？刚开始一切正常，因为我不会开车，所以我们报了一个"一日游"的团，在大礼堂上了车。

Star，本来最应该胡闹的你，一上车就开始安静地睡觉，你在这次旅行中保持着淡定，不哭不闹，饿了，喝了奶就睡去。

这次旅行让我决定以后再也不跟团旅游了——重庆到潼南仅仅两三个小时的路程，却因堵车，我们的大巴几乎是以比蜗牛还要慢的速度向前爬，到目的地的时候，用去了六个小时。

唉，亲爱的 Lucky，在这次旅行中，还不到一半的路程，你就开始晕车呕吐了。你把吃了的零食吐了一地，然后发出哇哇的哭声，并且坚持要外公背着。外公背着还不够，你要外公必须在大巴里站着背你。

我们一行人，有外公、外婆、奶奶、我，还有你们。在这堵车的噩梦中，我都忍不住为你当时那无理的要求发笑了。

外公真的站在大巴里背了你一路。他一边走，一边大声地抱怨："都怪你妈妈，带你们来旅行！你要感谢你妈妈！"

外公发脾气的吼声和你号啕不休的哭声成为沉默的大巴一路上两个不和谐的音符，所有的目光都看向我，令我十分尴尬。

那时我低下头，将头埋到车座里面，我真的想象着自己变成了一个气球，慢慢地脱离现实的混乱与无序，上升到一个可以旁观的位置。如果真是那样的话，我就会觉得这一切好好笑吧！

车终于到站了，人们四散离去。外公怒气未消，拒绝和我们一起去看金灿灿的油菜花。于是，我们带着你们两个娃娃跟着人群去看花了。真可惜，人比花多，我们无心在烈日下看花，只在路上匆匆地晃了一圈就离去了。

Lucky，那时，你坚持要坐妹妹的婴儿车，于是真的坐了一路，遇到坡坎你也拒绝下车，我真的被你气得脾气都没有了，只是快要笑起来。

我们在农家乐吃了一顿饭。中间，自带的热水壶摔破了，还好，老板人很好，看我们的水壶破了，特意骑自行车去给我们买了一个回来。

我们等车回家时，四散的团友却三三两两玩得兴致正高，说好五点集合，一直到六点大家都没有到齐。导游不停地打电话催促，未果，我们说了她两句，她便顶了一句："下次有经验了？既然你们家里也有油菜花，为什么还要过来挤？"

晚上九点左右，你们的老爸过来接我们，我们终于到家了。下车时，你们俩都已经睡着了。

现在，旅行已经过去两年，可是为什么当时的那种混乱与烦恼却都变成了一种带着幽默感的玩笑？

说起那次旅行，外公总是哈哈一笑；而一看到油菜花，我就会想起潼南。回忆已不全是糟糕的，即使在当时看似很糟糕的情形，也仍然有着美好的回忆——"油菜花"三个字成了我们家族中共同的笑话，这三个字像是有魔力，直到现在，我听了也要大声笑出来。

Lucky 和 Star，这就是我的感受。我想，无论当时是快乐或者不快乐，只要我们一家人在一起，哪怕是烦恼，经过时间沉淀，最终也

会变成美好的回忆。而且，这样的回忆太深刻了，我永远也不会忘记。

Lucky，那时你正怀着人生中的第一次危机感。妹妹的出生改变了家庭结构，你努力适应，同时也想证明自己仍被爱。

Star 呢，你也在面对人生中的晨昏颠倒，适应着周围的一切，想必这也是一个不容易的过程。

那时，外公的脚长了骨刺，很痛，他也在面对向人生中衰老的艰难过渡。

我呢，面临着前所未有的大混乱，但必须成为这大混乱中的稳定力量，我要在摇晃着的高空绳索上重新找个支点牢牢站住。

我们每个人都怀着自己隐秘的苦恼，但是每个人又在同一辆车上向前行驶，现在的我想想，**其实，只要我们彼此陪伴着，那就挺好。这样的苦恼总有一天会被降解成为甜蜜 —— 只要我们在一起。**

时间拥有这样的魔力，能够将所有当时看起来尴尬无比的内容全部降解，最后萃取出闪闪发光的记忆，这就是珍宝。

所以，Lucky 和 Star，你们记住，当你们面临生活的烦恼时，不妨对着镜子做出一个笑哈哈的表情，像《爱丽丝漫游奇境记》中那只柴郡猫一般，露出大大的笑容，然后说出我们家族的秘密词语："油菜花……"

请一定笑出声来！就像现在的我一样。

永远爱你们。

娘亲　2014 年 2 月 5 日于重庆老家

潼南家书回信 —— Lucky

To mama :

　　很好，你竟还记得这件事。（凶巴巴）说到外公，好像是有很多趣事。现在回想，具体样子记不清了，但大致能想象出外公的神态。现在看，好像我还挺不懂事的。虽然当时年纪很小，但依稀还能拾起一些记忆的碎片，好像还能记得当时的感受。外公若知你把这事写下来了，他会怎么想呢？很期待。（幸灾乐祸）

Yours,

Lucky

 潼南家书回信 —— 妈妈

To Lucky :

　　外公不知道……哈哈！

妈妈

重庆

慢下来，女儿成长不着急

小狗包子

青山绿水

小企鹅与蜗牛

星星点灯

照母山

从 2012 年我带着 Star 独自去做自然笔记旅行，到 2014 年我和爸爸的雨台山之行，从国泰美术馆到武陵山的星空……重庆，这座我们生活的城市，原来也有这么多可以去探索的地方。旅行，可以从最近的地方开始，在熟悉的风景中探索，你会有全新的发现。

给"包子"吃包子

后来，你得到了一个蛋糕，刚刚咬上一口，包子就一下子扑过来了，你猛地把蛋糕塞进了嘴巴里，几乎把小手也塞进了嘴巴里。

Star：

这次，我们俩第一次单独出门旅行，去的地方很近，是巴南区的羊角山，但是小小的旅行也会有大大的回忆。我要对你说的是，我会为你保存这次旅行的记忆。

记得小时候，在我读书的小学后面有一道低矮的土墙，越过它，就可以到达后面那个小山坡。不过是一个小小的山坡，但是可以感受到它四季的变化。春天的时候，小草绿茸茸的，可以看到老牛很安闲地俯下身，在那里吃草。夏天呢，会盛开出大片大片的繁花。秋天则有金黄的玉米和稻谷。到了冬天，有时候还会出现小小的莓子。

那个小小的山坡一直留在我的记忆中。我和伙伴们常常越过那道土墙，或者去山上挖野菜，或者捉了蚱蜢带回家喂鸡。

我很幸运有这样一段童年时光可以放在记忆中发酵，看着它越来越美——孩子的心和自然是联结在一起的。有了这样的回忆，无论走到哪里，都可以发现生活中的小小美丽。

我一直很喜欢"和大自然做朋友"的绘本，觉得那套绘本的作者很厉害，总是能够捕捉到小孩子最童真、最可爱的想法，然后再细细地把这些童真表现出来。特别是那些自然图鉴，把植物的样子认真地展示出来，它们和照片不同，是把自然绘入人的心里了。

Star，这次出版社举办了"笔记大自然"的活动，我很想带着你和姐姐一起参加。可是外公外婆上次去了南山之后觉得累，不愿意去；Lucky 呢，也不愿意去，说她想去做手工。

虽然没有驾照，天空中还下着雨，但我还是想参加。罗逸老师帮我联系了一辆面包车，又约了另外两位妈妈，于是我决定带着你前往。

罗师傅是个特别好的人，约好八点十分会合，但是他七点四十就到了。我们上了车，又接上另外两位妈妈。她们都非常亲切，很时尚，却有自己独特的风格。

车上，你很乖巧地默默坐着（和平时的风格真不一样）。我喜欢旅行中的你，虽看似有些内敛，但却睁大了眼睛观察外面的世界。你时不时把脸埋在我身上，扭来扭去撒着娇。

后来，因为有些紧张，你没有跟哥哥姐姐交流，很快就睡着了，而我已经和明明妈妈聊得火热。妈妈们在一起总有很多话题。我们聊星光小学、聊教育。明明妈妈是个很爱思考的妈妈。

一小时后，我们到了巴南区双河口镇，你看到了三只狗。一只是我们非常熟悉的"包子"，但你还是很害怕，一直挂在我的脖子上，像一只小小的树袋熊。

"怕，怕狗狗！"我无奈地抱着挂在我脖子上的你，看着你把头埋在我身上。

"来，妹妹，坐车！这是去寻找小蜗牛号！"明明哥哥开始邀请你坐我带着的购物车，可是你还是不敢下来。

我想，无论敢不敢下来，都是你自己的事，你需要时间去慢慢熟悉一些事情。我可以陪伴你，但却不可以着急。于是我一直抱着你。

后来，你得到了一个蛋糕，刚刚咬上一口，"包子"就一下子扑过来了，你吓得尖叫起来。我小声地对你说："你很害怕狗狗，可是狗狗想吃你手里的蛋糕哇！"

你猛地把蛋糕塞进了嘴巴，几乎把小手也塞进了嘴巴里。

"要不，我们把早上剩下来的包子给'包子'吃吧？"

"哈哈，给'包子'吃包子，太搞笑啦！"身边的孩子一起笑起来。不过，因为你不同意，我也没有完成这个有些好笑的提议。

吃饭时也得把你紧紧地抱在身边，因为狗狗们在桌下钻来钻去。你漏饭最多呀，你是刚开始学习独立吃饭的宝宝，所以狗狗们都在你的身边绕来绕去。

哦，看来，你还真是和狗狗们有缘分呢。

不过，有一个时刻你是不怕狗狗的，那就是陈云哥哥带着你们沿着小路去认识红蓼、小蓟、高粱、苍耳和鬼针的时候。

你举着一个小小的笔记本，不停地用铅笔在上面描画着，时不时地画下一些线条。你专心地听陈云哥哥讲解，那时，在你的脑海里，有没有播种下关于自然最初的感性概念呢？

娘亲　2013 年 11 月 8 日于重庆

不要忘记心中天生的幽默感

Star：

当你能读懂信的时候，你已经长大了。你还记得小企鹅的故事吗？

外面下着雨，出门前我给你穿上了蓝色雨衣，但衣服又大又长，你小小的身体在里面荡来荡去。

这时候，菲菲妈妈说了一句："哇，好像小企鹅呀！"

"是呀，特别像！我们都不用去南极洲看企鹅了！"

在"笔记大自然"的过程中，你一直紧紧地跟着我，一摇一摆地走着。我紧紧地抓住你，害怕你摔倒了。不过，你真的很厉害，一直坚持自己走这段难走的路。

看到牛，你不停地叫着："牛，牛！"

老家有各种家禽，但是没有牛。

你对牛很感兴趣，不停地说你要看牛。走出老远，你还时时回头去看，仿佛看到了才会安心似的。

后来，我们走完田间小路，走回大道上。

你还在问："牛呢？"

"牛在田里呀！"

你又问："小企鹅呢？"

我笑晕！你一脸无辜，一脸认真地问着。

"你就是小企鹅呀！"

我坏笑着说。

"不……企鹅呢？"你继续问。

"你就是呀！"

快乐就在你身为"企鹅"而不自知的情况下突然到来了。

我为我家的"小企鹅"感到骄傲，因为那样一段长长的下雨的路，你一个人坚持走完了。"包子"一直在你的身边绕来绕去，你听着陈云哥哥关于植物的讲解，看着田里悠闲的牛，连害怕都忘记了。

在孩子身上，有我们学习不到的幽默感 —— 执着、天真、自然天成、顺口得来、毫不为难。Star，我真希望你永远保持着你天真的幽默感，就像那刻，你仰头问我："企鹅呢？"

娘亲　2013 年 11 月 8 日于重庆

小小蜗牛，就是世界

我们遇见了一群小小的蜗牛。它们在雨中慢慢地爬过雨水打湿的路面，在小路上移动着。

Star：

在"笔记大自然"的活动中，我们遇见了一群小小的蜗牛，它们在雨中慢慢地爬过雨水打湿的路面，在小路上移动着。

明明哥哥把小蜗牛抓在手中给你看。小小的蜗牛，软软的身体，就这样躺在你的手掌中。

为什么蜗牛会在雨中行走呢？

为什么蜗牛会这样一群一群地集中在某个地方行走呢？

大人都不清楚的问题，你却感到很好奇。

所以，后来你的标准问题又多了一个："蜗牛呢？"

我这样来理解你的"什么呢？"这一定代表你对世界上的某种生物多了几分好奇。你多记住了一种生物，和它产生了紧密的联系。你开始关注它，不会轻易忘记，这是你的特点。

回家之后，包括罗逸老师都受你影响，开始查找讲蜗牛习性的资料了。我找到一本自然科学绘本《带不走的小蜗牛》，讲了一个小男孩，因为搬家不得不离开故园，但故园的菜地、故园的花，甚至包括一只小小的蜗牛他都无法带走，因为搬去的地方不适合它们生长。

到了大城市，小男孩很孤独。一天早晨，他偶然在浴室中发现一只小小的蜗牛，他高兴极了，细心地关注这只小蜗牛的一举一动，发现小蜗牛吃木瓜的时候还会倒立起来呢！发现它还会吃纸呢！

我在给你读绘本的时候，你对这只小小的蜗牛产生了极大的兴趣，每天晚上临睡前都拿着这本绘本不停地问我："蜗牛呢？蜗牛呢？"

"蜗牛在这里呀……"

我耐心地给你读着，你笑得很甜，像是看见了老朋友似的。我很高兴，一次小小的短途旅行，让你结识了大自然中的"小朋友"。现在，你又长了一岁，但回到老家，你最喜欢做的事情仍然是跑到菜地里去找那些躲藏起来的小蜗牛。

经历过的小小片段，会不会有一天在心里开出花来？

下一次，我们又会遇见什么样的"小朋友"呢？

娘亲　2013 年 11 月 8 日于重庆

允许自己有选择的自由

Star：

我觉得你和姐姐不太一样，首先，你们的名字就不一样。姐姐叫卓航，你叫牧洲，我想，那代表我人生中不同的心境。生姐姐的时候，我想必是一心向前冲的，渴望生命中的卓越，而现在，我的心境已经改变了。

我知道有时候应该奋力向前，但更重要的是知道什么时候应该放手。这并不意味着放弃，而是懂得生命的有限与宇宙的无限，我们必须舍弃一些东西，然后我们小小的口袋才能装入更珍贵的宝贝。

那天中午，我们吃的是山庄里的农家菜。软软的南瓜、甜脆的凉拌萝卜，还有青绿的长青菜。你自己用手抓粉丝，我喂你吃有机蔬菜。那天下午还有一条比较长的路要走，陈云哥哥要带你们继续观察植物、做笔记。

虽然对于大人而言那并不是一条长路，但让我在午睡时间带你走那条路，也还是很有挑战的。

雨慢慢地下着，你的状态没有上午好，眼皮有些打架。你踩着路上的竹叶对我说："鱼！鱼！"

形状的确有些像呢。

我知道你真的困了，我想了很多方法诱惑你向前走，用巧克力，用糖果，用饼干，甚至用看鸭子来引导你。

"前面可以看动物啊！"

可是你走得越来越软绵绵的。

雨还在下着。

你越来越困了。

于是，我做出了决定——我们要中途返回。

亲爱的 Star，这还真有些不太像我的风格，但是现在的我真是这样想的。想走就走，想停就停，最重要的不是我们到达了哪里，而是这一路我们的心情如何。

生命的最终都一样，终点在哪里并不重要，我们选择的活法才重要。

罗逸老师帮我们联系到了司机师傅，我们就坐车回去了。车上，我和菲菲妈妈聊天。

"我觉得随缘就好，能够走到哪里，就走到哪里吧！"菲菲妈妈说。

她说得很有道理。当然了，培养孩子的意志力也非常重要——他们需要学会坚持，学会不放弃，学会坚持独自走一段很长很长的路。但是，也应该有不同的生活方式存在。孩子就是孩子，我们要鼓励他们去冒险、去尝试，但是也应该允许他们有退回来的选择。

所以，虽然在这次"笔记大自然"的活动中，我和你中途退出了，但我不会后悔。这次退出是为了下次能做得更好，毕竟，我们累积了很多经验了呀！

可是，我那可爱的你呀，怎么会到了车上之后，瞌睡虫就飞走了呢？后来，你慢慢地嚼着肉干又睡着了。那萌萌的样子，真是可爱呀。

我希望你能明白自己名字的意义：寻找生命中的绿洲。有时候，随缘的人更容易得到上天的眷顾。

娘亲　2013 年 11 月 8 日于重庆好利来

蓝色天际在哪里？

Star：

　　吃着有机蔬菜，我在想，如果大家天天吃到的都是这样的食物，那该有多好。

　　这段时间，我很关注养生与健康，也很关心大自然。可是，最关注的就是我们每天吃到的食物。

　　自从上次体检发现肝部有阴影，我就很在意食物。那天，在等待最后的 CT 结果时，我是多么害怕呀！我很怕死，因为还有未尽之事——我还没有看着你们长到十八岁，我还没有完成自己的小说，我还有好多好多地方没有去……

　　随着心中的惶恐越演越烈，我开始回顾人生，盘点一切。最后，我意识到人生对我而言最珍贵的是什么！第一是陪伴我的家人，是我们一起走过的那些美丽瞬间；第二是我所写过的小说，我把灵魂都放在了里面，因为它们会活下来，让别人聆听到我内心小小宇宙的声音。

　　还好，Star，我很幸运，诊断证明那块阴影没有大碍，但我的世界已经和从前不同了。

　　在回家的路上，我在公交车内看着城市中的车来车往，寻思从什么时候我们生存的环境变成了这样满是污染的空间？童年时的那些风景去了哪里呢？城市发展令自然付出的代价在短时间内无法得到补偿，那片我童年记忆中的小小山坡，早已经被推土机推平，不复存在了。

Star，我想让你和姐姐 Lucky 一起，把一片蓝色的天空保存在记忆中，保留一片有关绿色的回忆，这是我的小小心愿。

因此，只要逮到机会，我就带你们去看青山绿水，看大海长空，看沙漠草原和幽谷香草。那是即使你们长大之后，也不会消失在心中的宝贵财富。

我希望你们能够吃到健康的食物，不要吃有毒的番茄、有毒的鸡蛋、有毒的大米，不要喝有毒的水！

陈云哥哥和罗逸姐姐曾经在乡间过了一段农居生活，他们自己耕种，虽然像农民一样，但是非常写意。

我愿意用以后的时间，带着亲爱的你们，一起去见识这个广阔世界的不同生命。我们都栖居于这大地，我们要彼此平等相待，让我们的世界成为不同生命都可以一起存活下去的世界。

Star，已经有越来越多的人意识到了这一点，他们的人数在慢慢增加，他们在做这样一些事情。参与农耕与养殖，寻找一种可以与自然平衡共处的方式。在未来，在同一片蓝天下，你们也会寻找到与自然平衡共处的方式。

亲爱的 Star，你愿意相信吗？我愿意相信，因为相信才是改变一切的力量。

娘亲　2013 年 11 月 8 日于重庆

关掉手机，关掉电脑，让星星点灯

风好大，我们抱着棉被在天台上与星空对望，仰到自己的头无法坚持。头顶的星空像是一个巨大的天幕，我想要与星星同眠，就盖着棉被，躺在了天台上。

亲爱的孩子们：

你们还记得去年夏天我们在武陵的旅行吗？

爸爸调去涪陵工作了，我开始把所有的不习惯寄放在写给你们的成长记录中。我们约了肖肖阿姨，还有跳跳哥哥，一起去涪陵武陵山国家森林公园游玩。

开车来接我们的是李爷爷，他皮肤黑红，定是在太阳下晒得太久了。他是我同学的爸爸，恐怕不会有人相信他是六十岁的老人了，他看起来太有精神了。

李爷爷本来可以安享晚年生活，年轻时，他已经努力工作，赚了足够的养老钱。后来却将毕生的积蓄全部用在武陵山避暑山庄的修建上，而且无论春夏秋冬，再也不愿意离开。避暑山庄怎么会有这么大的魅力呢？

面包车把我们接上了山。一路上，跳跳唱着他最喜欢的一支歌——《星星点灯》。他唱歌的时候很快乐，这首歌从可爱的小朋友口中唱出来，有着和苍凉的原唱不一样的感觉。

Lucky，你还记得吗？你也低声跟着哼唱。我打开了自己随身携带的小播放器，我们一路且说且歌。外面群山变幻，你们的歌声让大家都充满了喜悦。

到了避暑山庄，我明白了李爷爷为什么会选择在这里奋斗了。整个夏天，这里不用风扇就很凉爽，而且空气清新。山庄修在松树林中，推开窗户，就可以看到窗外的松树林。

好梦幻的房子呀！我推开窗户看着松树林，期待与小松鼠不期而遇。你们自顾自玩得高兴，我是背着帐篷来的，谁还没做过探险的梦呢？

我把帐篷安放在过道里，在肖肖的帮助下，我们很快就搭起了帐篷。孩子们玩得非常开心，在里面钻进钻出，还玩起攻打"城堡"的游戏。

孩子们的快乐很特别，和大人想的不一样。他们的快乐是小小的快乐，小到一块石头就可以玩一整天。

《星星点灯》里的星空应该是带着遗憾、带着悲伤的星空吧，那里面的少年在进入城市之后，感叹消逝的星空，可是这里的星空却充满了希望。

在漆黑的夜空中，星星渐渐亮起，如同宝石和珍珠般挂在天空中，时而向你靠近一会儿。连外婆都说："我都已经几十年没有看到这么亮的星星了……"

手中捧着一本书——《少年小树之歌》，我想大声朗读：

> 小树来了，森林和树梢间奔跑的风都知道他来了，
> 山伯伯更用歌声迎接他的来临：
> "我们一点也不惧怕小树，
> 因为他有一颗仁慈的心。"
> ……

少年小树所经历的森林中的春夏秋冬，恰似我们生命中的四季，他在这森林中慢慢地变得坚强，而我们也慢慢地感受到四季的节拍。

我们人类是属于自然的造物，对季节的感受，会让我们生出对生命的敬畏，我们也在起伏的命运中，保存着对未来的信念——春天会来的。

你们睡着了，每天雷打不动地在九点前就入睡，虽然今天你们很兴奋。我悄悄叫上肖肖阿姨："走，去看星星吧！"

风好大，我们抱着棉被在天台上与星空对望，仰到自己的头无法坚持。头顶的星空像是一个巨大的天幕，我想要与星星同眠，就盖着棉被，躺在了天台上。

慢慢地，会有一种幻觉，我们仿佛在星空中飘浮。我们飘浮着，就像一颗小星星。周围的星星一颗颗向我们迎来，带着远远的祝福与神秘。

星空太美，无法捕捉，只能拍下在武陵山看见的云。云朵流动变幻，可以让我们消磨一天的时光。亲爱的孩子们，你们长大了之后，一定要记得这漫天的星空，那是比手机、比虚拟世界灿烂万倍的存在。

生命中的每一年，都要有那么一段时间，关掉那些通信设备，回到星空之下，听森林的歌声。这样，孩子们，星星就会为你们点亮无数盏梦想的灯。

娘亲　2013 年 10 月 3 日于重庆家中

只要快乐，哪里都是天堂

亲爱的孩子们：

我们去了武陵山森林公园，看到了一大片美丽的草场，上面有骆驼、有牛，还有马。这些美丽的生物在广阔的草场上散步或者休息，我们小心地去和它们合影。面对新鲜的事物，我们都会表现出更多的好奇，而好奇会带来生命力和快乐。Lucky，你看得有些发呆，不太敢靠近，Star 更是离得远远的。

在五公里原始森林中散步是非常开心的事情。Star 特别黏肖肖阿姨，肖肖阿姨总是善于从现有的生活中发现快乐之处。她丈夫留在重庆工作时，她总是说，他是为了我和孩子才留在重庆的，真好。后来她丈夫去成都工作了，要一个星期才回来一次，她又总是说，好男儿志在四方，我真是找了一个好丈夫。

就是因为怀着一颗快乐和感恩的心，才善于发现人间处处有天堂。快乐是一种芬芳，不管在哪种环境中都会散发出魅力来。我总会被这样的人吸引——他们有着旺盛的生命力，充满了能量，总是让你能够感觉到生命中处处充满了新的可能。

那天，我们在楼下吃饭，Star 一个人在楼上睡觉，后来我们听到哭声就马上扑上楼去，结果被你逗乐了。Star，你虽然在哭，但是自己已经穿好了拖鞋，并且还自动找到了食物——麻花，正拿在手里吃着呢。那个时候，我想，Star，也许在你的身上，也是有这样超强的生命力的。虽然面对着不确定性，但是总会在第一时间想办法解决，这是你在幼小的时候就表现出来的优点。

Lucky，你的表现也一直很不错，虽然有时候闹点小脾气。

有次我问你："你最喜欢在哪里玩？"

你的答案是："在房间里。"

你光是和跳跳哥哥玩积木，就可以打发很长时间。孩子最大的特点就是无论在哪种条件下，都可以发现快乐，哪怕在别人眼中是微不足道的小东西，也能发现无尽的乐趣。

我真希望你们永远都不要改变，永远能从生命中细小的地方感受到乐趣，感受到那些美好之处。

快乐还可以传染。在一个家庭中，当一个人保持着天真的、没有任何条件的快乐时，这种快乐就可以散播出去，带给其他人重要的影响。

天气热起来之后，脾气有些暴躁的外公变得很开朗，外婆采到了一大丛荠菜，后来变成了我们的盘中餐。只要我们开启快乐模式，就会用不一样的目光发现当下生活的美好。

娘亲　2013 年 10 月 3 日于重庆家中

要做勇敢的软妹子

亲爱的 Lucky 和 Star：

这个春天，我们一起去了渝北的照母山，我很喜欢那里的植物园，每次去都会有新的发现，新鲜的植物宣告着新季节的到来。

那里有一片小小的秘境，Lucky，在你两岁多的时候，我带你去穿越过一次。那时，Lucky，你还在叛逆期，总是不停地哭闹，我想让你快快长大，快快勇敢起来，于是我一个人带着两岁多的你，穿过森林中的一条条秘境，登上了山顶。

我告诉你山顶有一个沙坑，爬到山顶的小朋友可以去挖沙子。于是你拿着一个小铲子，勇敢前行，一路走到了山顶，没有说一个累字。大家纷纷夸赞你。

"呀，爬山好累啊……"那些登山的阿姨这样说。可是，看到勇敢的你，她们就不再往下说了。

接着，我们全家都开始了爬山运动。那时候，Star，你还那么小，只能趴在我的背上，我们一起在山上行走。不知名的黄色小花开得漫

新鲜的植物告诉我新季节的到来

山遍野，我和外婆渐渐迷失在这斑斓的植物园中。

那漫过整条小径的花朵，现在还开在我的心中，还有那条秘径，仿佛《千与千寻》中那条联结人世与秘境的道路，也开满了黄色的花朵。

Lucky，我曾经带着你在那条小径停留，想象着在遥远的地方会有怎么样的一个国度。

那个时候，我担心你随时会瞌睡，随时会体力不支，可是你一直紧紧地牵着我的手，一直暖暖地陪着我。

Lucky，谢谢那个时候你的勇敢，它给了我最大的信心。我们一起走过了你生命中的第一个叛逆期，我看到了你的毅力，你看到了我的心意。现在，两年过去了，我们又一次登上了照母山。

Star，这个时候，你才两岁四个月。你在山上遇见了一只小狗，看起来似乎是只吉娃娃，但你很害怕，哭喊着躲到了我的身后："害怕，害怕……"

爸爸把你扛在肩膀上，说："Star，你怕了吗？爸爸来保护你吧。"

Star，我看着你有些小小享受的表情，心想，Star 有着成为"软妹子"的潜质呢，会撒娇，会表达自己的需要，也关心别人的感受。

你从小就害怕狗，后来我看了《好妈妈胜过好老师》，学起了里面的一个小细节，我让你自己举着小木棍，然后叫着："狗狗，走开！"幼小的人因手中握有武器而变得勇敢。

Lucky 和 Star，我觉得当"女汉子"或"软妹子"都没有问题，

我只要想象着你们快乐地过着每一天，成为有魅力的女子，行走在阳光下，我的心中就充满快乐。其实，"女汉子"或者"软妹子"都是我们人为贴上的标签，真正的女孩是又温柔又坚强的，她们会拥有两者结合的性格。

2012 年的我们。外婆和我带着 Star 在山间迷路了

Star，后来你离开了爸爸的怀抱，坚持走完了剩余的路程，爬上了山顶。和用挖沙来激励姐姐不同，我不停地对你说："Star，加油，到了山顶，我们可以买火腿肠来吃！"

于是，你真的非常用心地往前走去。

Lucky 呢，你大喊着"我需要运动能量！"敞开双臂向前飞奔，一路留下了你身着白色棉 T 恤的模糊身影。我笑了，我感觉我快要跟不上你的速度了。

妈妈可是曾被当成"女汉子"来受人敬仰的，但妈妈觉得真正的强大并不是指外表的坚强，女孩子可以哭泣，可以大笑，可以大声说爱，也可以大声说出自己的脆弱，把一切的不高兴都化解掉，留下心中温柔的坚定。

想去哪里无论如何都会鼓起勇气去。真正的女孩身姿挺拔，因为这样才能伸出手就够到天空；真正的女孩内心柔软，因为这样才能感受春天花朵中的无限生命力、秋天落叶中的某种释然；真正的女孩学会了勇敢，知道自己想要什么、不想要什么，能够和他人一起奋力向前；真正的女孩像《风之谷》里面的娜乌西卡一样，勇敢又温柔。当她滑行在天际的时候，我能感觉到一种美好；真正的女孩像我在香港机场遇见的那个女人，任头发变得花白，却一点也不介意。高高的她，身着一条棉质工装裤，提着行李，身姿挺拔地行走在路上，岁月只可改变她的外表，却无法改变她的内心 —— 她是永远的女孩……

怕狗狗没关系，只要勇敢地向世界说"我需要支持"，就可以走下去。不会甜蜜表达也没有关系，只要内心始终保持着对世界的一份慈悲，外表宁静，内心却有着火山一般的力量。

漫过整条小径的花朵

好希望你们能够做勇敢的"软妹子"，虽然这只不过是我的一厢情愿。我自嘲地笑笑，然后跟上了你们。

山上的鸢尾花开得碧蓝晶莹，而浆果慢慢地成熟了，开始微微泛红。我们曾经一起看过的开满金色花朵的秘境已经有所变化，杂草少了，花也少了。不过没有关系，宝藏已经留在记忆之中。

两年前，你们是小娃娃；现在，你们还是小娃娃。但这心中满满的回忆，就是你们最宝贵的财富。

娘亲　2014 年 4 月于重庆家中

 照母山家书回信 —— Star

亲爱的妈妈：

　　我很讨厌做一个"软妹子"，但我也不希望成为人们口中的"女汉子"。我想成为的样子我也不知道该怎么描述，就是一种可以像"软妹子"一样对亲人撒娇，也可以像"女汉子"一样勇敢地面对未来未知的挑战。成为"软妹子"或成为"女汉子"其实都没有关系，只要你勇敢，只要你愿意，你就可以成为你自己。"女汉子"和"软妹子"这两个词看上去完全相反，可有人规定了"女汉子"不能撒娇，"软妹子"不能勇敢吗，并没有吧。所以，我成为的就是一种既能勇敢地面对生活和危险或未知，又能在亲人面前脱掉盔甲，在他们面前撒娇的人。

Star

 照母山家书回信 —— 妈妈

亲爱的 Star：

　　祝贺你，你已经收获了真正的心灵自由！

妈妈

对美的欣赏没有门槛

亲爱的 Star：

国泰艺术中心那幢红色建筑我们去过两次了，它既像中国艺术中的九宫格，又像一个个层叠起来的印章。

我们曾在那里看过不同风格的艺术品。在这次中法艺术展中，有一些是法国艺术家的作品，还有一些是中国艺术家的作品。

小时候，我也有过做画家的梦想。我喜欢临摹日本漫画家的作品：《城市猎人》《尼罗河的女儿》……随着我慢慢长大，那小小的梦想渐渐变得遥远，但是有了你们之后，这模糊的梦想又被寻回。

我喜欢画画时的感觉，世界仿佛只有面前的画纸，而我倾尽专注与这画面对望。

我最喜欢画你们，我的铅笔中仿佛注满了爱。

在这次的艺术展上，Star，你早早地睡着了。一到中午，你就进入了睡眠状态，先是我抱着你，然后换外公抱着你，我就举着相机去看那些与我邂逅的作品。

从这些画中，我理解了什么是创造力。每幅画都能带给我不一样的感受，但我最喜欢的是一幅名为《劲梅》的作品。它是中国画家的花卉画，用的是西方的油画笔法。首先是一个东方的灵魂，然后有一个世界的形式，同时，这形式中也涵养着东方的格调。

正如洪凌所说，"当你要创造东西，画一张画，你就应该给予这些自然生命更广阔的空间，自由生长的机会。这个生长是随艺术随你心理需要，随你情绪需要的。那你创造它的时候，就可以让一个个生命跃动起来，造成生长相搏的氛围，产生出丰富的生命的情态。"

真正的画画，就是把当时自己所感受到的温度和所感受到的情感在画布上涂抹下来。灵魂必须经过锤炼，时间也必须独一无二、不可重来。

我们的创造不正是这样吗？看过足够的风景后，我们寻找到自己的根本，然后用这根本，去和世界对话。

我在这幅作品前徘徊，感受着它向世界不同方向伸展蔓延的生命的蓬勃力量，灵魂就在其中。

真喜欢这幅画呀！

Star，那时你还在外公怀中安静地睡着。一个小时后，你终于醒了，我带你去看楼上的画。虽然没有受过太多的艺术教育，但外公是懂画的，我会观察他看画时的表情。

看着那幅《闲坐看落花》，我问外公："这幅画，画的是什么呢？"

"这画呀，讲的是污染造成的危害。你看这画面中有一根铁线，横穿了整个竹林……"

我恍然大悟，果然，外公有理解画的潜质！

"Star，你来看看呢，你看这幅画，画的是什么呢？"

我看到的太阳，你看到的鸡蛋

光影之美

你回答："是鸡蛋哪！"

那是一幅名为《退潮》的作品，画面中有一轮太阳，光线投射在大海上，看起来真像一只鸡蛋呢！

我们看看画，问问问题，时间就一点点地过去了。

看着那些美的作品，我会想到关于创作、关于写字，还有关于我们思考问题的方法。这天底下万事万物都是相通的：从画画中，我们领悟了生命，领悟了哲学，也领悟了文学。一旦我们明白了这一点，就拥有了"灵性"，就可以在不同的领域里自由穿梭。

画是一种超越凡尘的存在，是一种对美的描绘。绘本《我是如何学习地理的》讲了一个在贫困的、连一片面包都成为奢侈品的家庭中，爸爸却用钱买回了一幅地图。虽然当时作者和母亲都不理解，但在未来的日子中，那地图上一个个的地名，却成为他对世界的憧憬，甚至让他忘却了饥饿。

画就是这样的一种存在，Star，下次，我们还去国泰艺术中心吧！

娘亲　2014 年 5 月 18 日于重庆家中

放弃完美主义，追求最优主义

亲爱的孩子们：

这个夏天，我和爸爸一起去雨台山旅行，好几个朋友向我推荐过这里，尤其是这里的小木屋。

提到小木屋，你们会想到什么呢？我会想起森林、小松鼠，还有早晨起来照亮房间的晨光，清洗世界的新鲜空气。

爸爸开着车上了雨台山景区，离涪陵城区驾车不到四十分钟。一路上，我都心怀对小木屋的憧憬。到达游客服务中心时是晚上九点。

"请问，小木屋现在是多少钱呢？"

"五百块钱……"热心的接待小胡回答。

我心里咯噔一下子，这超出了我的预算。我犹豫了很久，怎么办呢？然后我看到这里还挂有标准间的牌子。

"还有标准间吗？多少钱？"

"有的，算你一百七十块钱好了。"

于是，我高兴地和爸爸一起入住了标准间，没有任何犹豫。

亲爱的孩子们，也许你们还不能理解，但这里面其实包含一种成长。妈妈曾经是个追求完美的人，追求完美意味着执着，不肯放下，一直坚信自己可以做得更好，一直追求最好的结果。

这让我很累，因为我认为只有这样自己才会被爱。

森林中的小木屋，令人向往的生活

标准间露台的风景也很美丽

　　然而现在的我慢慢地转变成一个最优主义者，我常常对自己说一句话："够好了……"即使结果不是梦想中的那种状态，我也会从当下发现珍贵的风景。

　　当我推开标准间的房门，我发现了一个大大的惊喜，就在露台上，我可以俯瞰整个涪陵城的夜景！

　　长江弯弯绕绕，灯光明亮闪烁，远处的群山衬托了夜景，星空更是明亮璀璨。一串串星星亮闪闪的，像是银河悬挂在眼前。

　　"真是太美了！"我高兴地喊道，没有因为失去了小木屋而沮丧。

　　Lucky 和 Star，因为你们，我慢慢地改变了，我学会享受当下，不再给自己太大的压力。我希望你们也能成为懂得接纳自己的孩子。

　　要知道，你们被爱仅仅因为你们是你们自己。虽然你们不完美，但没有人完美。无论失败、哭泣，还是成功、欢笑，你们都是值得被爱的孩子。我爱你们身上闪光的品质，但那不是最重要的，我爱你们，因为你们是你们自己。

　　所以，只要你们快乐地生活着，积极健康地生活着，这就是一种

森林里自由自在的猴子

被砍伐之后，仍然可以发出芽来的松树树干

最优。当你们意识到这一点，并且这样对待自己的时候，对于环境，你们也会表现出包容。就像这次旅行，可能我一开始怀着一个单纯的梦想，要去住小木屋；可是，能够入住看得见风景的标准间，我觉得也是一件很幸福的事呢。

换个角度看待生命，处处都是惊喜，不是吗？

亲爱的孩子们，年轻的时候，我吃过完美主义的苦头，追求完美的倾向至今也没有彻底离开我，但我已学会接纳全部的自己，包括我的完美主义倾向。幸运的是，我还学会了选择最优。前者让我更加努力，后者让我能够释然。

第二天起床，看着天光慢慢亮起，我有了一种置身香港的感觉，但涪陵更加开阔辽远。我们被群山环抱着，有乡音哼唱从远处传来，我知道，这就是涪陵。

孩子们，我和爸爸后来真的去找森林里的小木屋了。在开阔的林间空地上，小木屋像一个童话般的存在。屋里面有着原木的松香，家具干净整洁，屋外面栽种的翠竹成笼，真是如梦似幻。

下次吧，也许下次我会来住住，不过要带着你们。有句话是这样说的："闲者是江山主人。"当我们有了一颗随遇而安的心，我们也就拥有了整个世界。

你们现在是不是想和我一起来呀？

偶尔这样分开旅行也是一种别样的体验，等我们见面时，再一同分享彼此的感受吧！

娘亲　2014 年 7 月 8 日于重庆家中

海南

美好的心灵是珍贵的财富

三亚的海鲜

清水湾海滩

夜晚的海

外公

2012 年，我们一起去了海南，这是一次环岛自驾旅行。在这次旅行中，我向可可妈妈学习了如何不沉溺于情绪中，而是尽快采取行动。外公那坚定守护的身影，一直在我的回忆中浮现。

沙县小吃与大盘鸡

亲爱的 Lucky：

你还记得那次旅行吗？

飞机载着我们 —— 两个各怀心事的母亲，两个充满期待的孩子，还有你的外公，飞往三亚。

三亚是阳光洒落的地方。11 月了，居然还是温暖宜人。我们拎着行李住进了凤凰湾的旅店。

我觉得三亚的美食应该是海鲜吧，可好笑的是，我们到了两天，吃过的食物分别是：新疆大盘鸡、沙县小吃，还有四川的担担面、兰州拉面，没有海鲜。因为我们甚至都不敢走进三亚湾的任何一家大排档。

几乎每到一家店，外公就会重复一遍这样的话："嗯，这个地方不能去，我上次在中央电视台见过这家店，被曝光了！消费很高，不给钱的话，会有一群人冲出来！"

后来，当我们又一次吃着沙县小吃的米粉时，你还记得你说了这样一句话吗？"这里坏人很多，要冲出来打我们……"

那一刻，我非常无语，大人的一些无意的话语，却对你造成这样的影响，我实在是没有想到。

Lucky，我不是说世界是完全美好的，不过我希望在你的心中对

这样的美好存着许多希望，这样，就算以后在任何环境中，你都会因为有这样的希望而能坚持微笑走过。

当我们怀着恐惧紧紧握住双手的时候，我们并不能拥抱世界，只是束缚了自己。与其这样，不如怀着一颗充满期待的心，期待下一次会有更美好、更愉快的事情发生。

我们终于吃到了海鲜。走到三亚第一海鲜市场，我们买到许多活的海鲜——青口、红毛蟹、基围虾，还有一条海鱼……拎着满袋的食物，我感觉自己变成了当地人。在加工店里，我们吃得直感觉自己买得太少了。

外公把他剥出来的所有蟹肉都放进了你和可可的碗里，你们吃得很开心。

你还记得那种欢乐的感觉吗？我们终于敢尝试当地的食物了！当我们在小吃店里吃着当地的米粉、甜点，还和一位当地的老婆婆聊天时，Lucky，你还会说这里坏人很多吗？

我看着你的外公，我的爸爸，他虽然没读过许多书，此时却拥有旅行最应该有的态度，那就是积极地和当地人交流，尽管我们的语言、口音有很大差异，交流却能让我们抛开对彼此的成见。

我不知道为什么要对你讲这么多世界的不同层面，也许是为了让你相信世界是美好的。这些色彩缤纷的地带，即使看上去不是那么美，也一定有我们所寻找的宝物，我亲爱的 Lucky。

娘亲　2014 年 1 月 21 日于老家

看上去很美味，吃起来更好吃的蟹

在海鲜市场驻足的可可和 Lucky，奇怪于这些形态各异的生物

财富意味着什么？

亲爱的 Lucky：

我们来说说那次旅行，我觉得最美的地方不是大亚湾而是清水湾。你觉得呢？

托可可妈妈的福，我们住进了她朋友在清水湾的房子。这是多么美丽的度假屋片区呀！有生长着的鸡蛋花树、满眼的绿地、随处可见的游乐设施，还有会所以及漫长的十几千米的海岸线，这些是这片区的专属资源。

即使赫赫有名的大亚湾，它的海滩和海沙也比不上清水湾。大亚湾的海滩虽然美丽，可都被高级酒店切割了。那些碧海蓝天已经不再属于自然，来来往往的人们披着不同酒店的浴巾。我们借着停车，小心地从侧路溜到了沙滩。

看着清澈的海水和来往的人，我不禁感叹："什么时候，这美丽的风景已经变成了财富的附属物呢？"

清水湾的海水更清澈，海岸线也更安静、开阔。但是，就在清水湾度假小区之外的马路边，我们坐在车里，看到的却是另外一番景象——道路泥泞，遍布垃圾……和刚才的度假天堂完全是两个世界。

可可妈妈问可可："可可，你看到了吗？为什么同一个地方却有如此大的差异，是什么原因呢？"

酒店中看到的海边风景

Lucky，我也想问你这样的问题，可是我害怕给不出答案。我们每个人都喜欢清水湾，而不是另外这番景象。一条道路，似乎一种界限，划开了贫穷与富贵，也划开了天堂与凡尘。

我想，你会有你的答案的，在你慢慢长大之后。那个时候，你会更加理解这个世界：最美好的东西都是免费的，阳光是免费的，雨水是免费的，天空是免费的，爱也是免费的，尽管也有很多必须用财富来换取的东西。

有了财富，你可以自由选择入住什么样的酒店。这种选择的权利决定了你在道路那边，还是在道路这边。

我们不需靠痛恨财富来抬高心灵，心灵与财富都是生命的某个组成部分；我们也不需持有"有钱人都不幸福"的成见。我希望你拥有

财富，拥有选择的自由，这是一种顺其自然的缘分。而金钱，当它不仅仅能造福自身，同时还能反哺社会的时候，它就成为了一种福祉。

你还记得我们参观的宋嘉树故居吗？他从一无所有的穷小子到富商，一生中最大的成就是用自己的教诲与财富培养了三个女儿：宋庆龄、宋美龄，还有宋霭龄。当心灵与财富结合时，我们可以拥有更加自由的人生。

可是，这也只不过是一种体验，不是生命的结果，也不是生命的全部。你一直牵着我的手，望着海边的风景。

你是不是在想："我要不要拥有这样的选择呢？"我绝对不会问你，我要等你慢慢长大，慢慢思考，慢慢发现。

娘亲　2014 年 1 月 21 日于老家

酒店大堂中精美的摆花

失落的妈妈决定重新出发

亲爱的 Lucky：

你会不会在未来的某天体会到"低谷"二字呢？

旅行对我们每个人来说都有不同的意义。当我需要寻找答案的时候，旅行总是最好的方式。

妈妈曾经做过一个梦，我梦见走在一条路的岔路口上，其中一条道路有许多人在行走，每个人都捧着一块猪肉，但道路泥泞，拥堵不堪；另外一条道路是一面湖泊，风景秀丽，湖面是醉人的蓝色，可是没有船。

我还没有找到答案就醒过来了。

在出发旅行之前，我刚刚经历了又一次人生低谷：学术的道路对我而言太过坎坷了，但它却是我曾经的梦想。

旅途中，我怀着心事，也怀着苦闷，直到我们一起来到"天涯海角"。"天涯海角"应该是当年那些被发配到边陲的人到过的最偏远的地方吧，就是在这里，我遇见了那棵树。

"天涯一棵树，阅尽人生路，白发堪回首，绝境逢生处。"

一棵刺桐树，在巨石的重负下，以最顽强的姿态努力生长着。它探出自己的手臂，向上，向上，直到长成一棵大树。

我当时觉得，这棵树就是这次旅行我要寻找的答案了。

你和可可姐姐在树边爬上爬下，无忧无虑的，而我在这棵树下许下了我迷茫人生中的心愿："如果老天非要让我在这条道路上遭遇坎坷不平，那么也许这条道路并不适合我！我将完全放弃自己旧有的梦想，去寻找一个全新的梦想！"

一棵刺桐树，在巨石的重负下，以最顽强的姿态努力生长着

心痛并没有完全消失，但是旅行治愈了我的心伤。

离这次旅行已经过去一年多了，就在不久前，我又做了那个梦，梦见我行走在一片美丽的高山湖水之间，风景怡人，我呼吸着新鲜的空气，舒展着自己的双臂——经过一年多的时间，我终于有了答案。

Lucky，是什么让我们和旅行中不同的人、不同的事物结下缘分——哪怕仅仅是一棵树。而这些不经意间的相遇又会如何改写我们的人生，让我们变得更加勇敢，更加开阔，更加不同？

我想象着某一天，我会再次回来，回到这棵树下，然后对它说："谢谢你，陪伴我走过人生中最艰难的那一段时光。"

Lucky，我也想对你说，谢谢你，用你的快乐和无忧无虑陪伴我走过这段时光，当然了，还有外公、可可妈妈和可可。

后来，我们去了蜈支洲岛。在海边，我们排了足足一个半小时的队，你和可可姐姐耐心地在队伍中和我一起等候，终于，我们登上了开往岛屿的船。

船在蔚蓝的大海上摇晃着，我有些忧郁地想："我所要找寻的那个未来，真的可以到来吗？"

这时，船上传来一首老歌："深呼吸，闭好你的眼睛，全世界有最清新氧气，用最动听的声音，消除一切距离，努力爱，超越所有默契，所有的动力……"

我幻想自己是个真正的潜水员，在这碧蓝的大海中自由潜行，这世界如此之大，有什么是不可以的呢？

大海又一次拥抱了我，给了我力量。所以，Lucky，你长大之后如果遇到无法马上得到答案的问题，你就去旅行，去看大海吧！在这无边无际的海面上，你会发现你内心的答案！

娘亲　2014年1月21日于老家

成长是闪闪发光的记忆

你紧紧地拉住我的手，没等我反应过来，你跟着我，一起冲进了海水之中，望着天上的星星。

亲爱的 Lucky：

你还记得吗？我们在海边旅行，但是你却害怕大海。我能够理解你的感受，因为大海实在是太壮阔了，从来没有见过大海的孩子，很容易被它震撼。

有一次，在越南的美奈，我住在海边的小木屋里，离海不到十米远。晚上，我失眠了，因为大海的潮声实在太雄浑了，像有无数人在耳边一起发出呼喊，我害怕会突然发生海啸。第二天清晨，我高兴地起床，庆幸自己安然无恙。

Lucky，第一次见到大海的你，是不是也是这样的感受呢？你身体向后缩，远远地离开海水，我要带你去踏浪，你几乎哭出来了，一直喊着："外公抱我！"

这就是我们第一次在凤凰湾住下时你对大海的态度。后来，我们去了清水湾，外公在海里游泳，自由自在的，像一尾鱼儿，但你仍然是这样的怕海水。

我有些在意，因为看到了可可姐姐自由地在海水中扑腾。说实话，我也不过是一个有些攀比心的妈妈，拥有一些妈妈们常有的坏毛病。但是相比于此，我更加爱你，所以我包容地看着你微笑。

就在离开海南的前夜，我们又一次去了清水湾。空中繁星密布，捕鱼的海船远远地亮起了灯，渔民们就要出发了。

外公站在海边对我说起他的年少时光，我突然意识到，我应该静下来听外公讲讲他的过去，还有他的心事。

我们点起了手中的蜡烛灯，在海边，这灯光轻轻摇曳，美好得如同天上的星星。那个时候，我忍不住冲进了海水里，就在这时，Lucky，你开始叫我："妈妈，等等我！"

你紧紧地拉住我的手，没等我反应过来，你跟着我，一起冲进了海水之中，望着天上的星星。好开心！成长就这样不知不觉地到来了，在我们不过分期待，只是默默等待的时候，像一株小草破土而出，你就这样直面了自己的恐惧，和我一起奔向了大海。

天上的星光真美，我牵着你的手回头看去，海滩上我们点起的烛光还亮着。Lucky，所以，我们都应该对自己多些耐心、多些信心，当我们寻找某样东西的时候，不妨多给自己一些时间，让灵魂自己去寻找答案，用不了多久，答案就会出现了。

这是我旅行中最开心的时刻，没有之一。你突然的成长让我有了更多的领悟，我对自己也有了更多的信心。即使有一天我老去了，再也走不动了，和你以及外公在一起的这次旅行，都会是我心中最珍贵的宝物。

娘亲　2014 年 1 月 21 日于老家

旅行中我们彼此理解

大海多气势磅礴啊，
可以包容下
我们各自的心事，
即使是幼小如你这般，
也许正怀着自己的世界，
在揣测海洋吧。

亲爱的 Lucky：

人与人之间彼此理解是多么不易，即使是亲人，要彼此包容与接纳也需要时间。

这次旅行，我们是和外公一起的。一直以来，妈妈就享受着很多的爱。上小学时，我在外地读书，每个星期，外公从成都回家都会来接我，给我洗袜子。宿舍的墙壁上还贴着他亲手写的字："饭前洗手！"

我是一个很幸福的人，就像你和 Star。可是，这并不意味着我就能够完全理解外公。在成年后离开家乡十多年的日子里，我们各自经历着变化。直到后来，因为你们，我们才重新生活在一起。

外公和从前相比有些改变。从前的他总是很包容，可现在的他没有从前那样的好脾气了。只要是和你们相关的事情，他都很在意。

外公会把我们一路上吃的水果小心地削成块，放在随身带来的小小盒子里；把小肥皂装在塑料袋里，还随身带上了衣架。每天，你的衣服都被外公洗得干干净净，晾在旅店，或者可可妈妈朋友的家中。

真奇怪，因为这些，即使在陌生的地方，也像在家中一样。

就在清水湾的大海边，外公游了泳。他在海面上漂了一两个小时，像是在想着自己的心事。外公后来对我说，他想起了小时候，那时候，他很喜欢游泳，一游就是一整天。

大海多气势磅礴呀，可以包容下我们各自的心事。即使幼小如你这般，也许正怀着自己的世界，在揣测海洋吧。在那之后，我觉得外公一点点变得释然了。似乎在大海面前，慢慢变老带来的压力和面对未知的困惑，都可以慢慢地被消解，就像我心中的迷茫，也被大海一点点地带走了。

离开海南清水湾的前一个夜晚，我们在大海边吹风。我想把带来的蜡烛在海边点燃，许愿，于是要可可妈妈带你们俩一起去海滩。那个时候是晚上八点，海边并没有什么人。可可妈妈说要给外公打电话，叫他一起。可是电话那头的外公马上激烈地反对："不行，海边晚上没有灯，很危险！"

我无奈地放下电话。可是，星星真的很漂亮，宁静的海在不远处，我很想完成这个小心愿。于是，我对可可妈妈说："我一个人去！你和孩子们在这边等我……"正当我挽起裤管准备独自去沙滩的时候，手机响了，是外公打来的。他在电话中说："晓得你很固执，没有人陪你你还是会去的，我还是过来和你们一起去沙滩好些！"于是，外公又来到了我们中间，我们一起在沙滩上许愿的时候，他就在一旁抱着双臂默默地守护着我们。

没过多久，有一个浑身带着酒气的陌生男子走了过来，站在可可妈妈不远处。外公走了过去，环抱着双臂，俯视着他。外公将近一米八，那个人不到一米七。那时，我觉得外公真像一棵大树，生长在我

们身后的大树。

"外公真的很了解你……"可可妈妈说。

我看着外公，这次旅行也许并不能让心与心完全敞开，但是却足够让我看到外公身上的优点，也许这就是旅行的意义。*无论是带着你们，还是带着父母，我们的心灵在一个全新的环境中休憩，开始用另一种方式，重新关注自己和家人，还有所追寻的一切。*

我想，我以后还是会带着外公和你们一起旅行，因为那是世界上最好的事情。在旅途中，无论经历甜的或苦的，都会变成闪闪发光的记忆，在我们心中存留。Lucky，等你长大了，而我也已经白了头发，你会不会也带着我一起旅行呢？

娘亲　2014 年 1 月 21 日于老家

 海南家书回信 —— Lucky

To mama：

听到你再次讲起外公的"光辉"事例，仍抑制不住地想笑。说实话，关于小时候很多旅行的事我都记不大清了。其实，外公的事嘛，我们都知道他一直是这样的。他确实比较容易受多媒体的影响。但现在想来，他好像一直都很"社牛"，或是他这个年纪的人都能随便找一个人聊天，聊得还很投缘。他也很有趣，有时也会说点俏皮话。就像你说的，我们要有面对让自己害怕的、难以跨越的困难的勇气，还要乐观地面对生活。正如"生活以风雪对你，你却仍报之以歌唱"。

Yours,

Lucky

出现差错不要沮丧，马上想办法解决

亲爱的 Lucky：

这次旅行，我们计划好的路线是先到三亚，然后自驾经过万宁、文昌等地，再到海口去会朋友。

海南真的很适合环岛自驾游。在文昌，我们特地拜访了宋氏故居，看到了宋氏姐妹的成长轨迹。我最佩服的是她们的母亲，能将女儿培养得这么出类拔萃。都说是转动摇篮的手转动了世界，所言不虚。

女性的优秀不一定非要表现在改变世界上，我们可以通过潜移默化的努力，培养那些影响未来的人，也就是那些充满无数可能性的婴孩。

这也是非常了不起的事业。

离开文昌的时候，天下起雨来，等我们到达海口，已经是晚上了。原本我早早预订了海口一所大学的招待所，但六点过后我没有再打电话和招待所确认，一直到了八点，我们要找那地方的时候，我才打电话询问具体路线，对方却告诉我："依据惯例，您没有及时和我们联系，房间已经给别人了……"

"但是你都没有跟我确认，至少应该打个电话吧。"

"我们这里的习惯就是这样。"对方简洁地解释完，就让我们自己找住处。

Lucky，那时已经是晚上九点钟了，而我们根本不知道应该住哪里。我和可可妈妈带着外公和你们两个娃娃，一时间都不知道应该往哪个方向走。

我心中很难过，Lucky，因为我的疏忽，我们碰上了这样的麻烦。我一时间情绪非常低落，一句话也不想说。

"来，我来想想办法。"可可妈妈马上开始给在海口的熟人打电话，询问离机场最近的酒店。

我陷入了低迷之中，可可妈妈看穿了我的心事，对我说："遇到问题，先不要自责，应该想办法解决才是。我们只有管理好自己的情绪，才能够解决难题。不然，只忙着低落，什么事情也做不了。"

Lucky，经过两年多，我现在开始理解当时自己之所以沮丧，是因为不愿意犯错误，犯错误会让我觉得被否定。

可可妈妈说的话让我振作起来，我们开始寻找路边的酒店标识，很快，我们就发现了一家连锁酒店。我下车直奔前台，打听到有房间之后，我们就办理了入住。可可妈妈突然想起来，她有一张这家酒店的会员卡。她像有个百宝箱一般，解决问题的办法层出不穷。

Lucky，其实对我而言，重要的不仅仅是去了哪里，还有和谁一起去，然后又遇见了谁，碰上了什么情况……通过这样不可预料的事件，我们能更好地看清自己，并且学习他人身上的优点。

就像可可妈妈，我喜欢她的镇定与理性，也喜欢她在关键时候解决问题的气场。

第二天，我们发现酒店的早餐并没有提供小孩子的那份，我好好地请求，却并没有什么效果。这个时候，可可妈妈快步向前，然后慢慢地说道："昨天晚上我们入住的时候，房间的门闩都是坏的，结果我们快十二点了，还不得不换房间，这个应该怎么算呢？"

前台的服务员想了想，最后答应给小朋友们也提供早餐。

沉着冷静，遇事有担当，这就是我向可可妈妈学习到的。后来，当我碰上类似的问题时，我不会再在这种沮丧的情绪中沉沦很久，我会马上记起可可妈妈的话，用最快的速度寻找解决问题的办法。

只有在冷静中，我们的大脑才能够理性运转。不管是男性还是女性，遇事冷静都是非常重要的品质。而害怕犯错误，或者犯了错误之后低迷不前，不过是我们不肯接受有缺点的自己罢了。

没有一个人是完美的，接受全部的自己，允许自己犯错误，并在犯错误之后快速寻找解决办法，这种最优主义态度，比追求完美主义更加了不起。

娘亲　2014 年 1 月 21 日于老家

香港

愿你懂得感恩，也懂得反哺

募捐箱

传说中的迪士尼

茶水铺

改变

2013 年，我带着 Lucky、Star 和外公外婆一起去了香港，那一次我们去了迪士尼乐园。现在想想，其实，很多项目外公外婆都玩不了，但是他们还是陪着我，带着你们在那里玩耍，那是一次很温暖的旅行。

从小时候开始，一点点地学会回馈社会

再看到募捐箱的时候，
你开始问我：
『妈妈，
你包里有没有零钱？』

亲爱的孩子们：

这次旅行是带着外公外婆，再加上你们的一次旅行。香港社会讲求规则和理性，同时，慈善在这个社会中占有很重要的地位。

我们一行人走出了九龙塘地铁口，正在路边的小店买点心，一位坐着轮椅的阿姨微笑着朝我们过来。

然后，她递给了你一枚硬币，还记得吗，Lucky？

她指指前方的募捐箱，我过了好久才明白，原来她是要你把这枚硬币投到那个募捐箱中。

Lucky，你有一些不好意思，站着没动，我们就让 Star 去投。Star，你一把接过硬币就跑过去了。

硬币被投进了募捐箱，托着箱子的姐姐蹲下身对你感激地笑笑。

那个时候，我明白了一件事，慈善之心应该从小孩子开始培养。你们现在这样单纯，慈善会像一颗种子，在你们的心中生根发芽，将来就可以开出美丽的花朵。

　　我想起了汶川地震和我们一起奔赴安县的那群志愿者，他们千里迢迢从香港来到四川，有豪哥，有那对儿总是笑得很温暖的夫妻，还有刘建华。

　　豪哥用他的方式践行义工精神。他是做市场咨询的，凡事讲求理性，但是又很贴心。

　　看到我把现金分给灾区的人们，他立即提出了异议，认为这不是在正确地施助。我后来也承认，作为志愿者，我们应该践行志愿者的规则。

　　这就是来自香港的豪哥给我的印象——讲求理性而非感性的公益精神。

　　我们要寻找让公益可以持续下去的最好方法，既要用心来感受，又要用脑来思考：怎样施助，对别人才是最有效的。

　　亲爱的孩子们，我希望在你们心中播下这颗小小的、慈善的种子。世界很大，我们很渺小，无论高原、沙漠，还是大海，都会令我感到自己很渺小。因为渺小，我们务必要把自己的力量和别人的力量结合在一起，共同去铸就更美好的世界。

　　亲爱的Lucky，后来，我又给了你一枚硬币，你终于鼓起勇气，把硬币投到了募捐箱里。这之后过了很久，我们回到了家中，再看到募捐箱的时候，你开始问我："妈妈，你包里有没有零钱？"

　　好孩子，我知道在你们心中，那颗种子已经开始悄悄地生根发芽了。

娘亲　2013 年 8 月 20 日于重庆家中

不尝试，怎么知道答案呢？

Lucky 和 Star，
你们长大了，
会成为什么样的女人呢？
无论如何，
我希望你们成为
内心拥有一座迪士尼乐园的女人，
充满自信，装满阳光，
敢于冒险，打开自己的心胸，
去拥抱这个世界！

Lucky 和 Star：

我们终于一起去往传说中的迪士尼乐园了。当你们长大后，不知道还会不会记得这次旅行，我决定要为你们记得。

那天，Lucky，你穿着白色的公主篷蓬裙；Star，你的是粉色的纱裙；而我呢，为了配合你们，也穿上了我平日不敢穿的黄色篷蓬裙。

之前我是不敢穿的，在商场里因为心动而买下的这条裙子，被邻居认为是给你们买的童装。外公外婆看了也很鄙夷地说："不准你在老家穿，否则我们就当不认识你！""你不要妄想挽回青春了，这条裙子太装嫩了！"

不过，我们是在迪士尼。迪士尼精神不就是尝试各种可能，永葆年轻与童心吗？我们仨，白色、粉色和黄色，像传说中的"公主军团"！我也是一位公主，一位活在自己世界中的"老"公主。

和传说中一样，任何一个项目都要排队，排四十到五十分钟是很正常的。我们刚刚进入乐园，还没有适应节奏，Lucky，在等待米奇金奖音乐会的时候，你哇哇大哭起来。

"我不要看！我不要看！有怪兽！"你哭得稀里哗啦，我真是不知道，这种害怕的念头到底是怎么钻进你的小脑瓜里的。

"很好玩的，会有人唱歌，还有米老鼠，你也可以看见它！"我耐心地劝你。

但是你不听，只是一味哭得像是马上要被送进屠宰场的小羊。我纠结了好久，但是没有办法，只好带你徘徊。我是特别想去的，那些迪士尼的故事深深地打动过我，可是你不想去，我有什么办法呢？大家都进了剧场，留下沮丧的我与你四目相对。这个时候，我仍旧是一个束手无策的妈妈。

"走这条通道吧！不去实在是太可惜了！"在剧场外维持秩序的姐姐热情地说。

"孩子不去呀！"我一脸无助。

"走这条路，反正孩子也不知道！"那位姐姐在前面快跑带路。

我一把拉起你，跟着向前跑，心中存着希望，但，Lucky，你是那么好糊弄的人吗？

来到剧场的后门，我想拉着你冲进去。这时候，Lucky，你的那种直觉，你的那种高度的敏锐性，在我面前展露无遗。

"我不要去，这里面有怪兽！"你狂哭起来，一下子拆穿了我和那位姐姐的合谋。于是，我眼睁睁地看着剧场的大门在我眼前一点点地关闭了。

失落的妈妈带着终于胜利的大女儿在园中闲逛，等待剧场散了，

传说中的迪士尼乐园

外公外婆和妹妹出来。

但是妈妈除了偶尔懦弱，其实骨子里和你一样执着。

"Lucky，我陪你去坐疯狂茶杯，还有旋转木马，你等会儿陪我去看金奖音乐会吧！妈妈很想看的！"

你纠结地噘着嘴，我很清楚，要和你交流，得有超乎寻常的耐心，但你的妈妈可是著名的"一根筋协会"会员！

我们一起坐了疯狂茶杯，虽然烈日炎炎，但你一点也没有抱怨，眼睛一直紧紧地盯着那个转动的茶杯，用去了四十多分钟；我们一起坐了小飞象，就在起飞的一刹那，你开心地笑了，我觉得自己的耐心等待非常有意义，这也用去了四十多分钟；我们用 FAST PASS 玩了小熊维尼历险记，啊，我亲爱的 Lucky，那感觉多好！一路上，我仍然不停地对你说："我们去看看金奖音乐会吧！"

我有一个倔强的女儿，你有一个顽强的妈妈，到底谁会说服谁，其实大家心里都没底。

到了下午，你仍然扬起眉毛，说："我不喜欢金奖音乐会，不好玩！有什么好玩的吗？"

我的女儿，这个时候的你，常常会用批判的目光去看待周围的事物，长大之后，你会不会有所不同呢？

"好吧！那我自己去了！"事到如今，我只有拿出非常规战术。我抱起妹妹，向人山人海的剧场走去。

人好多，人好多……我突然特别能够理解你了。从你的视角看去，可能会觉得很害怕吧，因为看见的是一堵堵挡住视线的人墙。

然后，你哭泣着追了过来，我有些心软，我分明知道我在利用你对我的依恋，但我太想让你和我一起来了。

我们一起排队，又足足等待了四十分钟。Star 在我怀中自己寻找乐趣，她和边上的一个姐姐搭讪。Lucky，你一直在纠结，红着眼睛对我说："妈妈，我害怕，我坚持不下去了……"

"还有二十分钟……再忍忍……""还有十几分钟了，再坚持下吧！"

其实，我自己也已经非常疲倦了，但我还是要这样对你说，因为我一定要让你明白一个道理。

像是大赦一般，剧场的门开了，人们欢呼着、抱怨着涌入。我抱着妹妹，牵着你，终于坐进了剧场。

"妈妈，我要睡觉……"Lucky，你是这样对我说的。

接着，音乐声响起来了，舞者跳起来了，充满童心与童趣的缤纷世界亮起来了……这是一个相信人类共有价值——爱、冒险精神、浪漫——的世界，它正在我们眼前展开。

Lucky，妹妹在我怀中使劲鼓掌，然后就沉沉地睡去了，可一直说瞌睡的你却瞪大了眼睛。

此刻，你的眼中会是一个什么样的世界呢？

这个世界会不会和我感受到的有所不同？

舞台上的一个个瞬间，对你而言，又会有什么样的意义呢？

长大后的你，还会记得吗？

看着你一脸认真的样子，我觉得很满足，因为我知道，顽强的妈妈这次真正从心底说服了你。

演出结束后，Lucky，你那么开心地对外婆说："好好看呀！我要回去告诉汪老师，我要回去告诉同学们，我刚开始不敢看，现在我敢看了！"

我俯下身对你说："Lucky，你做得很好，从刚开始不敢看到现在勇于尝试，你进步很大！这就是敢于尝试呀！这就是冒险精神啊！在保证自己安全的前提下，是可以去冒险的！"

Lucky，你重复着说："是呀，我有冒险精神！"

于是，我们再也不提今天早上谁在哇哇大哭了。如果可以拍下你当时的面孔，我真的很想让你看到啊！我们在烈日中等到了"水花大巡游"，舞者们总是微笑着，既让人感动，也让人内心充满了欢乐。

Lucky 和 Star，你们长大了，会成为什么样的女人呢？无论如何，我希望你们成为内心拥有一座迪士尼乐园的女人，充满自信，装满阳光，敢于冒险，打开自己的心胸，去拥抱这个世界！

从 Star 鼓掌说"真好看！"到 Lucky 终于走进剧场，开始欣赏这场演出，我知道，这次旅行已经值回票价了。

为你们记得。

娘亲　2013 年 8 月 9 日于香港

酒店的舒适，路边摊的自由

我觉得在旅途中，一定要有印象很深刻的一顿饭，虽然还是很抠门，问了茶水要收钱之后，就说不要茶水了。

Lucky 与 Star：

我刚从尼泊尔回来，需要倒两小时十五分的时差，还有就是"倒钱差"——尼泊尔的物价很低，在博卡拉，两人住宿一个晚上是五百卢比，合人民币三十多块钱。

回国打车，一问，说要五十块钱，我就非常夸张地瞪大了眼睛："哇，要七百五十卢比，天哪，多少钱哪！"

在香港，我们住的小小房间也要好几百元人民币！

刚刚安顿下来的那个晚上，我们要去九龙城吃晚饭。费了九牛二虎之力坐出租车去九龙城，到了才发现和自己想象中的完全不一样。

九龙城不是座大商场，而是座真正的城市迷宫：里面装满了各式各样美味的食物；街道与街道之间相隔那么近，像是动画片《千与千寻》中的场景，我们则是误入其中的路人。

很快，我们就与外公走散了。牵着 Lucky 又拉着外婆的我决定先吃饭，然后再回去和他会合。

鱼肉汤饭、虾仁汤饭，还有一碗面，我们准备打包回酒店。

那晚运气真好，刚准备回酒店，就看到一位出租车司机刚吃完夜宵上车，我们立即冲了过去。可是跟司机交流却花了很大力气，我用蹩脚的粤语、普通话，最后再加上英文，才终于让司机明白了我们要去哪儿。

外公回来的第一句话令我爆笑："算了，这里吃不饱饭，明天就回去！"原来，这里的面条一碗大概要四十多块钱，对于香港的食物抱有很高期望的外公觉得受到了打击。

但要是因为"吃不饱饭"这个奇怪的理由而离开香港，似乎也太得不偿失了。Lucky 和 Star，希望你们懂得，对一个陌生地方所产生的不了解，也许恰恰是我们来这个地方的理由。

我们去了"又一城"的"又一栈"，虽然它不是顶尖的餐厅，可还是让大家享受到了香港的美食。切烤鸭的精干女子脸上始终带着微笑，她并不在意有没有人在看她，她只是微笑着一片片地切下鸭肉来，她发自内心地尊重自己的职业。

我觉得在旅途中，一定要有印象很深刻的一顿饭，虽然还是很抠门，问了茶水要收钱，就说不要茶水了，但是这家餐厅却可以让外公改变在香港"吃不饱饭"的印象吧。

我们也拿泡面当晚饭，简单地过了一天，中午的小小奢侈加上晚上的小小节约，这都是生活呀。

　　Lucky 和 Star，我想告诉你们，无论是高级餐厅还是路边摊，都是生活的一部分。在哪种环境下都要好好地活，活出自己的滋味，甚至当食物成为一个问题时，也要好好地活。

　　真正强大的女性，会在任何情况下努力发掘生活的美感与质感，这与"锦绣"无关。她的强大，超越物质的丰盛或者匮乏，因为她会用她的方式建立生活的调性。就像战后的德国，即使在废墟瓦砾中，你也能看到每个家庭餐桌上的花瓶里都插着一朵小花。这就是民族的精神。

　　我们不必一一去经历每一种生活，但是我们要去了解。这个世界上有物质发达的地方，也有还在努力摆脱贫困的地方。适应各种生活，无论哪种生活环境都游刃有余，这很重要。

　　　　　　　　　　　　　　　娘亲　2013 年 8 月 10 日于香港

细节之王

亲爱的孩子们：

　　和丹丹阿姨一家一起旅行，让我发现了——细节真的很重要。

　　我们住在剑桥道，这里有一个员工宿舍，我们就住在这里。管理员是位中年男子，香港本地人。我们刚来的时候，打车好不容易才找到这里。

　　丹丹阿姨家的王叔叔是个非常细腻的人，从他身上，我学会了什么叫作"细节为王"。

　　他们决定回深圳，我们决定再多玩一天。这时，丹丹阿姨怀疑地看着我，说："你不会迷路吧？"

　　"嘿！"我对她的怀疑嗤之以鼻。

　　王叔叔想了想，给我写了一张小纸条，上面有宿舍的地址，还有

075

管理员的手机号。

　　"如果找不到地方，就用这个……如果没有人开门，就打这个电话号码。"他想了想，"对了，你的手机好像还没有开通漫游吧？来，我来帮你开通。"

　　他拿过我的手机，打电话帮我开通了漫游功能。

　　我当时还在怀疑，到底有没有这个必要。

　　王叔叔接着说："对了，如果这些方法都不管用，你就记住，后门那里有个门闩，一拉，门就开了。"

　　那天，我们去了维多利亚港口，坐了天星小轮，然后我们就迷路了。

　　还好有你们陪着，而且你们一点也没抱怨。外公推着 Star，我拉着 Lucky，外婆紧紧跟着我们。我们买地铁票的时候，遇到一点小麻烦，但好心的路人帮我们解决了。

　　天慢慢暗了，Lucky 和 Star，你们有些困了，开始变得烦躁不安。

　　根据王叔叔纸条上写的地址，我们打车来到宿舍外，大门紧闭。这时候，纸条上的号码发挥了作用，开通了的手机漫游也发挥了作用。

　　我打电话给管理员，他说他还在超市，一会儿才能回来，让我们先等等。

　　这个时候，王叔叔的进门小方法也发挥了作用。我走到后门，找到了那个门闩，轻轻一拉，门就开了。

　　这样，累了一天的我们得以早早地回到房间休息。

　　第二天，丹丹阿姨还不忘给我打电话："喂，你身上带的钱够不够哇？如果不够，我可以打个车把钱给你送到站口。"

　　亲爱的孩子们，原本我是个多么不拘小节的人，我认为生活中除

了极少数的大事之外，其余的都是小事。但旅行的意义就在于它不仅仅让我们看到了风景，也让我们与不同性格的朋友相遇，让我们看到生命的多样可能。

这些点点滴滴的小事构成了我们的生活，从微小处和细节处决定了我们的生活质量。

"天哪，他太厉害了！他想到的每一个细节我都用上了！他真是'神算子'！"我一激动，就给丹丹阿姨家的叔叔取了这样的外号。

"那可不，深圳的大公司里到处都是人精，谁也不比谁聪明一点，最后胜出的就是靠细节！"丹丹阿姨自豪地说。

她的话在我耳边回响，我的眼中一定亮起了崇拜的光，像我这样"不着调"的妈妈，也许永远都做不到这样"讲究"，但是关注细微之处，关注人与人的沟通，并且耐心地做好衔接，却是我在之后学会了的。

亲爱的孩子们，你们会不会也感觉到妈妈的改变了呢？*Lucky*，你关注内心，关注情感；*Star*，你关注外界，喜欢探索。虽然你们俩性格迥异，但是我希望有一天，你们都会意识到细微之处才见我们生命中的意义。

娘亲　2013 年 10 月 3 日于重庆

武汉

成长中学会共情和换位思考

校园

同学会

好奇心

盒饭

青春的释然

2013 年，我和爸爸带着 Lucky 去参加我本科毕业 10 年的同学聚会，没有想到的是，在火车站发生了一起惊心动魄的事件。

成长是一排排绿树成荫

亲爱的 Star：

这次我们差点就一起去旅行了，说差点，是因为你拉肚子，最后我们商量由外公外婆来照料你。我们带上姐姐去了武汉，一个有大江大湖的城市，这里也是爸爸和妈妈度过了四年大学生活的地方。

十年过去了，弹指一挥间，有多少人事改变。当我们站在绿树成荫的中国地质大学校园中，看到的是同样的树，同样的郁郁葱葱。Lucky，你奔跑着，和谢阿姨家的姐姐一起，你还是个孩童。

不远处是和我们一样回学校聚会的校友们，他们比我们年长许多，身上穿的服装好像写着 73 级，他们谈笑着走着，这些校友已经成为我们社会中的中坚力量。

校园球场一如多年之前。摆放的自行车和往来的学生

我和爸爸应该算是青年吧，至少我们还扭着青春的尾巴不放手，但我们很快就要进入中年了。就在这一片绿树之下，童年、青年、中年，还有老年，过去与未来交织在一起，就像一棵小树

苗，从小小的树芽，慢慢长高，长到绿树成荫，春去秋来，直到生命的冬天。

当我们将生命置于这样一种循环中，我们就不会只关注着过去或未来，我们会更加关注眼前的一切美好，也会专心处理眼前的烦恼，因为它终将成为过去。

看到这片操场，我会想起 2002 年的那场狮子座流星雨，我们在操场上守候了一宿，看到了最璀璨的星空奇迹：星星与星星在空中相遇，然后绽放绚烂的光芒。还有毕业前，隔壁班的两个男生总是在操场上弹吉他、唱歌。

记忆永远存留于心中。我想象着你们的大学，**不管你们将来读哪所大学，那四年都会是你们生命中最璀璨的日子，每一点滴的青涩心酸，回首时，都变成了珍贵的宝石。**

如果重来一次，我会不会下决心拥有一场校园恋情，而不是埋首书堆，不停地码字，或奔走于武汉各个高校的图书馆？

但青春哪里有如果呢？当年的青涩与不知天高地厚慢慢地和现实融合。我爱曾经的我，因为她无畏又顽强；我也爱现在的我，因为她笃定又通达。不论哪一个，都是真实完整的我。

成长就是一排排绿树成荫，我们走过春天的繁密生长，也将看到秋天的果实累累，不变的是要珍惜我们拥有的时光。

简单地说就是："Lucky，你还是好好地给我去上幼儿园，别再想着在家玩啦！"

娘亲　2013 年 10 月 15 日于武汉

像个孩子般活着

愿你们
永远保存一颗孩子般的心，
这足以让你们变得强大无比。

亲爱的孩子们：

　　出人意料的是，这次十年同学会，班上三十多位同学只来了十多位。

　　没有来的同学说是家中有事，但我想，也许有一些同学是对自己的现状不太满意吧。

　　毕业之后，我们都离开了"桃源"，去感受世界的规则，去接受挫折的洗礼，大家都有了改变。

　　班上许多同学发展不错，有的成了博士，有的成了企业家……虽然我为大家的成功而骄傲，但我最欣赏的却是你们一位姓侯的叔叔。

　　这次同学会也是他和董叔叔在群里呼吁举办的，十年后再见到他，我真的感觉他是一点都没有变。

他还是瘦瘦的，还是带着潇洒的微笑，还是带着自信与从容，对每一位同学都很热情。

他换过好几份工作，在同学录上填写自己的工作单位时，他想了想，然后笑着说，我现在还没有正式工作呀。

我们都会有自卑的时候，比如碰到挫折，比如在别人眼中不够优秀，比如我们处于低谷时别人正经历成功……这些时候，我们会觉得自卑，会有压力，我们会逃避。

但是也有人无论处于哪种境遇，总是对自己充满了信心，不会去羡慕别人，更不会抱怨，因为他知道自己很独特，也很优秀。

这样的人最终会得到他想要的生活，因为他拥有自己的价值观，不会轻易被他人左右。

侯叔叔就是这样的人，他总能发现生活中的细微幽默，然后快乐地和周围的同学分享，不管我们去武汉植物园，还是去梁子湖，他都是令人愉快的旅伴。

Lucky 和 Star，我希望你们也成为有着这样强大内心的人。

我佩服顽强拼搏的谢阿姨在今日取得的成功，也欣赏陈叔叔的执着；我佩服肖叔叔在发展中获得的机遇，也佩服侯叔叔在任何时候都能保持热情与从容的心态。只有孩子一般的人，才会拥有这样的心态。

愿你们永远保存一颗孩子般的心，这足以让你们变得强大无比。

娘亲　2013 年 10 月 15 日于武汉

好奇心受挫，擦干泪，每个人都有低落时

亲爱的 Lucky：

还记得这次旅行你兴奋得一路上都无法安静吗？

我们买了两张火车卧铺票，一张是上铺，一张是下铺。你把鞋子脱了，然后光着脚沿着梯子快乐地向上爬，像是要爬到月亮上似的。

一开始，你有些紧张，爬到一半就要爸爸来帮助你往上爬，慢慢地，你学会了自己转身，爬进那狭窄的空间去。

你和爸爸在上面偷偷地吃橙子，吃完了就把手往下一伸，说："还要！"你把上铺当成自己的一个小小王国了吗？

Lucky，你有非常强烈的好奇心，我看着你迈开探索世界的脚步，心中竟然有些小小的得意。因为我知道，好奇心是推动人类世界前进的最强大的力量。我记得我小时候，有一次也许是想要试试看鼻孔里能不能塞进东西，就硬塞了一个药片进去。药在鼻子里泡涨了，我特别难受，就不停地哭闹。后来打了一个喷嚏，那个药片就从我的鼻孔里喷出来了！

Lucky，你也曾经因为好奇，往自己的鼻孔里塞橡皮泥，后来，我们去了医院，医生给你取了出来。

这次，好奇心又推动着你在火车的小小空间中探索。你爬上爬下，忙里忙外，是那么有活力。

不只是探索火车内的世界，你也探索火车外的世界。每到一站，我们全家都会下车，在火车停留的每个小站上看一看、站一站。

有的站要停得久一点，可能有十几分钟，有的站很小，就只停几分钟。但是我们还是喜欢在外面的新鲜空气中待一会儿，顺便活动一下。

你看着人们来来去去，好奇不已。但我们并没有想到，在接下来的站会出现那样的状况。火车穿过群山，到了湖北利水，这是个特别小的站台。我们仨又下了车，爸爸和列车员在一边聊天，你信步向前奔跑，世界对你来说是那么的宽广，宛如一条永恒的跑道。

我紧紧地跟着你的脚步，却还是落后了十来米。突然，你发现了从车窗外往里看的视角，你很好奇，想知道车窗内的阿姨们在做什么，你的脸离车厢越来越近。可是突然，你消失了！

从高高的轨道站台下传来了你的哭喊声，你掉下了站台！

"列车在这个小站只停三分钟！"我想起了列车员的话，我已经无法采取任何行动，只能够大声地喊着："火车，停开，停开！"

这时，爸爸冲了过来，大喊着把手伸向你，要拉你上来！你哭喊着向上伸出你的手。

"小心！小心！小心手脱臼！"我高喊着。

这一切发生在短短的一分钟内，我真佩服爸爸的魄力，他在最短的时间内采取了最正确的行动。

你哭得满脸是泪，一直把脸埋在爸爸身上。我在周围人们的议论声中，把你护送进了车厢。

你把脸埋进被子里，动也不动，一直不停地抽泣着。爸爸为你检查了身上的伤，而我惭愧得也想和你一样把头埋进被子里。

　　我明白你不过是好奇，想看看从车窗外面看里面的世界会有什么样的不同，结果却从月台的缝隙掉下去了，怪妈妈没有注意到这些危险。

　　在那之后的一两个月，你每次上下火车都很小心，还轻声地对我说："妈妈，要很小心，不然会掉下去……"直到你慢慢地重新建立起安全感，你才没有再说过这样不安的话了。

　　这不是好奇心的错，你那最最宝贵的、想要探索外面世界的好奇心，是你身上的闪光品质，但我们好奇的前提是要先好好地保护自己。那么，在好奇心和不确定的风险之间，我们该如何选择呢？

　　孩子，不要因为害怕而失去了尝试的勇气，大胆地走出去，但是要记住，不管你在哪里，妈妈和爸爸都在等候你，所以，一定要平安。

娘亲　2013 年 10 月 15 日于武汉

盒饭"炫富"

Lucky：

火车承载了爸爸和妈妈大学时期很多难忘的回忆。因为这次是你第一次坐长途火车，所以旅行对你而言也变得新鲜。

在火车上，爸爸点了三份盒饭，还有一份武昌鱼。我故作神秘地对爸爸说："你可真是炫富呀……"

这句话你也许不明白，但在十多年前，妈妈记忆中的餐车真的只是实在没有座位才去蹭坐的地方。

我还清楚地记得，第一年春节回家，是学长们带着我们一群人，从绿皮火车的车窗翻进去的。进去之后，过道里躺着的、站着的、趴着的、挤着的，都是人。上个卫生间，必须下很大的决心才行，因为连卫生间里都是人。

爸爸买的是原价米饭，但一般来说，等到最后，盒饭就会降价，卖二十块的就会降到十块。

不过，我只是开个玩笑，我可不想让 Lucky 饿肚子。你和爸爸坐在车窗边慢慢地吃着米饭，那个场景让我很感动。我不曾想到你和 Star 会走入我的生命中，让它变得如此丰盈。

三份盒饭我们吃不完，于是我让爸爸去找卖盒饭的阿姨，让她加了点米饭。我把米饭和剩下的菜打包放在座位下方的格子里。

　　我上大二的时候，有一次坐火车回家，口袋里只有十块钱了，而火车因为道路塌方，在路上多停了五六个小时，那个时候，如果不是随身带着两个馒头，我就得饿肚子了。

　　妈妈挤过最拥挤的春运列车，所以锻炼出了在路上随遇而安的本领。上次去西藏，由于回程买不到卧铺，我和赵阿姨就在火车硬座上坐了 48 个小时。

　　还有一次，我去北京开了个笔会，回武汉时，我把杂志社给我买的卧铺票卖了，换成了一张硬座票，因为省下的钱，是我半个月的生活费呢。

　　丹丹阿姨有一次对我说，她还记得和我去打工时，我口袋里只有十块钱，却请她吃了一碗馄饨，还给了旁边的乞讨者一块钱。她说，从那时起，她就决定把我当成一辈子的朋友。

　　我们那时真的都是穷学生啊。可是回想起来，我却也有许多难忘的体验。和丹丹阿姨做电话市场调查，我们一起在街边不停地打电话，旁边的小店反复播放同一首歌——《至少还有你》，我们听得都快吐出来了。

　　亲爱的 Lucky，妈妈是从清贫中成长起来的，我知道每一份食物都值得我们好好对待，而每一段旅程也都会锻炼我们，把我们塑造成未来的样子。

　　不知道你再长大一点，会不会嘲笑这样的妈妈？我已经变得有些唠叨了吗？会不会已经开始跑步进入更年期了？如果遇见进入青春叛逆期的你，会发生什么故事呢？

　　开个玩笑，我不过是想和你分享我所走过、所感觉到的一切。当我看到你在旅程中对一切安之若素，从来不抱怨，我就想说："Lucky，

你真不愧是妈妈的孩子。"

　　请允许我这样把我的青春告诉你 —— 在你觉得啰唆之前。等你长大，我就不再说了。

　　保证不再啰唆。

　　　　　　　　　　娘亲　2013 年 10 月 15 日于武汉

珍贵的食物

青春永远不说再见

可是，
时间之中，
一切都不再重要了。
现在，
我想好好地
拥抱你们每一个人。

亲爱的孩子们：

最后一天聚会，我们去的是梁子湖。在武汉待了足足四年，却从来没到这个地方玩过。

那天，叔叔阿姨们在湖边光着脚踩沙，我给大家摆了个造型拍照，就像《那些年，我们追过的女孩》里那样，大家仰头45度角，望着天空。

但我总是喜欢偷偷拍大家的背影，以不被大家注意到的角度。

在最青春的时候，我们朝夕相处。也许我们都曾有过暗恋的男生、女生，也许我们都曾有过纠结的心事，但时间洗去了一切浮尘，沉淀下了如亲情一般的感情。

你再也不可能在大学四年以外的日子里去认识这样一群亲人了。

那个男孩，你还记得吗？趁着你看书，把你所有的开水瓶和卫生纸都锁进柜子里，想起来还真是好笑。那个女孩，你还记得吗？我们吵过架，而且吵得很凶。

可是，时间之中，一切都不再重要了。现在，我想好好地拥抱你们每一个人。

在我离开大学校园时，他们都来送我。我提着行李和他们一个一个地拥抱告别，再不会有这样的感受了——他们仿佛都是我的亲人。

今天，在梁子湖吃午餐，同学们大笑着拍下一张张吃螃蟹的照片，故意炫耀肥美的螃蟹，把照片发到朋友圈里，刺激那些没有赶来的家伙。我们相约下次再一起聚会，不一定要等十年，也许五年也是个不错的选择。

大巴把我们送回市区，离别即将到来。大家一个一个下车，Lucky，那个时候，你已经睡着了，我抱着你，我们打了辆车，然后，大巴就开了。

当时，我真想叫一声"等等！"但突然又感觉无话可说。在出租车上，我的泪水悄悄落下，还好你们的爸爸没有追问我。

为那些我和他们一起经历的纯真岁月，为那些我离开后孤独与寂寞的日子。现在，这些日子已经慢慢转变成了丰沛与知足的生活，也将岁月砺沙成金。

Lucky 和 Star，现在我的学生常常会开玩笑说"谢室友不杀

故意炫耀肥美的螃蟹，把照片发到朋友圈里

之恩",我懂得那感觉。在一个狭窄的空间内,遇到极端情形,冲突与矛盾可能会被放大,激变成一场惨剧。但,如果放在时间洪流之中呢?

时间会让那时候激烈的我们慢慢变得平和、宁静、宽容、淡然,时间也会让我们明白,没有什么不可原谅,也没有什么理由让我们不去爱。

我想象着你们青春的模样,想象着你们在校园中的模样,我希望你们过得比我丰富、比我精彩。离开大学校园时,我提着一口袋的荣誉证书,但是,最珍贵的是我在大学期间认识的那几个朋友,还有与你们的爸爸,在食堂的偶遇。

当时没有想到,这个爱笑的朴实的男生,会在将来与我结成姻缘,并有了你们。

和好友、和所爱的人,一起走过了生命中的种种困境,这种默契可以延续一生。只有与人的情感,才是值得我们珍视的宝贝。

当我们把这些情感牢牢地安放于心中时,青春便永远不说再见。

所以我擦干眼泪,让青春变成一种释然。

亲爱的孩子们,你们会长大,会拥有自己的青春时光。那个时候,生命就如太阳花一般绚烂燃烧;而只要我还能够保持自己的赤子之心,我也会永远年轻,永远和你们一同奔跑在路上。

娘亲　2013 年 10 月 15 日于武汉

台湾

向别人学习，自己才会变得优秀

西门町美食

瑞芳小火车

垦丁的海

九份夜景

白鲸

屏东海洋生物馆

2010 年，我便去过一次台湾，我很喜欢那里的风土人情，于是计划带着家人一起去。2014 年，我、Lucky，还有跳跳和跳跳妈妈一起去了台湾，那一次的环岛游是我很难忘的经历。我们在台湾感受到了浓浓的人情味。跳跳长大一点后翻开当时的旅行相册，最爱说一句话："明明是我的成长册，为什么到哪里都能看到 Lucky 呢？"这就是旅行的小伙伴吧！

误导人的 APP

亲爱的 Lucky：

　　我们刚到台北的那天，各自拖着一个行李箱，行走在西门町川流的人群中。你紧紧拉着我的衣角，很是谨慎。

　　西门町是一处繁华的地带，我喜欢这儿，因为在繁华当中，它还有浓厚的文艺格调。一家甜品店用可爱的金毛犬来镇店，街上的女孩子和男孩子用软糯的口音交流，街头竖琴义演让你感受浓郁的文艺小清新范儿。

在西门町，街头的义演用的都是竖琴，给人一种文艺小清新的感觉

西门町的一家甜品店，可爱的金毛犬是这里的萌萌吉祥物

你很顽强，一句累也没有说。可肚子还是很饿的，肖肖阿姨和跳跳哥哥已经在酒店等我们很久了。

我们决定去找吃的，可是，吃什么呢？

饥饿是最快的启动按钮，我立即切换成觅食模式。"别着急，我有旅行利器！"我从包里取出了平板电脑，为了方便这次旅行，我特意下载了许多有关台湾旅行的APP。

比如"食在方便"，中国台湾地区的所有美食都可以在地图上显示出来，详细到地段、距离、好吃指数和价格等等。

"你们想吃什么？这里有卤味、火锅，还有寿司，想吃什么呀？"反复询问之后，我们终于确定要去一家最近的、叫"万国卤味"的饭店。

满怀期待，肚子饿得快要扁掉了的两大两小，急忙冲出了酒店。

很快，我们就看见了面前一块大大的店招：万国卤味！

可这明明是街头的一个大排档啊！

虽然和我们想象的有些不同，可是这大排档应该很受欢迎，APP向我们强烈地推荐了它。

Lucky，这次旅行，我们有许多事务是在网络上完成的，订酒店、订门票、订机票……技术带给我们许多便捷，可我还是不能完全相信技术，因为你也看到了，我们的眼睛虽然不像电脑那么复杂，但是它更有用。

我相信技术会越来越进步，我们以后会更多地使用全新的应用、全新的智能设备，可是我们最应该关注的，仍然是人类的创意与判断力，这是我们对人类自身的根本自信，你说呢？

在地铁站，许多人都举着手机看电视剧或者发微信，电子设备在慢慢蚕食我们的生活，此情此景让我下定决心，决不更换我的老手机。它内存小，装不了太多 APP，上网也慢。后来，我干脆把网络停掉，只在家中有 Wi-Fi 的时候才上网。

虚拟空间只是生活的一部分，我们的眼、耳、手、脚所感受到的这个充满生命力的世界才是最重要的。

我想说，我们以后不应该做"微信控""微博控"，而应该"控微信""控微博"，因为技术的核心应该是人类的情感与智慧！

娘亲　2014 年 4 月 26 日于重庆

交流的心

那个时候，我们聊到了宫崎骏，我不会用日文说他的名字，就在火车的玻璃车窗上，写下了他的中文名。

亲爱的 Lucky：

我们在旅途中会敞开自己和不同的人交流。

你还记得那次我们在瑞芳坐小火车时遇见的那两位日本姐姐吗？我们坐着从瑞芳开往菁桐的小火车，遇见了两位姑娘。其中一位姑娘有着小小的虎牙，说起话来轻声细语。她用中文向我们问好，我听出来她们是来自日本的姑娘。

"我们来中国台湾快 10 次了……"她这样笑着说道。

我能够认出日本的女性，因为她们往往有着细小的牙齿，笑起来的时候很含蓄。Lucky，那天在火车上，你渐渐地和其中一位姐姐熟了，然后你们玩了起来。另外一位不会说中文，而你也不会说日语，但你们仍然交流，你们玩着打手游戏，只是笑着，就已经非常开心。

如果抛开网络上的一些言论，你会发现日本人的规则感和他们的

在从瑞芳去菁桐的火车上，你们认识了两位日本姐姐，和她们玩得很开心

教养是值得我们学习的。

那个时候，我们聊到了宫崎骏，我不会用日文写他的名字，就在火车的玻璃窗上写下了他的中文名。不同民族如果要交流，一定是需要一座桥梁的。不论那是动漫、文学，还是别的什么艺术形式，借助跨越语言和偏见的形式，我们可以实现交流，如果有可能，我们最终还能实现彼此理解。

看到你和日本的姐姐在那里自由地"交流"，我很高兴，因为你已经慢慢地学会了打开自己。在去过台湾以后，你开始变得积极主动，有时候你在电梯里看到邻居拉着行李箱，就会很热心地问道："你们这是要去旅行吗？"

妈妈出生在川西的一座小城，读大学之前从来没有离开过四川。有时候，听到高中同学讲到自己初中独自一人坐火车去北京的经历，就会特别羡慕，因为在旅途中可以认识来自中国不同地方的朋友和来自世界各个角落的朋友。

现在轮到你们了，**我希望你们可以走尽可能多的路，去见各类不同的人，然后你们就会发现，真正促使我们达成彼此理解的，不是语言，也不是姿态，而是我们想要彼此理解的意愿。**

愿我们未来的旅途有更多难忘的经历！

娘亲　2014 年 2 月 28 日于重庆家中

这样就好

当我们来到九份，李老师的太太教我们用橙子皮来制作清洁剂，经过神神的家庭加工，看起来一元是处的橙子皮可以变得用处颇大。

亲爱的 Lucky：

还记得我们在台湾吃的西门町 8 锅的特色锅吗？

"小孩跟着我们，吃一个锅就行了，只需要再加一碗米饭。"肖肖阿姨这样说，她真的很会算账。8 锅的牛奶锅的调味料很好吃，味道独特，里面煮着豆腐和各式蔬菜，但我觉得最有特色的是台湾的卤肉酱，它真是百搭。

在人来人往的餐厅中，我们看到一条提示 —— 为了您和他人的用餐便利，请您用碟子而不是碗来盛装卤肉酱料。

这是一个很小的细节，用碟子装卤肉酱料会比较节省，避免了浪费。

亲爱的 Lucky，我觉得这涉及我们对物品的态度，我们太容易把食物看成是轻而易举就可获得的。对食物保持珍惜和敬意，其实也是我们对人生的一种态度。

8 锅的卤肉酱料是用碟子来装的，然后再倒入米饭里，这样酱料便不会被浪费掉

　　在这里，处处可以见到人们对物品的珍惜和敬意。当我们来到九份，李老师的太太教我们用橙子皮制作清洁剂。经过种种家庭加工，看起来一无是处的橙子皮可以变得用处颇大。

　　那些随处可见的、被我们丢弃的物品，在另外一个场合就可以成为重要的东西。比如一个塑料袋，用完了以后如果不丢弃，你就可以发现，下雨天用它来保护相机不进水是非常有用的，这时，它又变得有价值了。

　　所有物品都有其意义，值得我们用尊敬的态度去珍惜，我们只需要把它放置在正确的地方，甚至可以为它找一个"归宿"。比如你有一件衣服，你不会再穿它了，如果是用尊敬的态度对待它，你就会为它找到最佳的归宿，而不是简单地丢掉它，这就是"惜物"的态度。

　　当你饿的时候，一份白米饭就可以饱腹；当你渴的时候，一杯清水就可以解渴。珍惜这点点滴滴的美物，让生活于简单中生出欢喜。

　　我国传统文化中有一些观念值得深思，比如，人在一生中能享受的福分是固定的，凡事不必过度，吃饭也不必非要奢华，只是"这样就好"，给自己留一些余地，福分才得以长久。

这次旅行，我们全程乘坐公交车，尽量吃朴素简单的食物，这也是一种"惜福"的态度呀。

Lucky，也包括 Star，我们中国传统文化中的许多智慧很有深意，我想我们不妨在以后去慢慢理解和体会。

娘亲　2014 年 2 月 24 日于重庆家中

漂亮的水果们

台北士林夜市的漂亮水果

真正的艺术是小朋友也可以触摸的

亲爱的 Lucky：

　　这里有几个地方是我特别想看的：一个是瑞芳的小火车，一个是垦丁的海，再有一个，就是台北故宫博物院。

　　妈妈是文科生，上学学历史时，每天只靠背，成绩也不错；但如果今天我学历史，一定会以可以触摸的形式去学。比如学秦代历史，我就要去看秦俑；比如学唐代历史，我就要去趟西安。当我们可以用手去触摸，用眼去感受，再用我们的心去发问时，我们所学的东西才是和我们的生命相贯通的。

　　不只是历史，艺术也一样，当我们可以近距离地感受时，就会得到属于自己的结论。

　　来到了台北故宫博物院，之前我担心对还不到六岁的你们来说，这次旅行会非常艰深。但出乎我意料的是，在这里，沉甸甸的历史都可以用游戏的形式让孩子们参与。

　　台北故宫博物院专门制作了《国宝总动员》的动画片，把定窑白瓷婴儿枕、灰陶加彩仕女俑、嵌松绿石金属丝牺尊等宝物萌化，再以"神器活现"主题学习单的形式交给你们，让你们去各个楼层寻找指定的宝物，去加盖印章。

　　在儿童学艺中心，你们既动手拼接了多宝格，又用拼图的方式复原了古代瓷器，通过这种方式，历史与艺术离你们越来越近了。

台湾的许多景点都考虑了孩子的需求，提供多种印章服务。现在，每当我翻开那本旅行笔记，还会看到上面盖下的一个个印章：台北故宫博物院、枋寮、瑞芳火车站、鹅銮鼻公园……那些萌萌的印章，是你和跳跳哥哥最喜欢搜集的宝贝。

在台北故宫博物院，你们用游戏的方式去感受历史

Lucky，你要记住，把知识和我们切身的体验结合起来，是一种重要的学习方法。

当我们学习天文知识的时候，我们不妨一起去看看星空；当我们要学习数学的时候，我们不妨从数数自己手中的葡萄干开始。如果用我们的心把这些知识和我们体验到的生命经验与感受相结合，知识本身就会变得非常具有亲近感。而亲近感，是我们认知世界的开始。

Lucky，当然，也包括 Star，要知道，"太阳底下原无新鲜事"，这就是让我们用心去感受和体验知识本身，并让它和我们的生命建立联系，当我们领悟了这一点，我们的学习就会变得乐趣无穷。

娘亲　2014 年 2 月 23 日于重庆

放轻松，一切都有解决办法

亲爱的 Lucky：

在旅行中，我是个"甩手掌柜"，不太关心旅行中琐碎的细节，所以，我多么需要一个与我互补的旅伴。

肖肖阿姨就是这样的旅伴，她很会规划旅行的行程，并且细化时间和各项衔接工作，我则喜欢"到时候再说"。

曾有朋友告诉我，她如果不提前一个星期买好票就会非常不安，而她的先生常常在开车前三十分钟才决定要不要买票。我觉得他们这样的组合挺好。

不过，我的优势在于我有强有力的信念，可以引领整个问题的解决。比如那次，我们要订从花莲到枋寮的火车票，据说这一段的票非常紧张，不过我也没有太担心，因为我总是有种感觉——船到桥头自然直。

在台湾坐火车环游非常方便，订票可以在 711 的订票机上完成，只需交一些手续费就可以了。

订票的时候，我们吃惊地发现已经无票可订了！无论怎么刷，票总是出不来。

我们订票，需要售票员帮我们输入证件号，我们反复试了七次，都显示无票。

这时候，售票员烦躁起来，肖肖阿姨也跟着烦躁起来，怎么办呢？如果订不到票，我们第二天的行程就会受到影响。

接着，我轻轻地说："让我来试试看。"

"可是明明试了那么多次都没有票哇！"

"没有关系，我只试两次，如果实在不行，我就放弃！"我这样说。

我心里完全没有底，但我有种感觉，我一定可以订到票，一定可以完成原有的计划。

感谢售票员的耐心，我们第八次请她帮我们输入证件号。我全神贯注地盯着屏幕，终于，我看到了两张票，我毫不犹豫地刷了下来。

"是三点钟到，你确定你们要这票吗？"售票员耐心地问我们，因为要在收银台付了款，这票才算真正买到。

"不对，这个时间不对，这样的话，我们就是在半夜到了……"肖肖阿姨说，但我们都有点不敢相信我真的把票刷出来了。

但是不买又有什么别的办法吗？

豁出去了！

我们买下了票后惊喜地发现，原来是下午三点而不是凌晨三点到。哇！太好了，对于带着孩子旅行的妈妈们来说，这时间非常合适！

Lucky，我紧紧地拥抱着你，我们所有人都非常开心！在妈妈经历的人生大事中，我觉得有一件法宝帮助我走过了好多困境，那就是坚持不懈，相信问题一定有办法解决！哪怕连续失败也不要紧，只要对自己说：再试一次！哪怕一次就好！

买到了票，在回旅店的路上，我细细地把这个观点讲给你听，你听得很认真，我想你一定懂得了。

　　真的，妈妈就是这样做的。在一些失去信心的时候，对自己说，再试一次，再试一次就好。

　　天赋、才华或者运气都很重要，但是有时候，再试一次，意味着一种坚持，也意味着一种放手，当再试一次也不行的时候，我们就要做好准备，转战别的更加适合我们的领域。

　　我们必须给自己再坚持一下的机会，也需要给自己设定一个可以结束的界限，这样，我们的人生就是灵活与坚韧的结合。

　　亲爱的 Lucky，我希望你和 Star 都成为坚韧的孩子，失败了也能够奋起拼搏。不过，若拼了之后还是失败，那就是老天并不希望你走这样一条路，或者说，这条路可能不适合你。面对这样的选择关口，你们也要学会勇敢放弃。

　　这就是我在旅行中得到的感悟。

　　　　　　　　　　　　　　娘亲　2014 年 2 月 27 日于重庆家中

是坚强，不是勇敢

我们终于找到了那条隧道，在无人的山洞中，我想象着走出去是不是就可以看到那个千与千寻的神秘世界？

雨水在山洞中嗒嗒流淌，我们四个人就在那里拍照留影。

终于，我们到了。

亲爱的 Lucky：

我们去了一个小镇——九份。我上一次来的时候，看到了九份的夜景照片——一片蜿蜒向前的红色灯笼，像是一条红色河流，穿过宁静神秘的小镇，这里可是动画片《千与千寻的神隐》的取景地呀。

我们在瑞芳车站下了车，天空中下着大雨，由于还没有订酒店，我们拖着一大堆行李，茫然地站在站台上。

大雨、不知道该住哪里和一大堆行李……这是妈妈们的噩梦，但是没有关系，一切都会搞定的。

"你来看行李和小孩，我去找住处！"我冲进了大雨中，在路边的小店，我顺手拿起一张名片，上面写着一家民宿的名字"李老师的家"。我用路边的投币机打了电话，一个很温和的男声在电话那头响起："我五分钟之后来接你们……"

冒着大雨，我和肖肖阿姨把你、跳跳哥哥和行李都转移到了路边的便利店，接着，我们就看到了李老师的车。我们快速上了车。

鞋子湿了，衣服也湿了，我们从头到脚都淌着水，但还是决定要去坐瑞芳最出名的小火车。

小镇上的雨下得更大了，你穿着雨衣，我举着雨伞，我们在小镇上夜游。大雨中，一切都是朦胧的，远处的海、远处的灯火……我们吃了好吃的阿甘婆芋圆。

沿着李老师画的路线图，我们继续寻找千寻穿越过的那条隧道的原型。

我举着的伞被大风吹得快要飞走了，你一直在雨中蹚水向前，鞋子一定全湿透了，我用伞遮住你，我的后背早已经被雨浇湿。我们在大雨中足足走了一个半小时。

这时，已是晚上八九点钟了，如果在家，你应该已经舒服地喝了奶，洗了脸，准备上床睡觉了。我的内心突然有一些不安，其实，你连《千与千寻的神隐》这部动画片都没有看过，而要在这样一个下着大雨的夜晚去找那条隧道，这纯属是妈妈的一厢情愿罢了。

但你一点也没有抱怨，哪怕全身被淋湿，在应该睡觉的时间和我一起在大雨中跋涉。

我忍不住真心地对你说："Lucky，你真勇敢……"

你一边走路一边认真地对我说："妈妈，这不是勇敢，是坚强……"

Lucky，你知道吗？你常常会说出很深刻的话，勇敢，的确不是坚强。坚强意味着即使这个人不那么勇敢，她同样可以面对风雨，一直向前走，不怕被大雨淋湿。

终于，我们到了。我们找到了那条隧道，像是一个无人的山洞，我想象着穿过去就可以看到千寻的神秘世界。雨水在山洞中嗒嗒流淌，我们四个人就在那里拍照留影。

"坎坷之路，终抵群星。"这次，我们只不过是找一个小小的山洞，但是，生活的意义与之相通。在我们困顿、迷茫，不知道应该坚持向前还是退后的时候，我们要做的就是坚强，当你坚强起来，勇气也会来到你身边。

所以，即使面对风雨，也要努力向前，在你只有四岁的时候，就已经做到了这一点。

亲爱的 Lucky，这次旅行之后，我就开始佩服你，我欣赏你小小身体中蕴藏着的那种力量。

妈妈崇拜你！

娘亲　2014 年 3 月 4 日于回忆旅程中

穿着雨衣，拖着行李，急切地想要登上小火车的你们

台湾家书回信——Lucky

To mom：

　　经你这么一提，脑海中仿佛有了那一幅画面。尘封的记忆之门被打开了。天很黑，豆大的雨点在地面上欢快地跳跃着。水流由上至下，由坡顶到了坡底。一切都与日后看的《千与千寻的神隐》完美重合，才恍然大悟那是《千与千寻的神隐》的取景地。勇敢确实和坚强有所区别，勇敢是鼓起勇气去做某一件事，而坚强却是在做某件事的时候，虽有困难，但依然保持信心，坚定地继续做。每个人都可以坚强，也都可以勇敢。只要怀着热爱，永远坚定。

Yours,
Lucky

专注当下，一切就好

亲爱的 Lucky：

如果提起这次旅行你最开心的时刻，你还会不会记得我们在花莲七星潭边的时候呢？

花莲这个名字很美，它也的确是一个值得你停下脚步、细细品味的地方，我们在这儿待了两天半，但是如果可以，我还愿意尽可能多地在这里停留。

台湾的景点都十分精致，一片小小的树林也会设计出一条精巧的线路，适合亲子游。

在七星潭边，肖肖阿姨租了一辆亲子自行车，把跳跳哥哥放在前面的车座上，然后，她潇洒地载着跳跳一路骑行。她娇小的身体里面似乎装着无穷的能量。

你羡慕地看着，然后把目光投向我。

Lucky，其实我是一个运动白痴，我要是说我在小学时曾经是一个田径运动员，可能很多人都不敢相信，也许那时高强度的体能训练把我对运动的好感彻底磨灭了。

"我可以试一下，但是，Lucky，妈妈是很弱的，我可不一定行……"我有些心虚地说，因为我好几年都没有骑过自行车了。

"妈妈，没有关系，你试一下。"Lucky，你充满期待地说。

在垦丁的鹅銮鼻公园留下了母女合影

在台北七星潭，你和跳跳哥哥在骑行的休息中

"那……好吧。"

我把你放在自行车前座，然后摇摇晃晃地开始心虚地骑行，老天，我居然骑动了！

Lucky，你欢呼着："妈妈好棒，妈妈我爱你！"

亲爱的 Lucky，我想我会一直记得那天骑行中吹过耳边的风。在七星潭的海岸线边，我们感受着海风与向前的速度，这条骑行线路经过精心设计，路况很好，自行车还可以异地归还。

我最喜欢下坡时风呼呼地吹着，你紧紧地贴着我，我感到你很开心。这个时候，我忍不住兴奋地问肖肖阿姨："明年，我们会去哪里呢？"

"现在还是专心骑车吧！"肖肖阿姨大声提醒我，"真开心！我爱跳跳，我爱老公！"她在风中呼喊着。

肖肖是对的，当下才是最重要的。当我们感觉此时此刻很快乐时，请一定放下一切，好好地体会这快乐，不要让思维去未知的远方，也不回到过去，我们活在此刻，此刻值得我们全情投入。

我们一直紧紧地靠在一起，像是袋鼠妈妈带着她的孩子。走到陡峭的坡路，你就会下车和我一起推车，到了平坦的路段，你又坐上车来，任我带着你自由前行。

我们相互依靠，直到现在，我仍能记起你当时留在我身前的体温，像是回到了你出生的那一刻。

Lucky，还有 *Star*，妈妈爱你们，当妈妈陪着 *Lucky* 时，就全心全意地陪着 *Lucky*。而当 *Star* 你稍微长大了一些时，妈妈也会单独带你去遥远的地方，那时，我就全心全意地陪着 *Star*。

我们在一起就是最为珍贵的。时光不可重来，我们要学会珍惜每一个相聚的时刻，因为每一刻都不可替代。

当我看着那张七星潭的照片，回忆就在心头泛起温暖的感觉，这是世界上最不可替代的宝物。

亲爱的孩子们，旅行就是这样，我们一起去创造那不可重来的宝贵时刻，我愿意一直与你们同行，走到我再也走不动的那天。那时候，我就会怀抱着那些温暖的记忆，微笑着慢慢品尝。

娘亲　2014 年 2 月 28 日于重庆家中

听白鲸在唱歌，那是哭泣还是欢笑？

天亮了，我睁开眼睛，还感觉太过于梦幻，在我的头顶，白鲸们真的唱着歌，Lucky，那个时候，你也睁大了眼睛，却没有说一句话，你在想什么呢？这样的瞬间会停留在你的记忆中吗？

亲爱的 Lucky：

我很想念屏东海洋生物馆，在里面，我们认识了新的朋友，那是三条白鲸：巴布、小兰，还有天使。

我们早早就在网站上预订了屏东海洋生物馆的住宿，我们决定住在白鲸馆。来到屏东海洋生物馆时是早上，我们在各个馆中自由地玩耍了半天。到了下午，就开始期待闪闪发亮的特别项目——夜宿！

我想，人类对黑暗有着本能的好奇和恐惧，当我们举着手电筒在馆内夜游的时候，我想到了《博物馆奇妙夜》。黑夜带来神秘，而夜游创造的是一种新奇的体验。

我们跟着导游哥哥去珊瑚王国夜游。珊瑚王国展区的结构好似一艘船，分为几层。珊瑚礁是一种神奇的共生体，由于慢慢消逝，已经变得越来越珍稀。珊瑚礁的白化让这海洋中的森林开始减少，这使更

多人开始关注珊瑚礁的保护工作。

你紧紧地牵着我的手，我们循着手电筒的光去看那些神秘的生物。钱鳗，看着有些吓人，滑滑的，好像蛇，但是却有保护自己的独门方法，喜欢群居和黑暗。小丑鱼的色彩好像是从彩虹身上截取下来的，它们在小池中游动。我想，这就是《海底总动员》尼莫的原型啊！

海洋世界的丰富性缘于各种生命的共生共存以及生物与生物之间的差异，可是，这一点正在慢慢被破坏。

导游指着一条海豚的标本说："这条海豚因为生病被送来这里，但它无论如何也不进食，直到死去。后来，对它进行了解剖，在它的胃里找到了好大一团塑料袋，它把人类丢弃的塑料袋当成水母吞食了。"接着，他说："好了，现在请大家准备夜宿了！寝具已经送到各位夜宿的地点了！"

什么？只有我们四个在白鲸馆！其他夜宿人员都选择了海底隧道！

看着黑乎乎的白鲸馆，我内心有些害怕，但是因为你们在，我和肖肖阿姨就决心勇敢点。

我们睡两边，把你和跳跳哥哥夹在中间。透过夜灯，我们看着头顶幽蓝的白鲸池，在隧道之上，里面有三条白鲸游弋着。

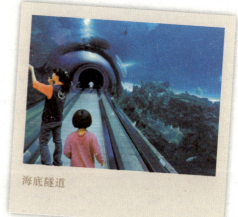

海底隧道

"我最喜欢听白鲸的歌声，"导游这样说，"每次听到白鲸的歌声，就觉得那是世界上最动听的音乐。"

小蓝、天使和巴布在我们头顶

屏东海洋生物馆中的大洋馆鱼群

游来游去，我想，白鲸会怎样睡觉呢？睡觉的时候，它们还会游泳吗？想着想着，我们都睡着了。

天亮了，我睁开眼睛，这感觉太过于梦幻。在我的头顶，白鲸们真的在唱歌，那悠扬的音乐，让我想起了一本我很喜欢的小说《骑鲸人》，里面的女孩拥有和鲸鱼沟通的能力。

蓝色海水，白色身躯。头顶的晨光渐次亮起，隧道中回响着白鲸们神秘的歌，这让人很感动。原本，人类和自然生物们就应该彼此倾听，我为我有这样的机会而感觉幸福。

Lucky，那个时候，你也睁大了眼睛，却没有说一句话，你在想什么呢？这样的瞬间会停留在你的记忆中吗？

我想和你一起做一些事情，比如去保护这样的歌声，让它不要在世间消失，让它永远可以和人类有着共鸣。

所以，当我们去往潮间带，看那些潮汐带来的小小生命时，我们和解说姐姐一起，把那些掉落在海边的塑料袋一一捡起来。只要能保护海洋中的那些小小生命，即使我们能做的只有这么一点点，那也很重要。

娘亲　2014年3月4日于重庆家中

北京

梦园让女儿拥有内心的笃定

改变

燕园

看不见的圈层

霍比特人的团队

北大有一首歌《未名湖是个海洋》，里面唱道："未名湖是个海洋，诗人都藏在水底，灵魂们都是一条鱼，也会从水面跃起……"北大是我的梦中家园，无论毕业多久，还是希望能常常回家。于是，自 2012 年开始，我几乎每一年都要回北大一次。2014 年，我带着你们和爷爷奶奶一起去了北京。北京，也是爷爷曾经从军驻扎的地方。我想，那里一定有爷爷的很多回忆吧！

面对未知的勇气

亲爱的孩子们：

这次旅行完全是机缘巧合。

我要先给你们讲一个故事，是妈妈从一个朋友那儿听来的。他在机场等飞机的时候，排了好久的队，眼看就要轮到他办理登机手续了，可是，突然开了一个新的窗口，他看看手表，想着自己在这个队列中继续排队会花多少时间。新的窗口一打开，人们全部涌了过去，由于犹豫，他又成了新队伍中排在最后的人。

起初，我并不理解这个故事的寓意。

这次，妈妈再一次独自上路去北京，为了当面向陈刚老师请教关于专业发展的问题。一路上，心中非常紧张和忐忑，因为陈刚老师是广告教育界的大人物。回到北京大学新闻与传播学院的时候，我和阿翠阿姨还在感慨：我们已经七年没有回来了。

我说我要问问，到底该进修广告学还是网络与新媒体，阿翠说："你让陈老师怎样回答，他是教广告学的呀！"

"进修网络与新媒体吧。"陈刚老师戴着黑边眼镜说道。

接着，他给我们讲了北京大广告公司的式微，讲了现在在转型中的互联网，"这是个全新的领域，我们至今也没有完全理解它，……必须向互联网学习，"陈老师说，"学校已经落后于业界十年，而业界又远远落后于互联网十年。我们要放下既有的东西，现在所有的课都必须有革命性的变化。"

原有的道路已经不再适用于今天这个时代，这是个一切被颠覆、一切被重构的时代，网络购物只是其中一个方面，互联网金融也只是冰山一角，移动互联网要改变我们整个时代，是真正的第三次工业革命。

现在，想到当年做出的选择，我的眼睛还会有些湿润，我想，你们在长大之后才可能真正理解：你在某个方向上努力取得了极大成果之后，却要跳出来对这一切发出质疑和挑战，这需要多大的勇气。基于这点，我非常敬佩陈刚老师。

我又提了几个问题：还要不要向大广告公司学习？创意应该往什么方向去？互联网传播的未来在哪里？

听完陈刚老师的回答，我终于真正地看清了自己的处境，环境即将发生巨大的变化。孩子们，大多数人都喜欢稳定，不喜欢变化，但是看起来很稳定的屋子的地表也会发生移动，我们要看到这一点，必须勇敢地迈出变化的第一步。

原本我以为自己很爱广告或者很爱广告行业的创意是因为我很执着，但是和陈刚老师面谈之后，我才知道也许那只是因为我放不下、舍不得。我在这个专业中投入了自己最宝贵的时光，我所有的教学成果几乎都是围绕着广告。

可是必须得放下，还必须得清空，然后迎接新时代的到来。不管你愿意或不愿意，时代都已经改变了。

如果都没有人用胶卷了，你去教如何制造和使用胶卷，这到底有什么意义？我怀着这种震撼的、复杂的心情见我了的导师，还参加了一次会议。会议是关于互联网传播的主题，一些老媒体人首先发言讨论。

这时，我接到了一条短信，告诉我晚上十点的航班因为不可抗力取消了，我那时打热线电话无法拨通，查了火车的班次，也不行，我会赶不上后天的课。在焦灼之中，我竟然向身边素不相识的女士请教："这种情况，我要不要先赶去飞机场啊？"

原谅你们的妈妈，她在大事上有自己的方向，却在小事上喜欢听他人的建议。

那位女士说："先去机场吧，现在时间还早，还来得及。"

于是，我拎着行李在地铁间快速奔跑，心中只悲哀地念着："在这个世界上，除了出租车靠不住，飞机也靠不住哇！"

三点十分我出发，在三点四十八分我接到了来自山东航空的电话，咨询我要改签到什么时候，我在地铁中大声吼："七点半的！"

电话突然失去了信号，我怎么拨也打不通，只能在去往机场的路上一路狂奔，祈祷可以顺利改签。

在必须变革的时代，我们就必须接受变化

飞奔到山东航空的窗口，看机务人员低着头，我真担心她突然对我说："航班没有了……"

"六点的要不要？是目前最早的一班飞机了……"机务人员说，然后另外一位赶紧补充："南方下了大冰

雹，飞机飞不过来……"

我拿着国航的改签单，奔跑到国航的窗口："我紧急改签，请帮忙办手续！"

当我顺顺利利地坐到登机口时，还不到五点。其实，我原本就想改签，现在却是用一种超乎寻常的方式实现了心愿。

现在，我明白了那个在机场排队的故事：**人生是一次次的选择，当面对一个新的时代，必须变革的时代，我们就必须接受变化，哪怕是颠覆自己。**我想起了冯骥才先生的《神鞭》，一个用自己的辫子当武器的高手，在看到新时代的武器时，他选择剪断了头发。他的对手以为他已经不能对抗自己时，他却掏出了一把手枪。

"鞭子没有了，可是神还在！"

对我来说，选择的过程就是剪掉自己辫子的过程，是走向一条全新道路与未知的过程，我相信我会成为你们的好榜样。

有一天，你们也会直面这样的时代剧变，那个时候，你们要鼓起全部的勇气，对自己说"不要怕"，然后勇敢地往前走，即使在逆流之中，你们也会发现新的路口，偶遇远远超出你们预期的惊喜。

亲爱的孩子们，人们面对未知与不确定时会焦灼、不安、惶恐，但是一旦跑向应该前进的方向时，就会飞快地成长。所以，让我们屏住呼吸，张开臂膀，拥抱即将到来的、颠覆一切的时代。

娘亲　2014 年 4 月于北京首都机场

每个人都要有自己心中的梦园

Lucky 和 Star：

我想说，我们每个人心中都有一个梦园，这个梦园也许是一间书店，也许是沙发的一角，又或者是自己的大学。

妈妈也有这样一个梦园。在武汉中国地质大学读大三的夏天，我第一次来到北京，来到燕园。看到未名湖的湖水，我感受到了一种深沉的吸引。

我爱未名湖，无论如何也爱不够它。即使我无数次地绕着湖漫步，即使我无数次地凝望着它，我仍然觉得自己想要更多地拥有它的某一种气息。

还记得有一天，我们在一个售楼处玩吗？那里居然挂着蔡元培和李大钊的头像，我还看到了当年燕京大学的老照片，那些身着中山装的男生和蓝衣黑布裙的女生，被售楼机构当作吸引买家的广告。

即使这样，未名湖的照片还是那么美。

我想念它了，就像想念自己的故乡。

2007 年是我生命中最低落的一年，那一年，我做过一个梦，梦见未名湖的水干涸了。当我对阿翠阿姨讲起这个梦时，她哭了起来。

"你一定遇到了摧毁你心灵的最严重的问题，因为湖水象征着我们的精神力量。"

后来慢慢地，经历了春夏秋冬，我在四季中得到了治愈。Lucky 和 Star，我想说的是，我真希望你们心中也拥有一个梦园，就像名著《飘》中的郝思嘉心中的十二橡树庄园，无论遇到什么样的难题，那个梦园永远在她心中，给她支撑，也给她力量。

再见这片湖水，我仍然赞叹它的美丽。无论秋冬春夏，未名湖的美丽就像海洋一般多变，它柔柔的波光也拥有渗透我灵魂的力量。

"为什么未名湖这么深邃，要知道它不过是一汪湖水？"

无论谁问出这样的问题，都会被校友们反对！在《未名湖是片海洋》中，有句歌词写道："未名湖是个海洋，诗人都藏在水底，灵魂们都是一条鱼，也会从水面跃起……"

小小的湖水凝聚了中国大地深怀梦想与热血的年轻人的力量，他们在这里挥洒自己光辉的青春岁月，直到走向世界各地，这汪湖水仍然在他们心中永存。

亲爱的孩子们，我和阿翠阿姨在燕园中行走，在无尽的春光之中行走，感觉春天就像饱胀了的浆果似的，在燕园发出"砰"的绽放的

燕园的玉兰花映着蓝天绽放

燕园的花朵

当我看到未名湖的湖水时，我感受到了一种深沉的吸引。

声音。

阿翠阿姨已经成了非常优秀的营销总监，她让我猜猜，现在，她心中想的是什么。

"工作，你的眼睛里闪着的，全都是工作。"我很淡定地说。

"果然。"她叹了口气。

"明明这么忙了，为什么你还是抽出时间来陪我逛燕园呢？是因为我太有魅力了吗？"我问道。

"我敬你是条'女汉子'。"她淡定地说。

其实，不管是"女汉子"还是"软妹子"，我们都完全地欣赏彼此。我和阿翠阿姨在研究生面试的时候在这片园子里相遇，直到过去了十年，我们还是朋友，这是这片园子赠予我们的财富。

感叹于湖水，我们在这里留下了快乐的时光，也留下了低谷时的记忆。我们慢慢成长，慢慢老去，可这片湖水，它永远像海洋般年轻。

但对我而言，未名湖又是私人的，或者说，对每一个来自燕园的校友来说，它都有着与私人有关的记忆吧。

熟悉的燕园也是陌生的，它有那么多我无法穷尽的秘密与角落，即使每天在这里散步，我仍然想更多地了解它。

当年，很多人都认为我不可能考上北大，我却固执地相信北大是我的"故乡"，为了去往这片乡土，我拼命地努力。

现在，我也在内心深深祝愿你们拥有一片独属自己的梦园，一个即使你们长大成人，也可以把自己最初的梦想寄托在那里的地方。不需要很大，故乡的一个小园子或者一条小河，又或者一本书，甚至它

不是实体，而是你曾经想象过的一个奇幻王国。但这个地方是你愿意把所有梦想和心愿都存放的地方。

只要拥有这样一个梦园，你就永远不会老去，无论走到哪里，它都会成为你的故乡，一个会让你收起翅膀、变回自己去休憩的故乡。好希望你们快些拥有这样的梦园。

娘亲　2014 年春于家中

 北大家书来信 —— Lucky

To mom :

都说"日有所思，夜有所梦"，我想，你或是因为担心未名湖，憧憬着北大校园吧！感觉得出来，你很喜欢北大，你提到它的时候，眼里有星星。正是北大的未名湖，北大的悠久风韵让你难以忘怀。这正是对美好的一种追求。如果我在你考北大时就在世上的话，我一定会坚定支持你的，就如同你支持我一般。无论我想做的事有多"疯狂"，你都会支持我的，对吗？我们一起再去北京看看吧！

Yours,

Lucky

 北大家书回信 —— 妈妈

对！ Sure ！只要是你觉得有意义有价值对世界有帮助的事！

妈妈

圈层

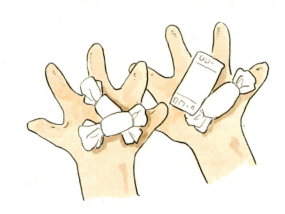

他提着一塑料口袋的零食出来，有棒棒糖，有爆米花，然后看到有小朋友，他就举起自己黑黑的手掌，走上前去，把口袋里的零食递向他们。

Lucky 和 Star：

在你们面前谈"圈层"这两个字让我有些惭愧，原本，我想告诉你们人与人之间是绝对平等的，不存在任何分界。

但是圈层存在着，并且我们可以感受到它。

你们还不明白，为什么有的家长只是为了让孩子周围都是有钱人的小孩，并能接受最好的私立小学教育而买一栋别墅；

你们还不明白，为什么有的时候家庭与家庭看起来一样，但事实上享受到的却不一样。

圈层是什么？它是我们结交朋友时，我们与朋友、朋友与朋友之间产生的联系。

就在北京中关新园，有一个北大师兄组织几个校友开了一个众筹咖啡馆。

大家各自出资，你们的阿翠阿姨也是股东。

她在咖啡馆主持一个移动互联网的现场沙龙，请了布丁酒店的创业团队来做讲座。当时，阿翠阿姨一身红裙，自信又从容，我真心为她感到骄傲。

在这间咖啡馆，她认识了许多朋友，大都是北大的校友。我们点了一杯卡布奇诺咖啡，奶沫上面是"1898"的字样，那是北大建校的年份。

我不是说从北大毕业的人都很优秀，但这些人都来自一个梦园，如今会聚在一起，分享彼此的梦想，从而有了更多的联结。

我们都是自信的，相信凭借自己的力量可以行走于世界，直到时间与现实慢慢敲打我们，让我们懂得，一个人的力量改变不了世界，只能被世界改变。这个时候，我们就必须找到自己的同伴，然后一起努力坚持下去。

阿翠阿姨作为移动互联网校友联合会的常驻主持人，慢慢建立了自己的圈层，得到了更多的支持。毕业多年，她成了都市中充满魅力的女子。这魅力来自她对自己的信任，对外界的从容应对，还有心中不灭的那份真诚。

我想象着你们未来的样子，Lucky，还有Star。

你们一定要有自己的朋友，这些朋友身上有值得你们学习之处，你们真诚地对待他们，真心地欣赏他们，对他们无所求。你常常会想起他们，偶尔打个电话，知道他们需要什么，有什么好事的时候，都会想到他们。

就这样善待你们周围的人，慢慢地，你们也会建立自己的圈层，属于那些和你们相近的人。

好的人品就像太阳一样，人们被你吸引而来。你做对了，他们会

支持你；你做错了，他们会批评你；你遇到困难，他们会无条件地挺
你；在你需要人推动的时候，他们会推着你向前走。

就像在这个咖啡馆，我们可以感受到那种大家都在彼此推动前行的力量。我不太喜欢人多的场合，更倾向于小范围的朋友聚会，可是，看到校友们在如此热烈地讨论着移动互联网带来的机遇时，我很开心，也很自豪。虽然作为个体，他们未必能够改变这个世界，但是当许多许多个人懂得手拉手站在一起，我们就可以改变这个世界。

你们也要记住，所有圈层都可以被改变。在我们小区，有一个总是光着脚出来玩的小孩，他家里条件很差，背上还长了一个瘤，他每次出来玩的时候，带孩子的家长们都离他远远的。

有一次，他提着一塑料口袋的零食出来，有棒棒糖，有爆米花，然后看到有小朋友，他就举起自己黑黑的手掌，走上前去，把口袋里的零食递向他们。

那个时候，我看呆了。他才不到三岁，就已经学会了社交。有些家长嫌弃地说："哪个要吃你的东西哦！"

但是他也不着恼，走到一边去，和别的小朋友搭讪。那次，我拉过他，和你们一起游戏。Star，你也有欺负他的时候，可是，这次和他在一起玩，你很乖。你像是知道我的意愿，我们需要平等地对待彼此。

不要小看一株生长在贫瘠土地中的幼苗，在某种机缘巧合下，它
也会长成一棵参天大树。无论你们生长在怎样的环境中，我都希望你
们长成心胸开阔的孩子，平时不要太计较，多为别人想一想，心中要
装着个大世界，那么，你们就会有树一般的绿荫，和丛林站在一起。

亲爱的孩子们，我又想起了在咖啡馆中，我说灯暗看书眼睛会累，

阿翠阿姨就举起那本《失控》给我读，我喜欢听她给我朗读。

　　人与人之间存在着紧密的联结，不要把自己放到一座孤岛上，打开你们的心，用你们本来的样子吸引同伴们寻找到你们，一起去影响我们未来的世界，把它变得更好。

　　哪怕每人只是种下一棵小小的树苗，这个世界都将变成森林。

　　　　　　　　　　娘亲　2014 年 7 月于重庆家中

礼拜蔡元培

亲爱的孩子们：

　　夏天，我们和爷爷奶奶一起旅行，第一站是北大。我喜欢看你们在妈妈的梦园中奔跑欢笑的样子。因为这次是参加培训，所以妈妈在北大校园未名 BBS 上面找到一个学弟导游，妈妈上课时，就让哥哥带着你们一起玩。

　　妈妈必须专心地上课，在离开校园八年之后，我终于又回到了这里，参加陈刚老师的"创意传播管理学校"课程。

　　妈妈一大早就急匆匆地赶到教室上课，因为不想错过每一节课。你们和爷爷奶奶一起去长城，去圆明园，去动物园。Star，你还记得吗？是奶奶背着你登上长城的，那段时间你也许是缺乏安全感，无论到哪里都要人背。

　　暑假，长城人山人海，能登上去已经不易，而奶奶成了大家关注的焦点。人们拿着手机纷纷给她拍照，觉得这个奶奶不简单，能背着孙女登长城。

　　在校园里，你们跑得很欢快，

非常虔诚的 Lucky 和 Star

我特别带你们去看了一尊雕像，是蔡元培先生的。我告诉你们："这就是妈妈非常非常崇拜的蔡先生，我常常来拜他，你们也来一起拜拜蔡先生，让他保佑你们能够读好书！"

这是半开玩笑的话，但是你们非常虔诚。Lucky，你很认真地在前方拜了拜；而 Star，你呢，紧闭双眼，双手合十，高举胸前，先是在正面闭目庄严地拜了拜，然后，你慢慢走到了左面，又拜了拜，接着，你顺时针拜了一圈。我突然想起来，这不就是在泰国拜四面佛的方法嘛！Star，上次我带你去了普吉岛，没有想到你现在就把蔡先生当成四面佛来拜了！我想，倡导兼收并蓄的蔡先生应该不会介意你把拜四面佛的礼仪用到他身上吧？

直到我们远远离开了，你还是庄严地双手合十，双目微闭，一路肃穆地穿行在小道上。在蔡先生的雕像前，有人放上了一束花。这样真好。

Lucky 和 Star，这样去认真地记住一个人，是不是感觉很神圣呢？

娘亲　2014 年 9 月 10 日于重庆家中

霍比特人的团队

我们终于决定踏上征程……

当我们不得不面对变化着的世界时，

但是，

害怕未来的改变会让我们失业，

我们平凡、胆怯，

我们都是平凡的霍比特人，

亲爱的孩子们：

　　妈妈很喜欢看幻想类电影，比如根据英国作家托尔金小说改编的电影《霍比特人》。有人觉得自己是电影里美型又飘逸的精灵族，有人觉得自己是充满强大力量的甘道夫，有人觉得自己是勇敢顽强、充满意志力的矮人族，当然，也不排除有人觉得自己像是那个很另类的咕噜。

　　如果问妈妈，妈妈觉得自己像霍比特人，也就是矮人族。电影主角就是一个霍比特人，他生活在一个宁静美丽的村庄，对外面的世界根本不感兴趣（也许是充满畏惧），在家中囤积食物，过着循规蹈矩的生活。可是有一天，突然到访的矮人族战士们改变了他的命运，将他拖入了冒险的征程。

在创意传播管理学校五天的学习中，妈妈所在的团队要完成一个课堂陈述，根据我们的所见所闻，去分享我们的经验。

团队首先要选出组长。大家让陆叔叔当组长，他说他没有时间；大家又让我当组长，可是我还要带你们，也不行。

"我想，我们应该选出一个专业度最高的组长，带领我们去完成整个陈述。"我说。

"呵，组长还需要什么专业度？"很犀利的吴阿姨这样说。

最后，我们用转啤酒瓶的方法，选出了我们的组长周阿姨。

虽然不当组长，可我还是很想把这个陈述完成好。Lucky 和 Star，我们一同面对的是一个变革的时代，很多东西都会经由互联网而改变，包括教学。妈妈心中曾经有过小小的恐惧，那就是担心自己会被技术所取代。

那天，我一边喝着咖啡一边等待开课。咖啡的劲道很大，激起了我内心的创作欲望。我拿出平板电脑，啪啪啪啪，在上面拼命敲着字，这样，《霍比特人的征程》这个陈述题目和框架就出来了。

然后，我马上把这个 PPT 发给全组的同伴们看，大家提出了很多不同的意见。

我喝了一口咖啡，慢慢地说道："我写这个东西出来，就是等大家来喷的……"

Lucky 和 Star，你们相信吗？我们做过的所有事情，付出过的所有努力，即使在当时没有看到它的价值，也不用灰心，只要继续努力，那么慢慢地，总有一天，它的价值就会出现。

我知道，当一个团队缺乏动力的时候，必须要有人出现，用他的方式来带动大家；或者出现一个激励性的事件，来调起大家的斗志。

妈妈终于亮出了 logo："酷妈之旅"

妈妈教广告策划课的时候，每一次都会到外面的公司找来赞助。我自己分文不取，但是一个项目需要有项目基金，用来做奖金颁发给任务完成优异的小组。有一次，项目基金还没有定下来，妈妈着急地给自己一个刚刚毕业的学生打了电话，我记得他在经营一家淘宝店，我以请学弟学妹代为推广为由请他赞助我们五百元钱。直到最后，我们任务圆满完成，我才知道他早已不再经营那家店了。他是从自己的工资里拿出了五百元钱。

有时候，我们要和自己的消沉退却战斗，当感觉前路茫茫，或者找不到前行的动力，心中就会产生畏惧。那个时候，我们要学会激励自己，然后坚持向自己向往的地方走下去。

每一个项目在推广的时候，不论多晚，学生们几点钟开始，我就几点钟开始，常常是一直陪伴他们到半夜。

以往的团队激励经验，在完成这次小组陈述的时候也起了作用。虽然我不是组长，但是我也可以运用这种经验，让我们的团队任务完成得更好。

夜晚，爷爷奶奶带你们一天已经累了，我给你们洗了澡，哄你们入睡，然后抓着平板电脑来到酒店大堂。我在网上找到了我想要呈现在 PPT 中的图片，当然，还有我最喜欢的，来自电影《魔戒》的一首主题曲——《漫长旅程》。

"城市灯光在港湾闪烁，夜幕已降临，在这一片黑暗和阴影中我将继续行走……"恩雅空灵却坚毅的声音慢慢响起。

第二天讨论时，我感到大家给我的感觉已经不同。我们也许只是一个组建数天的团队，但这个团队仍然可以将一件事情完成得很漂亮。Lucky 和 Star，这就是我对团队的理解。我们不需要每个人都优秀，但是可以将我们每个人优秀的一面组合在一起，这样，我们就变得强大。

小组中，陆叔叔做了很漂亮的 PPT，张阿姨修出了很好的照片，组长的组织很有凝聚力，使我们不至于成为一盘散沙，还有吴阿姨、高阿姨在头脑风暴中提出了很棒的观点。

最后一天由我来代表大家做陈述。我很紧张，深深地吸了一口气，我想我能做到。

"不知道大家都怎样认识自己，我们小组的观点是，我们都是平凡的霍比特人，我们平凡、胆怯，害怕未来的改变会让我们失业，但是，当我们不得不面对变化着的世界时，我们终于决定踏上征程……"我望着全场，坦然而真诚地说道。

然后，我们倾听彼此的观点，理解彼此的感受。这些老师，他们一定会将在这场培训中所学到的精神传递给自己的学生们，学生们又会去影响周围更多的人。

当恩雅的音乐响起时，大家的眼睛有些湿润了，我深深地鞠躬，然后说道："非常感谢大家，知道我在以后会做什么事情吗？那是我一直想完成的小小心愿。我喜欢旅行，也喜欢和大家分享我和孩子一起成长的经验。所以，我会在今年开始去整理我的《女儿，我想把世界讲给你听》！"

亲爱的孩子们，如果你们问我，面对门外无边的世界，心中恐惧时应该怎么办呢？答案很简单，无论在什么年纪，都要有勇气打破自己的小小牢笼，走到广阔天地中去，开始冒险的旅程！

孩子们，你们不知道在你们游玩的时候，我做了这么多的事情吧？妈妈是不是很了不起？亲爱的孩子们，我们都是霍比特人，霍比特人的精神就是即使平凡弱小，仍要勇敢前行。

娘亲　2014 年 9 月 10 日于重庆家中

乐亭与北戴河

好心态会更容易幸福

王庄子

《天路历程》

开始即幸福

亲子自行车

奶奶的妹妹在乐亭生活，她们很难见一面。我们在北京的旅行结束后，就转道去了乐亭。相隔多年的重逢，这是她们多么珍贵的见面哪！

探亲路上

我看到小姑婆家桌上
有一本书，
是排杨的《天路历程》。
我想在周围的妇女当中，
也许再没有人
会看懂这样一本书。

嘘嘘

亲爱的孩子们：

今年夏天，我们一起去了北京之后，又计划去河北乐亭的小姑婆家。小姑婆是奶奶的妹妹，一个很传奇的女子。在她很年轻的时候，参加了高考，且只差两分就能上大学。小姑婆不甘心向命运屈服，接连又考了两次。要知道，在农村，能够这样让小姑婆坚持去奋斗的家庭是少之又少的。我想，她当时一定也承受了很大的压力。

小姑婆最后还是落榜了，她不甘心回到家乡，毅然远嫁河北乐亭一个名叫王庄子的地方。她在那里捕鱼，开田种地。男人家贫穷，她硬是用四川女子的勤俭和顽强，给自己和孩子修了几间房子，这对她来说，已经是个奇迹。

早上六点三十分，我们从北京四惠桥汽车站出发，转道唐山，再坐上转去乐亭的车子，接着，又坐公交车向王庄子出发。

在车上，你们一直紧紧抱着阿翠阿姨送给你们的大熊，它就这样一路陪着我们转乘了好几次交通工具，终于，在烈日下我们到了王庄子。

等了一会儿，来了一辆小货车。小姑婆来接我们了。她的皮肤已经被阳光晒得黝黑，看到爷爷奶奶，她觉得他们头上的白发又多了。

之前，小姑婆在电话里说家中有很多苍蝇，但我真没想到会有这么多。怎么形容呢？像是一片乌云，我们刚刚走进小姑婆家，苍蝇就向我们飞扑过来。

门口必须安上一张防蝇网，否则所有的苍蝇都会扑向这简陋的三间房子，它们也知道屋子里凉快些呢。

小姑婆在前院养了貉子，在后院养了许多鸡，这些苍蝇就是养殖动物带来的。整个王庄子，有很多家庭都养了貉子和狐狸，所以苍蝇特别多。

对你们来说，这地方也许是难以想象的，我也不习惯这里缺水，只有晚上七点到八点之间，村委会才供给一个小时的自来水。小姑婆把水存在两个水缸里，够一家人一天的用度。

为了给小表哥修房子，小姑婆节约到了堂屋里连个灯泡也舍不得装，但为了迎接你们的到来，她特地去买了一台电风扇。

我并不是个爱挑剔的人，但这样热的天气，在炕上确实难以入睡。

虽然小姑婆一家对生活的

小姑婆家中的，即使被送到不同的家庭中，仍然记得一起玩耍的小猫们

要求降得如此低，但你在她的脸上看不到一丝埋怨。

她近乎是以一个教徒般的虔诚投入目前的生活中去的人，每一天，辛辛苦苦地为了自己的家人，饲养、劳作，养育着孩子。

小姑婆为我们做的白水煮海鲜，Lucky和Star，你们可喜欢吃啦

我见过小姑婆二十来岁时的照片，那么美，那么优雅地笑着，好像一位面对命运顽强不屈地驾着船出海的女船长，无论面对什么风浪，她都会一心一意地活着。这样的小姑婆，固然让我感叹命运对她的严酷，但是我又钦佩她的专注与坦然。

这个世界上有许多女子，她们固然生活得富足安宁，却往往抱怨连连，我希望你们在任何情境下都不抱怨，而是专注当下，用一颗乐观积极的心去面对环境。我看到小姑婆家桌上有一本书，是班扬的《天路历程》。我想在周围的妇女当中，也许再没有人会看懂这样一本书。小姑婆在物质上是贫乏的，但是她仍然活在一种充实之中，那是她精神上的一种慰藉。

临走前，小姑婆为我们煮了一大锅海鲜，有螃蟹、有皮皮虾，她一只只地剥给我们吃。前一天晚上，姑爷捕鱼直到深夜才回来，她就把这一大锅的海鲜在锅里烀熟了冻起来，留到早上给我们吃。

离开的时候，我们一起拍了一张合影，一张难得的全家福。奶奶走了那么远的路，只为了姐妹间的一次重聚。

　　小姑婆家有两只小猫，即使把它们都送了人，它们还是会回到这个家，紧紧地依偎在一起，它们黏在那只从北京背来的大熊身上。隔不断的，延续千万里的，还是亲情。

　　　　　　　　　娘亲　2014 年 8 月 8 日于邛崃老家

 乐亭家书回信 —— Star

亲爱的妈妈：

　　我读完这封信后，想着到底什么样的人或事在你眼里是奇迹呢？我相信你肯定不会觉得奇迹只有那些广为人知的人才能创造吧！那你觉得那只大熊现在在过着什么样的日子？

　　妈妈，创造一个奇迹也许只需一瞬间，也许需要几十年，而这些琐事每天都在发生，别人也许并不知道，但他们自己很快乐，这也是奇迹。

　　你觉得什么叫亲情？亲情又为什么存在？

　　　　　　　　　　　　　　　　　　　　　　　Star

 乐亭家书回信 —— 妈妈

亲爱的 Star：

　　亲情是相隔万里仍心存牵挂，亲情是永远希望对方生活得很好，亲情因我们在这大地上抱团取暖、携手共行而存在。那么，你的答案是什么呢？

　　　　　　　　　　　　　　　　　　　　　　　妈妈

知足

亲爱的孩子们:

　　到北戴河的第一天,我们住在刘庄的一家宾馆。这是用 ipad 订的,因为网友给了这家宾馆五星好评。

　　这次旅行,我们住过的好多家宾馆都是用 ipad 订的,手机 APP 的兴起,让价格和评价透明化,我们的选择也更多了。

　　由于看不懂地图,加上方位感缺失,我背着 Star,拉着行李,奶奶跟着我们,一起迷失在刘庄热闹的海滨氛围中。然后,我们接到了爷爷的电话,他们已经先到了。

　　由于刚刚离开小姑婆那没有空调的酷热的家,入住这家宾馆简直就像收到一个大大的惊喜。标准间很宽敞,每个房间都放了三张床,凉风从窗户吹来,感觉像是到了天堂一般。

　　现在回想起来,宾馆的毛巾是那么洁白干净。我们到天台上去晒衣服的时候,海风呼啦呼啦地吹过,洁白的毛巾和床单在风中鼓动如扬帆。正如他们承诺的那样,清洁用品是一客一换的。

　　我们还发现了一个最棒的感受旅行美食的方法——万能的团购。在刘庄,我们六个人用 98 元钱就吃到了四星酒店的海鲜大餐,那是这次旅行最有成就感的事情了。

　　宾馆离海边很近,只要走十分钟,就可以看到热闹的浴场。一路上，不管是卖海鲜的，还是卖泳装和纱裙的，各式各样的店铺，即使挨家看过去，什么都不买，都会有度假的感觉。

可是亲爱的孩子们，最后我还是想要搬走，为什么呢？也许是为了离别的景点更近，也许是因为第一天找不到地点的不快，或者，就是为了满足我想要什么都试一下的新鲜感。

我们后来换的那家宾馆真的不怎么样，我终于开始相信网友的点评，别人给的星级评价是真的有理由的。

亲爱的孩子们，其实一开始很多人都是幸运的，他们的父母身体健康，他们有一份合适的工作，他们生活得平安宁静，遇见了自己所爱的人。

但幸运来了之后，我们还得相信自己是幸运的，就像我们入住第一家宾馆就是一种幸运。**当你已经选择了，就要让自己快乐，就要多去看那选择之中的优点，忽略掉它让你不快的地方。**

不过，如果放弃了也不必再纠结，那个时候，就要干脆利落地走开，不要再去多看一眼。

这种人生态度应该是比较爽利的，我喜欢这种状态，尽管我还不能完全做到。

后来，我特地又去那家网站，给了第一天入住的宾馆一个五星评价。

娘亲　2014 年 9 月 3 日于重庆家中

等一等

我们停下来，等那个小红点和小白点慢慢地越来越近，我想，他们或许会一边努力走着，一边在想，边些孩子离我们有多远了呢？

亲爱的孩子们：

这个夏天，我们和爷爷奶奶的旅行从北京开始，途经乐亭，看望了小姑婆，然后，顺从爷爷奶奶的心意，我们一起去了北戴河。

我喜欢这个海滨小城，蓝蓝的天空下，低矮的屋顶，色彩鲜明，显得十分美丽。

我们决定去鸽子窝公园玩。Lucky，你一看到海滨多得不得了的自行车，就一直不停地说："我要骑自行车，我要骑自行车！"

但我们还带着爷爷奶奶，要是大家都骑自行车去，不知道体力够不够哇。

你一直坚持自己的小小心愿，我们不想让你失望，就租了两辆自行车，从单庄往海边骑。刚开始，我和奶奶组合带你一起骑，可是车把我总是把不稳。

于是换爷爷和我一组，他在前面"掌舵"，我们一起努力向前蹬，

旁边的小表叔、奶奶，还有 Star 也在努力向前蹬。

爷爷是有哮喘的，但是为了让 Star 高兴，他常常让 Star 坐在自己脖子上"骑马马肩"，这次，他也十分努力地蹬自行车。

我想，也许有一天我们都会想起这样的场景，我们这个队伍，不管是老的，还是少的，都努力蹬着自行车向前方驶去。Lucky 和 Star，你们都在风中欢笑着，我们身边风景变换，有时候是上坡，有时候是一个极大的陡坡，但我们在一起，这就足够了。

鸽子窝公园是一个普通的海边公园，这使我们的自行车之旅变得不平凡而重要。在回来的路上，我们骑行得很吃力，因为自行车租用的时间已经很长了，爷爷奶奶让我们先骑回去还车。

我让他们坐出租车，可是他们坚持要自己走回去，我只好和小表叔一起带着你们先走。

骑了一阵子，又停下来，回头看看那一个小红点和一个小白点（爷爷穿的是红衣服，奶奶穿的是白衣服），时远时近，最后越来越远。

只带着你们，骑行会非常轻快，但是，我们必须等着爷爷奶奶，尽管他们说不需要。

我们停下来，等那个小红点和小白点慢慢地越来越近，我想，他们或许会一边努力走着，一边在想，这些孩子离我们有多远了呢？

再问一声："要不要坐出租车回去？"

他们还是摇摇头，于是，再骑一阵子，又再等着他们慢慢跟上来。

Lucky 和 Star，我听过这样一个故事。有个独生子，他妈妈得了癌症要做手术。手术当天，二老叫孩子不要来，怕他担心，又怕他忙。孩子听了当真没有去。妈妈做手术时，他就带着老婆和孩子一起去吃朋友的喜酒了。

可怜天下父母心！孩子不是不孝顺，只是不懂父母。父母太爱孩子，就会怕他为自己担忧。但是在人生中最艰难的时刻，他们多么希望孩子可以陪伴在身旁！

有时候，父母嘴里说着不用挂念，心里却在渴望陪伴。我多希望能够读得懂老人善意的谎话。

Lucky 和 Star，所以，我们还是要等着爷爷奶奶。

最后，我还是坚持叫了辆出租车，把你们和爷爷奶奶一起送回旅馆，顺便问了司机单庄应该怎么走。

出租车司机不说话，指了指前方，我们骑着自行车，很快就到了。

最重要的是，我们和爷爷奶奶是一起出发，也是一起回来的。这次旅行，我们从成都到北京，到乐亭，再到北戴河。一路上，我们乘坐了飞机、公交车、小巴、地铁、大巴，还挤过三轮车，但最难忘记的是这次北戴河我们一起骑过的自行车。

Lucky 和 Star，如果问我什么是成熟，我现在的答案是学会耐心对待身边的人，也给自己时间去成长。虽然我并不能说自己已然做到，但是，请你们陪着我一起去努力。

爱没有条件，也不求回报，爱是付出。也许有时候，我们仅仅需要用我们的耳朵静静地听老人絮叨。有一天，如果我成了这样的老太太，请不要嫌我啰唆，就让我这样絮絮叨叨絮絮叨叨地陪着你们吧。

娘亲　2014 年 9 月 3 日于重庆家中

四川（一）

重视亲情，对家庭心存敬意

奶汤面

日出而作

从春天到冬天

枇杷

鼓风机与剥胡豆

玉米馍馍

2014年，那一整年，我们随着节气的顺序回到四川邛崃老家，从清明到端午，从立春到除夕，节气意味着团聚。有时候，旅行是出发；有时候，旅行也是回家。

乐活

家里喂的土猪肉，用粮食喂的猪肉，挂在屋檐前，有厚厚的一掌的膘，太阳出来了，猪肉慢慢地在屋檐下滴油，地上油汪汪的一摊。

Lucky 和 Star：

乐活意味着信息不会泛滥成灾。回到老家，没有网络，没有微信、微博和 QQ，我与外界几乎处于半隔绝状态，这让我一开始有些不适应。

最长的一次是我五天没有上网。每天早晨，鸡开始打鸣了，我就从梦中醒来；每天夜晚，你们睡着了，我就看看头顶的星星。

我对朋友这样形容老家的生活："日出而作，日落而息。"

这就是传统的田园生活吧。

乐活意味着吃新鲜和有机的食物。在要吃饭的时候，奶奶背上锄头和背篓，走到田里，砍一个萝卜或者一棵大白菜回来，然后开始生柴火做饭。

炊烟袅袅升起，弥散在屋檐间。

家里喂的土猪的肉，用粮食喂的猪的肉，挂在屋檐前，有厚厚的一掌的膘，太阳出来了，猪肉慢慢地在屋檐下滴油，地上油汪汪的一摊。我们吃着青菜，就着一碗咸猪肉。你们还记得吗？今年你们特别喜欢吃这种肥肉。

大多数时候，我们就这样晒着春节前暖暖的太阳吃完一餐饭。以前，我不习惯家中清淡的生活，现在，我觉得只有青菜萝卜也是很好的。

如果想解解馋，我就去街上提回半只甜皮鸭，切成一块块的，散发着甜香味，总是被你们很快一抢而光。Star，你总是叫着"肉肉，肉肉！"那急切的模样，我现在想起来好想笑。

就是这样，不要过多的食物，才会让我们更能意识到食物的可贵，不是吗？

乐活意味着珍惜粮食，杜绝浪费。我们吃了两次乡村坝坝宴，满桌菜肴吃不完，爷爷奶奶都打包带走了。他们取出塑料袋，我把一些还比较像样的糯米饭、猪头肉等一起塞进去。这样的习俗，我已经习惯了，并且以此为乐。有一次，我们只带了一个小塑料袋，同桌的胖阿姨却拿出来一个能装得下整个微波炉的大袋子。我们自叹不如，只好撤退了。

在坝坝宴上，大家都自觉践行着"光盘政策"，但在城市的豪华婚宴上，我看着满桌剩下的山珍海味，却失去了拿出一个塑料袋的勇气。

乐活还意味着珍惜一切物品。我在洗碗的时候，祖祖（奶奶的母亲）过来提醒我："洗头道碗，水要倒进拌鸡食的桶里，第二道水才能用洗涤剂。"

我后来想明白了，这是因为头道水有较多的食物残渣，可以用来喂鸡。中国田园诗中所歌颂的那种恬淡自适的状态也不过如此吧。

已经搬去城市工作和生活的我，仍然无法脱离尘俗。五天没有上网，虽然我活得更加健康和自由，可还是惦记着有没有编辑联系我，有没有需要我处理的事务。然后，我就带上你们，坐上 1 路公交车去城里一家甜品店，点上冰激凌和盆栽奶茶，赶紧上网查看。

也总是隔几天就想去街上看看，哪怕在店里逛了半天只买两双袜子，也觉得心中释然了。

后来，我还带着你们和爷爷奶奶一起去看了动画大电影《神偷奶爸》。Lucky，你还记得吗？全家就你最喜欢这电影了，爷爷睡着了好几次，又被 Star 恐惧的哭喊声惊醒，最后，奶奶带着 Star 中途退场了。

我喜欢乡村的恬淡，也喜欢都市的物质和精神生活。Lucky 和 Star，即使你们长大了，也要在心中保留一片田园，然后在需要你们的地方生活。只要心中装着那片田园，你们就不会走得太急，总有一天，这田园会指引你回家的路。

乐活是健康而可持续的生活方式，我认为它等同于给生活做减法。愿长大后的你们，每一天都真正地乐活。

娘亲　2014 年 1 月 29 日于老家

亲情的仪式

我们一人一方，头埋进面条的热气中，像是盛开的一朵花，你们的吃相和高雅沾不上边，不过，却是我的最爱。

Lucky 和 Star：

你们的老家在四川邛崃，那是一座有着悠久历史的小城，这里是文君的故乡，还是茶马古道的起点。

你们还记得每次回到老家，爷爷奶奶看到我们时露出的笑脸吗？连家中的小狗都会列队欢迎我们。我们回到了家，家中就多了一份温暖、一份热闹。

小时候，我学过一篇课文，叫《一碗阳春面》，每年庆祝新年时，妈妈就会带着两个孩子来到同一家小面馆，三个人吃一碗面，度过新年。

对贫寒的家庭来说，小小的一碗面，就是家庭中的亲情仪式。只是那时我还不懂。

你们的爸爸和我离开老家后最想念的就是老家的味道，而这种味

家乡的奶汤面

面条好搭档，红油拌的鸡片和鹅片

道常常会出现在一碗普通的面里。我们每次回老家都会去同一条街上的面馆吃同样一份奶汤面，我再满满地盛上一碟红亮亮的泡萝卜。一解乡愁，全凭借了这碗面。

后来有了你们，再回老家时就会叫上爷爷奶奶，开上爷爷的老年代步车，我们一起去街上的面馆吃同样的一碗奶汤面。

那碗奶汤面用大骨细细熬成汤料，雪白雪白的，加上切得细细的肉末，撒上一把葱花，再加上切成一片片、码成一堆的鸡片、鹅片、翅膀，用老家特有的红油调料一拌，亲爱的孩子们，那就是我心中的人间美味呀。

我们端着小盆去了这家面馆，先叫好自己的面，慢条斯理地吃掉面条，再喝光汤料，扫光泡菜。最后叫上另外一碗，给家里的祖祖带回去。必须迟一点叫，不然面就没有那么好吃了。

你们似乎不像我和爸爸这么喜欢吃面，可是我真的很喜欢这家面馆，它存在于那里，就像是另外一个家园，每次我们都可以存下有关

它的美好回忆，一点一滴。

爷爷开着老年代步车，再叫上一碗面的姿态，总是自信又骄傲，好像是在告诉大家："我的孩子们回来了，陪我们吃面来了！"

据奶奶说，爷爷是个很节约的人，年轻时他们一起上街，奶奶觉得口渴，就说想喝街上卖的荷兰水，可是爷爷却说："哎呀，回家嘛，水多着呢！"然后把自行车蹬得飞快，一溜烟地骑回了家。

那时候的水也不过是一两分钱一杯吧，可就是这样一两分钱地积攒，爸爸才有机会读大学。

这次回老家，爸爸没有来，我提议我们带上爷爷奶奶一起去吃蒋牛肉。

北街的蒋牛肉也是很有历史的店了。虽然面前是一碗热腾腾的、撒着牛肉的面，可我最爱的还是那一碟红莹莹的泡菜。你们俩吃得衣服上都是汤汤水水，到最后却都没有吃完。不过这并不重要，我喜欢看大家一起吃面的样子。

我们一人一方，头埋进面条的热气中，像是盛开的一朵花，你们的吃相和高雅沾不上边，不过，却是我的最爱。

在我看来，这就是亲情仪式，但对爷爷奶奶来说，亲情仪式还有不同的形式。过年的时候，奶奶会做馍，四川人叫它叶耳粑。摘下清香的橘子叶，把糯米和粳米打好，按比例调配好，然后把红豆加上红糖在锅里慢慢地熬煮，做成馅；再用发好的面和上馅做叶耳粑。我看着奶奶无比耐心地用锅铲把大锅里的红豆弄熟，我就问奶奶："很喜欢吃吗？"

奶奶说："我妈以前每年就是这样做的，做了才叫过年。"

那是奶奶的妈妈，你们另外一个祖祖，她已经去世了数年，可是在家里的堂屋前，叶耳粑做好之后，总少不了放上一个盛了三个叶耳粑的碗，上面还有一双筷子，那是给她留的。

有一天，你们也会拥有自己独立的家庭，我相信，你们的小家一定很温暖，一定很和睦。那个时候，我希望你们也会有一个亲情仪式，就像是我和大家一起吃面条与泡菜，还有奶奶过年时做叶耳粑。

是吧，我的孩子们，我相信你们一定会创造出属于你们的亲情仪式和属于你们的独特回忆。

娘亲　2014 年 1 月 29 日于老家

 邛崃家书回信 —— Lucky

To mom：

每次回老家，让我最期待的不仅是爷爷奶奶的拥抱，还有老家的奶汤面。小时候的记忆里便有奶汤面了，它承载着我们一家人的回忆，也有我们的情怀。奶汤面吸引我们的不只有味道，更有小时候与家人的回忆。所以，自然而然，去吃奶汤面就成了一种习惯。

Yours,
Lucky

阶层

Lucky 和 Star：

我们在老家有很多亲戚，不像在大城市中，满目都是陌生人。

前方过来一个蹬着人力三轮车招揽乘客的老年人，奶奶对你们说："叫爷爷！"

经过菜市场，我告诉你们："你们的伯娘在里面卖菜呢！很辛苦，每天早晨三四点钟就起床了！"

清洁街道的可能是你们姑依（姑姑的丈夫）的妈妈；

学校门口的保安也许就是你们的某个叔叔；

扛着锄头经过咱家门口的可能又是我们的某个亲戚。

他们也许都没有光鲜的职业。记得上小学时，我一直很喜欢的那个老师也会挖苦没有办法按时交出学费的男同学："你妈妈不是每天都在街上卖菜，你不是说你家很有钱吗？"

我们还会听见有的家长说："一定要选个好学校哇！选学校就是选圈子，你总不希望你的孩子和卖菜人的孩子为伍吧？"

这时，我就会在心中默默地说："可是，我的亲人就有在卖菜的呀，而且，我觉得他们活得很乐观很快乐，也很滋润！"

亲爱的孩子们，也许你们长大后也会遇到这样的情况：班上成绩最差，或者最贫穷，或者长得最不符合"大众审美"的同学可能会受到排挤。到时我希望你们记住这句话：妈妈是洗衣妇的安徒生成了世界上最伟大的作家，爸爸是酒鬼的克林顿成了美国的一位总统。阶层是可以变化的，在中国也是这样。不论在哪种土壤环境下，优质的种子都会发芽开花。

虽然阶层是存在的，但我们要相信，凭借自己的努力可以改变自身的阶层，相信在冬天默默蛰伏的种子，在春天会长出繁茂的绿叶，在秋天会结出成熟的果实。我们需要怀着这样的信念，因为一个阶层固化的社会是可悲的。

Lucky 和 Star，无论你们身处什么样的阶层，都请你们善待身边的所有人，因为他们是我们的根，是我们的亲人。

尊重这世界所有的存在，无论贫富贵贱，甚至我们不需要这样一个区分，这样，你们就能成为怀有平常心的人。

娘亲　2014 年 1 月 29 日于老家

清明是万物生长

一年四季，从春到冬，每个季节都有自己独特的美。当你们真正感受到四季更替的变化，你们就一定会记得春天会回来的。

亲爱的孩子们：

这次回老家，阳光很灿烂。

爷爷在路上给我们讲什么是清明："清明不只是传统节日，在农村，它就是指一切变得清清静静而又明朗，生生死死都可以看得清楚。清明是万物生长。"

我听着爷爷的话，总觉得有一些伤感，但伤感中似乎又带着一些希望。

你们的爸爸每次回老家都会有新鲜的发现。比如院子前假山上的马钱子果子已经长成了，他带着你们一颗一颗地摘下来，然后放进小小的杯中。

吃下去，手上口上都会是果子红红的浆汁。你们忙着往嘴巴里塞果子，笑得很开心，我忙着阻止你们不洗净就吃。

我很高兴你们有机会认识这种浆果，这是属于儿时非常宝贵的记忆。

后来，我慢慢地了解了你们的苏苏阿姨所讲的华德福教育理念。华德福学校是鲁道夫·史代纳于1919年在德国创立的。华德福教育理念是一种以人为本，注重身体和心灵整体健康和谐发展的全人教育理念。这种理念认为，季节感对我们每个人都很重要。

一年四季就好像是我们生命的四季，总有起起落落。当我们明白四季在变化之中，知道春天来了之后会是夏天，夏天过后就是秋天，秋天之后又是冬季，那么对于人生的变化韵律，我们就能有更深刻和自然的体悟。

苏苏阿姨曾非常动情地对我说："当我重重地跌倒时，支撑我站起来的力量，往往就是幼小时对于季节的感觉，它让我相信——我总会走出来。"

亲爱的孩子们，所以老家在农村对你们来说是件非常幸运的事情。我至今还记得儿时在外公家的那两棵大李子树上度过的难忘时光。我爬到大树矮矮的枝杈上，捧着外公的一本书，腿翘得高高的，让清风从身边吹过，阳光照在头上，然后我顺手摘下树上的李子，一边吃，一边看书。

这就是老家留给我的记忆。

所以看你们在那里吃着浆果，我真的很开心。

不只是这样，田野上的油菜花已经开过了，结出了菜籽，我给你们唱一首改编的歌《我爱油菜》："我爱油菜，把那菜籽做成清油储存起来，然后我来炸酥肉，来炸鸡排，我爱吃鸡排……"

当然了，我并不爱吃鸡排，歌词不过是为了押韵罢了，可是你们笑得很开心，似乎觉得我唱的歌很好玩儿。

当然，老家的欢乐不只是这些。

家乡温暖清明的春天

　　家里的母鸡孵蛋，18个鸡蛋慢慢地被小鸡们啄开了。孩子们，你们蹲下看着小鸡，接着跑东跑西要拿水喂它们。

　　这也是我第一次看小鸡破壳而出。小鸡必须自己啄开蛋壳才能够出来，谁也不能帮助它，如果急于出手相助，小鸡最后就无法健康长大。

　　那些茸茸的，在地上跑的黄色小毛球，是多么可爱呀。

　　我俯下身对你们说："你们小的时候，就像这些小鸡一样。"然后你们都开心地笑了。我把你们一个个地举起来，举在春天的阳光里，就好像又一次把你们"孵化"出来似的。

　　我想，再没有什么比记得四季更替的感觉更加重要的了。春天的时候，所有躲藏在地下的种子都会努力地破土而出，马苋子的浆果、桑椹的果子都会生长出来，所有的生命在春天都会喷薄而出；到了夏天的夜晚，我们会听到虫儿的鸣叫，星星点亮了天空，像是被放大了的穿洞，有光从那里透出来；秋天会有熟了的各种蔬果，还有地瓜、晚玉米，可以拿出来在炉灶里烤了吃，微微的焦香就是秋天的气息；冬天到了，我们用红灯笼把家中的老树新枝一枝枝地装点，空气中会弥漫着腊肉香肠的味道，然后我们围坐在炉火边，和亲人们互相恭贺新年。

　　一年四季，从春到冬，每个季节都有自己独特的美。当你们真正感受到四季更替的变化，你们就一定会记得春天会回来的。

　　记住了，Lucky 和 Star，春天是一定会回来的，不管在什么时候，不管经历多长的等待，春天是一定会回来的。

　　我希望你们记住春天这样温暖清明的感觉，这是城市的那个家所不能够给予你们的。

娘亲　2014年4月于重庆

堵车的时候，头顶有月光

是真的真的一百块钱！

出现在我的面前的书页间！

那个时候，我举着这一百块钱，

你们想想看，

那个时候，我的心中会想到什么？

早知道就许愿100元了！！！

亲爱的孩子们：

昨天晚上我们回重庆时，汽车堵在了进城的路上。Lucky 开始不耐烦地叫着："我要回家，我要回家！"

已经堵了一个小时以上，大家内心都很烦躁。

于是爸爸说："Lucky，你看，我们的车顶上有月亮，还有星星呢！"

Lucky 把头伸过去看了看，只表示了一下好奇，就继续烦躁了。

于是我讲了一个故事：

妈妈读大学的时候是真的很穷，有一段时间生活费都用完了，于是我在宿舍大声地许愿："给我一百块钱吧！"宿舍里的同学们都笑我不切实际。

是呀，哪里会从天而降一百块钱呢？

第二天，我一个人去了图书馆。奇怪的是，总是关着的图书馆外

文馆二楼藏书室的大门打开了，我下意识地走了进去。

这个房间里放着落满了灰尘的书籍。我在其中慢慢地行走着，随手抽取了一本英文版的《读者文摘》，然后捧着到桌边坐着翻看起来。

当我翻到中间页的时候，我的整个头皮都开始发麻了，你们猜猜看，我看到了什么？

是真的真的一百块钱！出现在我面前的书页间！那个时候，我举着这一百块钱，你们想想看，那个时候，我的心中会想到什么？

这一切的概率是那么小，为什么我恰恰走进了这间藏书室，为什么我恰恰拿到了这一本书，为什么恰恰是一百块钱？

这些都在告诉我，我们的信念是有一种力量的，如果我们的意念足够强烈的话，那些美好的愿望就可以变成真的。只有相信这一点的小朋友，才可以看到奇迹，才可以看到"魔法"。

Lucky 问："那一百块钱呢？"

我弱弱地说："那一百块钱在我的心里呀！"

"那么现在，让我们用强烈的意念来祈祷交通通畅吧，这个时候，我们唯一能够帮助爸爸的，就是这件事情了。"我说。

于是我们仨开始紧扣双手许愿。

似乎是因为我们的祈祷，前面的道路越来越通畅了，当然更可能是已经过了八点的缘故。

可我还是希望你们知道，在任何堵车的地方，你的头上都有月光，只要你抬头看……

娘亲　2014 年 4 月于重庆家中

邛崃家书回信 —— Lucky

To mama：

　　真的，我很羡慕你的好运气，这个捡一百块的故事你好像给我讲过好多遍。真的很神奇。小时候很讨厌堵车，车一直停在一个地方，过好一会儿才往前走一点点，无论怎样的风景，对当时的我而言，看久了的话，都是令人厌倦的。但长大后，在堵车时我会用一些好方法来缓解，比如拍一些很好看的照片，听会儿故事或音乐。长大了，更会欣赏身边的美景，黑沉中的月光，蓝空中的白云……都是让人惊叹的。

Lucky

邛崃家书回信 —— Star

亲爱的妈妈：

　　你知道吗，我最欣赏的就是你的心态，那种无论遇到什么令人烦躁的事情都能很乐观很会转移烦躁的心态。从小到大，我很讨厌堵车，因为后面总会有不少车按喇叭。本来就不是很开心立马就生气了。但妈妈你和我不一样，你可以通过这件事想到另外一件事。爸爸在看到某辆车闯红灯时会愤怒，但你会很快帮他转移。你总是很温和，你总说我很幸运，因为遇见了你们。你总是在我们伤心时给予安慰，就算你也很有压力仍然会让我们开心起来，你总是……

　　妈妈，你为了我们总是在不停地付出，而我们也该对你多一点包容和理解。

Star

邛崃家书回信 —— 妈妈

亲爱的 Star：

　　我真的有那么好吗？有些不好意思了。我想说，那也许是你们的外婆教会我的从容乐观吧！那是一份很好的礼物，请收下！

妈妈

剩下的就是自己的

亲爱的孩子们：

　　爸爸说，我们每个节气都应该回去看看家乡的变化。

　　老家的大路边有一大片枇杷田。清明节我们回来时枇杷还没有挂果，而现在，一枚枚小星星闪现在绿幕中，枇杷开始成熟了。

　　一回到家，爸爸就提上篮子到田里去摘枇杷果，我调侃他这是"马上扫荡"，但心里很明白，对爸爸来说，家乡的果子有着不一般的含义。

枇杷一批批地熟了，黄了。

挂在枝头的枇杷果

爷爷说，在我们回家前，奶奶一直都没有回家，她在田里守着枇杷，怕有些讨厌的人会开着车子到田里来摘枇杷。

这些枇杷不施肥，不加膨大剂，也不用别的什么人工培育方法，它们就这样长在田里，任风雨为它们疏果，让阳光为它们施肥。

爸爸提回来的枇杷果，用家里的篮子装了，放在屋檐下，黄润润的。Lucky 和 Star，你们一看到就马上跑过去开始吃起来。Star，我觉得你吃枇杷的样子很可爱，你连皮也没有剥开，直接就塞进嘴里。

后来，我也下田去采了一回。

"这个没有熟，要摘那种已经黄得有些接近红色的。"爸爸对我说。他非常灵巧地在田里采着枇杷，总能够找到长得很漂亮的成熟枇杷。

我想起了童年的光景：外公家有一株李子树，大大的树干和低矮的枝杈恰恰构成一个小小的躺椅。树下有一块大石头，我踩着它就可以爬到那棵树上，一边看着外公收藏的书，一边惬意地吃着李子，让风从身边吹过。

每个孩子都应该有这样一个乡下老家。在这里，树是他们的伙伴，萤火虫是他们的朋友，天上的小鸟，水中的鱼儿，都与他们做伴。在这里，四季自然变换，就像我们的生命，既有浓烈的色彩，也有萧瑟中恬淡的味道。

"春天会回来的！无论在什么样的困境中……"我听到苏苏这样讲道。在她最为艰难的日子里，就是那些在田野中光着脚丫奔跑的记忆让她熬过痛苦，挺过寒冬。

如今，那棵李子树已经不在了，它后来自然地老去，只留下了树根。我看着面前的这片枇杷田，深深感觉此刻如此美好，愿你们都懂得这美好的珍贵。

每天，奶奶和祖祖一早就去田边守着，她们坐在石头旁边，但我们都知道，对于那些成心想偷枇杷的人，这两个人根本没有什么威慑力。

"还有那些鸟哇，它们也要来偷吃！"奶奶叹了口气。

"这没有什么。雨打落一点，路人偷吃一点，鸟再吃一点，剩下来的就是精华，就是老天留给我们自己的，这不是很好吗？"爷爷豁达地说。

剩下的都是自己的……我重复着这句话，感觉这平凡的话中却有着深刻的人类智慧。和控制一切相比，我们不如放手让上天做出一些安排。作为这自然中的小小一份子，就让我们怀着敬意与感恩去接受上天留给我们的一切吧。

Lucky 和 Star，这就是我们向自然和家中的长辈学来的生命课程。

娘亲　2014 年 5 月于重庆家中

梦想是晴耕雨读

真正的公主不应该是安徒生童话中的豌豆公主，而是能够懂得四季变换、懂得去与自然对话、用双手养活自己的公主。也就是说，会剥豆子的才是真正的公主。

Lucky 和 Star：

今年端午节前，我们又坐了五六个小时的车回了老家，到家的时候已经是晚上十一点钟了。

这天是六一儿童节，爸爸说他要给打下来的麦子用鼓风机脱壳，我想着这个儿童节恐怕也没有什么事情做，不如就让你们也跟着看看。

爷爷和爸爸抬出了一台鼓风机。

一台老旧的鼓风机，一百二元，八十年代的产品。如今，即使是在老家，可能也很难找到这样的古董了。种粮食的人少了，用这种老物件的人也少了。

爷爷把麦子从入口倒了进去，爸爸用力地摇着手柄，接着，脱去了麦麸的麦子缓缓流进了簸箕中。你们在一边好奇地看着。

我觉得就是这样简单的劳动，也是很有
深意的

*Lucky 和 Star，你们的爸爸有时候会失眠，这时我就会对他说：
"你是脑力高速运转，但体力劳动缺乏。"于是今天，我动员爸爸洗了
我们仨的衣服 —— 我的红色裙子、Lucky 的绿色裙子，还有 Star 的
白色裙子。三条裙子挂在天空下，有着明丽的色彩。*

当我们洗衣服的时候，如果用心去感受，会感觉到自己湿润的手，
感觉到水的温度，或者看到衣服在我们手中慢慢稳定的色彩。

我们用心让身体动起来，我们的心也会经由这动而变得安静。所
以，Lucky 和 Star，你们长大之后，一定要找到自己喜欢的让身体动
起来的方式。

浇花、洗碗、跑步……无论是哪一种，都一定要用心。

我们在大城市里住久了，难免会失去一些感受自然的能力，比如
静静地聆听鸟鸣，比如慢慢地感受四季变迁。我们要想办法让自己和
大地近些，更近些，大地是我们力量的源泉。

一直看着爸爸和爷爷劳动，我们仨终于忍不住冲了上去，三只手

能够懂得四季变换，懂得去与自然对话，用双手养活自己的公主

一起握住了手柄，转哪转哪，咚的一声，不知道从哪里掉出来一块楔子。

我尴尬地笑了笑。麦子扬起的灰尘越来越大，我赶紧把你们带到一边去，那里有两筐胡豆秆子。

"来，小朋友们，来剥胡豆秆子吧！"为了不影响爷爷和爸爸工作，我号召道。

你们俩欢快地扑了过去，一人坐在一边，开始起劲儿地剥起来。

我觉得这个工作很重要，虽然是简单地剥胡豆，却需要眼睛和手紧密配合，还要准确地把胡豆粒扔进簸箕里。对小小的你们而言，这是训练专注力的好方法，你们得将所有精力专注当下，才能很好地完成任务。

你们剥得很认真。Star，你平常只要一分钟见不到我，就会慌乱地到处找我，可现在连你都安静下来了。在二十几分钟的时间内，你们和平相处，完美地完成了手中的工作，而我偷空拿了本《朗读手

册》，在屋檐下安静地看了起来。

爸爸和爷爷在脱麦子，你们在剥胡豆，我在看书，这是个很特别的六一儿童节。我想起罗逸老师和她的男朋友，他们为了寻找心中的田园，放弃城市生活，带着一只名为包子的小狗，在乡下经营着朴素安静的生活。

中国人有一个梦想是晴耕雨读，这个梦想意味着我们精神力的丰富和身体力的充足，将这两者结合起来，生活便是味道悠长的。

所以，Lucky 和 Star，你们想不想学学木工活，或者学学采茶，或者学学如何种出漂亮的芋头？

今年六一儿童节，我早早就给你们买好了裙子。Lucky 的是一条白色的蓬蓬裙子，像白雪公主穿的那条。上次你和其他女孩一起玩，我见到穿着 T 恤的你目不转睛地盯着她们旋转的裙子看，于是我就悄悄地给你买下了这条。

Star 的是一条蓝色的棉布森女系裙子，上面还有红黄绿三色的小点缀。森女系是属于你的风格和感觉哦，想象着你穿着它奔跑的样子，我就觉得很可爱。

现在，当我看到你们穿着公主裙在剥豆子，我感到更加开心了。那才是我心中真正的公主 —— 真正的公主不应该是安徒生童话中的豌豆公主，而是能够懂得四季变换，懂得去与自然对话，用双手养活自己的公主。也就是说，会剥豆子的才是真正的公主。

我知道我又开始胡思乱想了，但是在你们长大之前，一切皆有可能。到那个时候，说不定你们还会给我不一样的惊喜呢。

加油吧！

娘亲　2014 年 6 月 1 日于邛崃老家

我们一起来讲笑话吧

亲爱的孩子们：

从今年开始，我们每一个小长假都要回老家，虽然五六个小时都只能蜷缩在小小的汽车中，但这就像是一种长长的奔赴仪式，是中国人一直秉承的家的传统。

Lucky，你在很小的时候，有一段时间很喜欢听《皇帝的新装》，每天都不厌其烦地重复听，每当听到皇帝光着身子出现在众人面前时，你就会哈哈大笑，笑声中还带着回响。

现在你成了大孩子了，在我看来，你很关注自己的内心，也常常有一些困惑，在面对自己情绪的时候，你一定很想知道应该怎样做吧？

后来，你想到了一个方法 —— 听笑话。

你那么喜欢听笑话，甚至会不厌其烦地重复听。而且一点点有趣的材料，都会让你开怀大笑。我知道你现在寻找的是一种面对困惑的解决方法，你学会了大笑。忘我地、傻傻地、快乐地笑，这对你是如此重要。

有一天，外婆给你讲《乌鸦喝水》，讲着讲着，外婆快要睡着了，于是她错误地讲道："乌鸦走啊走，看到前方有一个'玉米馍馍'……"

Lucky，你当时是爆笑了好久呢。

在回老家的路上，我们讲了许久的笑话。我和爸爸，还有外公拼命地挖掘自己知道的笑话，看谁讲得最好笑。我们还挖掘自己日常生活中闹出的笑话。

外婆这个"典故"我们也拿出来讲了很多次。

"玉米馍馍。"每次你都很认真地说。

我们就会爆笑一阵。

Star，你也加入了我们的"讲笑话大会"。你开始讲自己的小笑话，但你常常是还没开始讲，自己先笑了起来。

就这样，在枯燥的旅程中，我们创造了许多的欢乐，也许这些都是细小的、微不足道的欢乐，但是，这些微小的欢乐组合起来就构成了我们欢乐的人生。

"人生的目标，除了笑起来，其他都是细枝末节。"我很喜欢刘静莲妈妈说过的这句话。现在，就让我们开始讲笑话吧，不要错过我们可以笑起来的每一分钟。

其实，Lucky 和 Star，在我们的生活当中，发现和创造笑话的能力是一种了不起的能力，那是一种幽默的力量。

很高兴外婆讲的那四个字成了我们家中的"典故"。

亲爱的孩子们，把快乐和幽默当作人生目标，比只讲成功更有价值。妈妈是这样认为的。

娘亲　2014 年 6 月 9 日于重庆

四川（二）

不仅会读书，也要会做饭

童年的小河

烟火气

木槿花小径

四川大邑是我的家乡。在那里，我在小河边拥有快乐的童年时光。2014年，我又带着Star回到了小河边，那条小河已和记忆中的不同，可Star拥有奇妙的魔法，让我伤感的心变得重新充满了力量。

小河，加油

小小的鱼儿和虾米躲在河床里，时不时地游过我的脚边，我用簸箕一扑，一扬，运气好的时候，我就可以带走一两条小鱼虾。

亲爱的孩子们：

妈妈小时候最喜欢去的地方是一条小河边，我们都亲切地叫它"小河子"。我一直对爸爸说想回到那条小河边看看，说了有大半年的时间，这次回老家，我们终于去看了。

在这条小河边，我度过了最快乐的童年。夏天放学后，你们的外公总会骑自行车带着我去这条河边玩。我举着一个簸箕，在清清亮亮的河水里寻找着鱼虾。小小的鱼儿和虾米躲在河床里，时不时地游过我的脚边，我用簸箕一扑，一扬，运气好的时候，我就可以带走一两条小鱼虾。

从前的道路我依稀还记得，两边的绿树也还在，但路边盖起了不少房子，全是"某某天下""某某尊邸"。我听你们的外婆说，这里新开发了片区，为了把片区里的别墅修得漂亮，人工让河水改了道，结

果后来涨水，淹了整个片区。

Lucky 和 Star，虽然妈妈是大人，但也还有不明白的地方：人类在漫长的发展历程中逐渐改变了自己生活的外部世界，但人类本身也是依附于自然的存在，当我们不断改变自然面貌的时候，当我们不断修建起华丽的房子的时候，我们向自然证明了自己的力量，也不断遭受自然给予我们的惩罚。

那些巨大的仿罗马风格的雕塑和广场是不属于我们西南乡间的建筑。它们既缺乏美感，也不能与这里的气质融合。原本我童年时的油菜花田，花开的时候，是一片片沿途的金色花毯啊！

修在良田之上的房子缺乏根基，又没有诚意，它们隔离了我们和大地的联系，让我们变成了孤独的个体。

越往记忆中的小河靠近，我心中越是忐忑——你还在那里吗，我亲爱的小河？人类用力量改变一切，连我记忆中那座高不可攀的、陡峭的盘山坡路都已经被夷为平地了，而你还在那里吗？

越来越近了，经过斜江河时，我瞪大了眼睛——巨大的推土机在河床里忙碌着，河已经完全断流了。

这是我去"小河子"的必经之路，连那条我记忆中宽阔无比的河流都已经干涸，小河，你还好吗？

Lucky，你已经睡着了，Star，我紧紧地抱着你，对你说："我们马上就要去看一条了不起的小河了，它是我小时候最好的朋友……"

转过一个弯，又转过一个弯，我对你们叫道："我们到了……"

我的心跳得飞快，我不知道它是不是还在那里。

路边修起了一座麻将厂，大型卡车你来我往，绿树上沾满了灰土。河流旁边还有一座"农家乐"，前面是围起来的养鸭场，污水从厂子里面流出来。

可是，我的小河，你还在这里。

你依旧流淌着，水波慢悠悠地向前。这很像你，我认识的你就是这样的，但又有一些不同，你身上生长着许多青苔，一团团泡沫漂浮着，那条我熟悉的通往河边的小道已经不见了。

可是我认出你来了，就是你。哪怕灰头土脸，哪怕面目全非，你还是你，是从前的样子，是我童年最好的朋友的模样。

Star，你姐姐睡着了，我和爸爸抱着你，我们走向了河边。我对你说："这是我的好朋友，你知道吗，我的孩子？"

我在高考结束后还来过这里一次，和我的一位朋友一起来的，我们在河边打了水漂，还去拜了拜河边的土地公，许下了自己的心愿。

Star，土地公的小小的庙显得有些寂寞，不远处，推土机还在不停地工作，扬起漫天的灰土。

是否还有人记得我们的神明？是否还有人祭拜我们的土地公？

Star，至少还有我们。我带着你，我们双手合十，向这片土地上的神明祭拜，希望它能够守护这条小小河流，让它继续存在，就算不再像从前的模样，至少它还活着。活着，对自然万物而言，是一个富有挑战性的使命。

我们走到架在小河中间的桥上，那是有我满满回忆的地方。离我的童年已经过去20年了，虽然有些伤感，但更多的是快乐。

"Star，小河很勇敢，它一直在向着自己要去的地方流淌着，我们要为它加油！"我对你说。

你做了一个让我意料之外的动作，你把手中矿泉水瓶里最后的一点水倒进了小河，然后对它说："小河妈妈，要继续加油！"

你用自己的方式，一个两岁半孩子的方式，为这条小河加油，希望它能够继续活着，或者说，再奢望一些，希望小河有一天能够恢复曾经的清澈。有一个孩子，她爱着你，不管你是什么样子，她都依然爱你。

车子的喇叭已经在响，是爸爸提醒我们应该回家了。我牵紧 Star 你的小手，让你和这条小河说了再见。

"小河，加油，我们会再来看你！"

我想起了《千与千寻》里面那些失去了姓名的神明，那些被污染了的自然万物，还有那位被叫作"小白龙"的少年，他真正的名字是"琥珀川"。当千寻叫出他的名字时，他终于获得了他原本的记忆——哪怕那条河流已经被填平。

小河，我不知道你的真名是不是"小河子"，可是我要写下土地神庙的名字，如果这个名字可以帮你保存有关你的记忆。

听好了，那三个字，叫"大龙庙"……

Lucky 和 Star，下次再和我一起，来看我们共同的好朋友吧。

娘亲　2014 年 6 月 1 日于四川大邑悦来镇

我的小河，你还在这里

人间烟火与精神殿堂都很重要

亲爱的孩子们：

妈妈在大邑的老家有一条小街道叫西壕沟，在那里，妈妈生活了六年，直到高考后才离开。

Lucky，你喜欢大邑也许是因为你在这里待的时间比较长，而妹妹Star因为在邛崃待的时间长所以更喜欢邛崃。所以每次问："孩子们，你们想去哪里？"

Lucky会说："大邑！"

Star则回答说："邛崃！"

西壕沟这条小街道上到处都是卖菜的小摊贩，人多的时候，挤得整条街都满了，再也插不进一条腿。

红色的番茄、绿色的黄瓜、紫色的茄子……各种色彩，喧闹漫天，让整条街都很绚烂。

我觉得这条街道是红色的，因为它热情，也因为它世俗。我们在大邑老家的房子不大，光线不太好，屋里很暗，可是Lucky，为什么你还是这么喜欢这里呢？

你在乎的并不是房子的大小，也不是光线的明暗，而是你在这房子里面有没有感觉到爱，有没有感觉到安全。对吗？

冬天，房间中会飘着各种腌腊制品的香味，排骨香肠、火腿肠等等，这些其他地方比较少见的腊味在我们这里却很常见。街道上也充满了人间烟火的气息。做饭的时候，外公把油倒进锅里，再慢慢走到街上买菜都来得及。

我就是沿着这条街道，骑着自行车上学，穿过了人间的烟火。

顺着街道右拐，就到了新华书店，这是另一个我喜欢消磨时间的地方。

你们在这里度过了多少快乐的时光啊。当 Lucky 还是个小婴儿的时候，我就抱着你，我们一起在这里读童书，我觉得有书陪伴的生活才是完整的。

后来有了 Star，我们也在这里度过了一个又一个充满了书香气的夏天。当你们为了争夺妈妈的爱而大哭的时候，我为你们买了一本书——《月亮是谁的？》，故事在蜡笔的饱满色彩中徐徐展开，有关于分享、关于友情的细节。

充满人间烟火的街道

一看就很好吃的香肠

当Lucky你特别渴望听笑话时，我买了一本书——《笑话超给力》，我们一路上讲着笑话，留下了欢声笑语。

书店里有我们各种各样的回忆，从你们还用尿不湿的时候起，这家大南街的新华书店就是我们在老家的据点。

你们在书店里走来走去、翻来翻去，时不时哭一会儿，又时不时叫着要我给你们读故事。我们还曾经抬着家里的一个小板凳到书店来，因为书店里的书架是不能坐的。当我们坐在自家的小板凳上时，就有了坐拥满屋图书的感觉。

我亲爱的孩子们，这就是我对大邑老家的记忆，生活的烟火气息以及超越生活的精神殿堂在我的记忆中是同等重要的。

我们享受生活中的每一片刻：跳动的阳光、可口的饭菜、旅行中遇见的小花、花瓣上跳动的露珠、红得发亮的车厘子、腊味香浓的气息……这些微小瞬间带给我们人间烟火的美感。

　　我真心希望你们学会做泡菜、烤饼干、做辣椒酱……也就是成为会用双手创造美食的人，这会帮助你们保持一颗快乐的心，因为这是我们举手就可以握到的幸福。

　　但我们的精神也同样要找一个可以安放的地方，在那里，我们可以超越平凡生活的点滴，幻想着另外一个世界，又或者可以将自己内心的伤痛，在这个特别的空间中慢慢治愈。我们需要有这样一个精神殿堂，要为自己构建这样一个殿堂，而最好的材料就是书籍。

　　打个比方吧，在我们伸手就能握到的幸福之外还要有一个露台，我们坐在上面，托着自己的腮，就可以把手伸向星空。

　　亲爱的孩子们，这就是我们的大邑老家，妈妈的人间烟火和精神殿堂，你们又会如何建立属于你们的人间烟火和精神殿堂呢？

娘亲　2014 年 6 月 9 日于重庆

有强壮的身体才会有自信

我们走在开满紫色花朵的道路上，不知不觉，又从山顶走到了山脚。

亲爱的孩子们：

我觉得养育小孩最大的成功就是他们身体健康，快乐活泼。

小彬彬弟弟的爸爸现在全职在家带他，原本瘦弱胆怯爱生病的他，现在变得很结实，感觉比之前自信多了。

他爸爸说："孩子不吃饭，就喂他吃山楂麦曲颗粒；咳嗽，就喂他吃罗汉果。不知道怎么做的时候，我就去查资料。"

小彬彬弟弟吃饭的时候，他爸爸会放一根鞭子在旁边，虽然用了这种权威管理手段，但是小彬彬还是说自己很爱爸爸。当然，我不会这么做，你们跟我在一起就像好朋友一般，但我确实有些羡慕有这样权威的爸爸。

他接着说："我会给他讲道理，哪怕打了他也要给他讲道理。你看，之前他怕警察，我就带他坐警车；他怕'棒客'，我就让他舞刀弄枪，

现在他胆子比之前大多了。"

是的，现在小彬彬看到大黑狗也不害怕，他会挥舞着手中的小棒子往前追过去。

他爸爸还保证他每天有三到五个小时的运动时间。

和小彬彬一家接触后，Lucky 和 Star，你们也发生了很大的变化。

晚上我们一起去爬凤凰山。从前 Star 总是要我和奶奶抱你，这次你非常勇敢地向前奔跑着，扭呀扭呀，累了的时候你才很不好意思地牵牵我的手，但是没喊过要抱。Star，你独立的样子真的好酷。

姐姐 Lucky，你像以前那样挥舞着手中的小狗尾巴草努力地往前奔跑，口中喊道："我要爆发运动能量！"

就这样，我们在满天的霞光中第一次发现了木槿花的小径，这是山顶上一条开满了木槿花的小路，路边的桃树上挂满了红红的果实，核桃也长得非常饱满。

我们走在开满紫色花朵的道路上，不知不觉，又从山顶走到了山脚。

不同的家庭会有不同的能量，由年轻人构成的家庭会充满自信、渴望探索、敢于尝试，如果老年人也能永远不忘记这样的感觉，那么这样的能量也不会从他们的身体和精神中消失。

运动帮助我们建立自信、发现自身的力量，在童年初期就建立这种自信是多么重要哇。

我现在觉得给你们最好的礼物之一就是帮助你们养成爱运动的习惯！*所以，我需要改变自己，找到一项我们全家可以一起参与的运动，这个运动也必须是我真心喜欢的，因为我怕自己不能坚持，以至于令你们也半途而废。我还要向小彬彬的爸爸多请教才行。*

即使写下了这样的豪言壮语，我却仍然不敢确定自己到底能不能找出一项可以坚持一辈子的运动，我有些心虚，所以，一定要记下这一点。

Lucky 和 Star，等你们看懂了这封信再告诉我，妈妈这次到底说话算不算话吧。

另外，下一次，我们是不是应该去试试登华山呢？

娘亲　2014 年 8 月 8 日于邛崃老家

多多少少不重要，自己开心就好

我最喜欢在老家凤凰山的一条小径散步，小径两边密密麻麻地种满了木槿花，花开得很繁密，紫色的花朵散布在小径两边。

Lucky 和 Star：

　　我最喜欢在老家凤凰山的一条小径散步，小径两边密密麻麻地种满了木槿花，花开得很繁密，紫色的花朵散布在小径两边。天边的云彩此时也很绚丽，在云朵背后，透出夕阳的光辉。

　　你们在前方奔跑，我和爷爷奶奶跟在你们身后，你们头顶戴着月季、木槿，还有胭脂花。拿着水枪在前方奔跑的 Lucky，你回身一笑的时候，我恍惚看到了你长大后的模样。

　　Star，你努力地在木槿花中寻找金甲虫，它落入了你的手掌，又在你的手掌中飞向远处的天空。

　　我之所以管这条小路叫木槿花小径，是因为它的静美和芬芳。路边有花、树、虫鸣，还有你们，这样的时光真美。

Lucky，你突然有些想念自己的玩伴——邻居家的一位小男孩，我于是鼓励你给他打电话。

你很高兴。

接电话的是男孩的妈妈，你就在电话里，很高兴地和这位妈妈聊了起来。你告诉她你在老家，告诉她你在做什么，然后就这样有一搭没一搭地聊天，你虽然不是在和玩伴聊天，但是依然聊得非常开心。

你的心情像是一下子舒畅了。你也许并不在意到底接电话的是谁，你就是想告诉对方你的感受和经历。

你轻快地前行了，拿着你的小小水枪。

那个时候，Lucky，我很羡慕你。

喜欢或者不喜欢，都是非常私人的事情，你不介意会有什么样的反馈，你的内心就是这样水晶般纯净。

不用担心未来，也不要纠结过去，就这样全心全意地、轻松快乐地走上你们自己的木槿花小径，去收藏自己心中的小小情感与回忆吧。

我希望你们的心灵会永远像这条木槿花小径，处处繁花，处处安宁，处处美好。

娘亲　2014 年 8 月 8 日于邛崃老家

云南

尊重信仰和差异

2017 年，我参加了出版社组织的云南采风活动。美丽的云南风光让我赞叹，我看到了雪山、高原、草地、湖泊，我在雪山的晨光中醒来，在高山的云雾间眺望。偶尔独自旅行，让我变成了更好的自己。在对家人的思念中，期待与他们分享这一路的见闻。

每个人都在追寻的香格里拉

如果现在你是一位旅行者，
在路上，
你带着一只猴子、
一只鸟、一条蛇，
还背着一个背包，
你会如何携带它们往前走？

亲爱的孩子们：

香格里拉并不是一个酒店，它是一个传说，也是一个梦境。

在《消失的地平线》一书里，作者用他的笔创造了一个世界：那里平静祥和，人们相对长寿，即使在战争中，它也是那样安宁美好。故事里那些来访者最终还是离开香格里拉，走入了动荡的世界。对人们来说，香格里拉如同桃花源一样，存在于被战争所苦的人们的梦里。

汽车载着我们沿着公路慢慢地向上攀升，我感到风景在一点一点地变化。我们穿过一座高山隧道，然后在高原的草野上，我看到了原本只应该属于春天的成片成片的花朵。在这里，春天还在慢慢地酝酿着。

我们离云越来越近，我们在找香格里拉。

路上，同伴们玩了一个游戏，我说给你们听听。

"如果现在你是一位旅行者，在路上，你带着一只猴子、一只鸟、一条蛇，还背着一个背包，你会如何携带它们往前走？"

大家的答案都不同，有的人说："我要背着猴子，猴子抓着鸟，背着包，包里装着蛇。"

有的人说："我要让猴子背着包，然后由它带着鸟和蛇。"

问到我的时候，我说："蛇会自己走，鸟会自由地飞，我会把它们全部放开，然后，我自己背着包，让猴子陪着我走。"

同伴笑起来，看着我说："你想知道它们分别代表什么吗？猴子代表着你的伴侣，鸟代表着你的孩子，蛇代表着金钱，包代表着责任。"

我想了想，感觉这个答案还是挺接近我内心的想法的。

鸟属于天空，让它们飞翔是最好的，就像我与你们之间的相处。不知不觉，我与你们已经共度了八年和六年，所有共同度过的时光，都是在慢慢积攒下共同的回忆。我也等待着有一天，你们向着自己的天空展翅高飞。

蛇属于旷野，它有它自己的道路。无论是沿着小径前行，还是走到我的面前，都自有定数，那么我又何必把它紧紧留在身边？

但我会选择和猴子一起往前走，因为长长的旅途中，我需要同伴。

这个小小的游戏让我们在驶往香格里拉的旅途中多了很多笑语。我在想，Lucky 和 Star，香格里拉是什么样子呢？

它应该就是你心中想象的样子，你可以把你心中所有对美好的期待都放到香格里拉身上，每个人心中都有自己的香格里拉。

对 Lucky 来说，会是什么样子呢？Star，你呢？那是一个到处都有糖果的地方吗？

每个人都在寻找自己的香格里拉，而你们又会选择什么样的方式

到达呢？ 我坐在车上，看着云朵就在离我不远的地方，然后天空慢慢变低了，一路上，我们都在追着云朵奔跑。

那就是我追寻的道路和方向吗？

等你们长大后，我想听听你们对猴子、蛇和鸟的那个问题会怎么回答。但此刻，只有无限的爱意在心中流淌，想要去往你们在的地方。

娘亲　2017年5月于香格里拉

 云南家书回信 —— Star

亲爱的母亲：

你知道吗，你的选择和我出奇的像，不过我会保护好可爱的小鸟的。可是为什么要让那些动物或物品表示不同的人和事？虽然别人的选择我做不了主，但我认为这些都很偷懒。如果是我，我首先就不会有猴子，没有猴子就没有小鸟，所以，我比你们都更偷懒！

你想，背着蛇和包会比背着猴子轻多了！

单身是我一生的目标，因为……

我有更重要的事，我不希望有人挡着我、拦着我！

Star

 云南家书回信 —— 妈妈

亲爱的Star：

单身与否并不重要。幸福的感受每个人都不同。希望你有一个包容你、支持你的自己的小家！

妈妈

那位传奇的神枪手

我把所有的猎枪都扔了，从此之后，我再也不打猎了。

亲爱的孩子们：

从香格里拉我们转道去往德钦县城，那是一个靠近西藏的地方，再往前方走，我们的车就要开到西藏了。

沿途，我们看到了雪山，有白马雪山、梅里雪山，那些山离我们那么近，但是又仿佛接近天上。雪山对当地的人民来说是圣洁的。

群山被云雾笼罩，只能够看到山峦上起伏的白雪，而雪峰的峰尖藏在云雾之中，那里从来没有人能够涉足，是真正的神山。

当地的扎西老师带着我们去了雪峰下的布村，在那里，我们见到了具有传奇色彩的熊爷爷。

布村就在卡瓦格博的山峰下，是一个安静的村子。熊爷爷住的地方是一座藏式的木质建筑，整个房间都弥漫着松香的味道，红色的三角梅已经在屋门外开得耀眼了，一股甜甜的气息吸引着蜜蜂在屋内外盘旋着。

讲故事的熊爷爷

热情的藏族奶奶

　　进门，一位藏族爷爷马上站起来，拿着手中的罐子为我们倒上了酒。红色的葡萄酒很甜香，用的是布村的人们种植的葡萄，经冬不摘，让它自然在藤上打上一层白霜，然后再手工酿制成酒。

　　为什么叫他熊爷爷呢？

　　他本来的名字叫斯那都居，年轻的时候是一位好猎手。

　　"那个时候，我打枪，总是能够命中猎物，我躺着能打中，站着能打中，睡着也能够打中！我打了无数的动物，其中有十多头黑熊，所以你们可以叫我熊爷爷。我打死的猎物那么多，我很为这骄傲。曾经有人提醒过我，这是在杀生，是在犯下罪过，可是那时的我，又怎么能够想明白呢？

　　"一切改变发生在我四十多岁的时候，我突然看到了那些被我杀死的动物，它们全都活了过来，它们拥我，向我讨要性命。在那时，所有人看到的都是一个发狂了的我，只有我一个人能看到那些血淋淋的动物！它们在向我报复，从各个地方朝我扑来！

"我开始发自内心地祈祷，我愿意悔改，就在那一刻，所有的动物都消失不见了。在那段失去知觉的日子里，我被送去了医院。而我完全不记得了，我只记得当时我的祈祷，还有我发誓再也不打猎了！

"我把所有的猎枪都扔了，从此之后，我再也没有打过猎。不光是那样，我还发誓保护这片雪山下的山林。我和村里的年轻人成立了一个护林队，去阻止那些打猎的人，让他们不要再伤害动物。这些动物都属于卡瓦格博山峰，不是人类的猎物！

"在那之后，我把我的故事讲给很多很多人听，在我疯了的那些日子里，我看到的动物们时时刻刻地提醒我，我们应该与神山共处。"

熊爷爷讲的故事很不可思议，此刻他的眼睛中闪动着光，像是又在回忆，而我同时看到了熊爷爷的虔诚，从前不信的，现在相信。

在他所讲的故事里，我听到了关于卡瓦格博山峰的"神圣山林"。在山林以下，是人类的疆界，疆界的另一边是神的土地，不允许侵犯。

亲爱的 Lucky 和 Star，你们觉得熊爷爷看到的一切是幻觉吗？还是真实的？我想每一个人都会有自己的解释。

妈妈没有答案。当我坐着汽车经过雪峰时，我看到那白雪覆盖的雪山终于在傍晚时散去了云雾，变得清朗恢宏，它在我心中奏响了一首如同史诗般的乐曲。

娘亲　2017 年 5 月于香格里拉

看着雪山，看着天空

亲爱的孩子们：

在旅行中，窗外的风景意味着与世界的相接。这次我们在德钦入住的酒店房间，透过窗户就能够看到卡瓦格博峰与我相对。

我一进门，还没有放下行李，便发出一声低呼。黄昏时的雪山在我的面前，一整面的透明玻璃窗，可以让我细细地观赏这雪山。

我写过很多幻想故事，故事里的仙境一定都是在高高的雪山之巅，因为那里是神明的居处。

生命中有多少细节，全在于窗外的风景当中。我放下行李，看着外面的雪山，从古到今，一定有很多人像我这样与它相对，然后就这样被它折服吧。

这时，我想起了我答应要提交的书稿只剩下不到四天时间了。

夜晚，星星慢慢亮了起来，蜿蜒的山路上有灯光，从远到近流淌着，像是一条河流。星星亮在头顶，雪山的天空有淡淡的微蓝。我停下敲击键盘的手指，细细地看着天空，看到它，就像是多了一点幸福感，又像是多了一点安心。

深夜的时候，我终于决定要入睡了。躺在床上，想了想，我又爬起来，把窗帘拉开，让雪山能够继续出现在我的眼里。我在高原上沉入了梦乡，但梦中却一直听到风似乎在拍打窗户。星星挂在我梦的一角，闭上眼睛我感觉着星星的微光。

为谁点灯？

清晨的时候，云雾笼罩在山峰之间。气雾在升腾，光慢慢地覆盖了大半个山峰，而山尖始终无法看清。这个时候的雪山，呈现一种奇妙的美感。传说中的"日照金山"始终没有出现，心也始终笼在这云雾里。这种被笼罩的感觉，像是远远地看着山水画的留白，只觉得心中是在梅花枝下闻着香喝了茶半盏，是那种恰到好处的美好。

太阳升上去的时候，云雾终于散去。此刻，光芒照亮了雪山的角落，雪是一片耀眼的白，还有深深沉沉的黑。黑与白之间，我只觉世界变得明朗万分，一切都被耀眼的白照亮，而一切耀眼之中，又有着黑来平静那白的光芒。

面对着此刻的雪峰，我只觉得世界凝聚成面前的山峦一点，而我是何其有幸，可以陪它走过这变化着的二十四个小时。

就这样，与一座山默默相对，从早到晚。太阳落下，金光收起，月亮慢慢爬上来。

亲爱的 Lucky 和 Star，一定有一天，你们也会遇见自己心中的风景，那风景是属于你们的，你们会停留在风景当中，耽溺于此刻绝对的美。

愿你们与这样的一片风景早日相遇。

娘亲　2017 年 5 月于香格里拉

目送你的远行

亲爱的孩子们：

在德钦民族小学时，我想起了我小时候离家远行求学的日子。这是一所雪山脚下的学校，那些孩子都住在雪山脚下的各个村子里，离镇上很远。上学路途成为他们入学的一个重要阻力。

于是，全住宿的德钦民族小学被修建起来。这里有宽阔的操场，有整洁的宿舍，有设施完备的游戏场地 —— 但所有的孩子都要住校。

在操场上，那些孩子跳起了弦子舞，那是属于藏族的民族舞蹈。孩子们穿上节日的盛装欢迎我们，在阳光下露出羞涩的笑脸。

Lucky 和 Star，那个时候我想，如果我是他们的父母，我会愿意让他们住校吗？一个月或一个星期见一次？陪伴不是很重要吗？

我看到宿舍房间里摆满了小小水杯，上面印着稚气的卡通图案，不同的水杯属于性格各异的小主人。我想，他们在这里孤独吗？会想家吗？阿爸阿妈会在家里想念他们吗？现在是周日，也许有的孩子已经回家去了。

"这样真的好吗？"我疑惑地问同伴黄老师，他的孩子今年刚刚考上了北大。

他说："对这些孩子来说，如何更好地生存下去才是第一位的需求，如果失学的话，他们的未来无从谈起。不可以为了一种通常的情

感需求放弃生存。"

是这样吗？我们所讲的陪伴，其实是有一个前提的吗？

但当我慢慢回溯求学经历，我想起了我读小学四年级时，被县小学的老师看中，选拔到县城读小学。这意味着我必须离开家，每个星期只能够回家一次。

那个时候，我哭泣着对妈妈说："我还小，我才四年级，我不想和你们分开。"

我的妈妈，你们的外婆当时心软了，她去和学校的老师说，我不去县城了。可是老师们都劝她："你知不知道每年乡中学有多少人能够考上大学？有时候有一个，有时候一个都有没有。让孩子去吧。"

我的妈妈狠狠心，让我去了县城的小学。我记得那段独自生活的日子，小学四年级的我独自去坐公交车，晃晃悠悠地回家。但现在，你如果问我值不值得？我会告诉自己 —— 值得。

在县城小学里，我接受了更好的教育。如果没有妈妈当时狠心做出的决定，我现在会在哪里？有没有过上现在我想过的生活呢？我不得而知。

Lucky 和 Star，黄老师说的话让我回望了我走过的道路。这条道路常常是独自一人，但在这个时候，我也学会了很多东西，比如享受寂寞，与内心对话，还有独立地生活。你们有我的血脉。

Lucky，还记不记得有一次暑假，你决定和妹妹一起陪外公回老家，妈妈心中是满满的失落，因为这样我们就要近一个月才能见面了，我的暑期计划也不得不变更。

"你们就要和妈妈分开一个月了。"我低落地说。

"可是，妈妈，等我们十八岁了，我们去读大学了，那时候还是

多才多艺的少年们

要分开的呀。"Lucky，你这样告诉我。

你说到了一个真相，我的心中却"咯噔"一下。其实，*我应该为你们欣喜，因为 Lucky 你已经做好了飞翔的准备，你在慢慢地去打开自己，迎接外面的世界，并为一个更好的未来而梳理着自己的羽毛。你的翅膀开始扑动着，一次次探索一个更大的空间，试着小小地盘旋，直到你可以鼓足勇气，飞向那个神秘的远方。*

我应该为你感到高兴和快乐，虽然此刻我的内心仍有种种不舍。我知道那不舍和你们没有关系，那是我的，是我在需要你们，需要你们在我身边，让我感受到温度与声音。

Star，五岁多的你，我记得你常常在我身边撒娇，喃喃细语，为逗我们开心而故意做鬼脸。看起来，你是黏人的，对吗？

但当我把你放到一个必须由你独自解决问题的情境下，你常常把自己照料得超乎想象的好。那次在西安旅行时，天降大雨，而我们分别乘坐两辆不同的车。我担心你会不会在那辆车里哭泣。见面时，崔阿姨感叹道："你们家孩子一上车，就自己找到纸把鞋子擦得干干净净，乖乖地坐在那里，又把头发收拾好，真是能干。"

Star，你的独立与勇敢是在心里的，而你的外表又是那么柔软与甜蜜。你和姐姐都会有一对很有力、很大的翅膀，在阳光下会闪着金色的光芒。

你们要勇敢地飞，而我能做的，就是在原地，用我全部的心力，为你们祈祷和祝福。

娘亲　2017 年 5 月于香格里拉

包容

亲爱的孩子们：

你们如何理解"包容"两个字？

在你们心中，谁是比较包容的人呢？等等，我想先知道，那个"很包容的人"名单里，有没有我？

这次在德钦我们去了阿墩子古城李老师的家。他是当地一位德高望重的老师，这次为我们做导游的诗人就是他的学生。

阿墩子古城历史悠久，有一条长长的石板路，是茶马古道的重要枢纽。但它最最神奇的地方是——在这里，包容体现着它最奇妙的意义。

李老师的家是一栋长条形状的房子，越往里面走越深，里里外外有好几进。

我们走进的第一进是几间卧房，采光很好，房间给人一种亮堂堂的感觉。

往里面走，是一个有佛龛和红色长榻的地方，上面陈设着金色的佛像，还有微笑着的活佛的照片。

这里陈设整洁，坐下来就有一种被暖色包围的感觉。

再往里面走，就到了李老师家的客厅。

客厅里用长条沙发围成了一个一侧开口的"回"字形，桌上已经

听李爷爷讲那过去的故事

放上了瓜果和酥油茶，而我首先看到的是陈列架上放着的《古兰经》。

你们可能现在还不理解，佛龛和《古兰经》代表的是两种不同的宗教，而这两种宗教之间的差异还是蛮大的。

在世界历史上，由宗教矛盾而引起的纷争可以让鲜血染红整个大地。但在李老师家，佛龛和《古兰经》如此和谐地相处在同一屋檐下，让我感觉到一种宁静和祥和。

最里面还有一个小院子，高高的小阁楼是李老师写作的书房。在院子里的绿树下，坐着的是李老师九十多岁的母亲。

"现在我来讲讲我家族的故事。我家族的故事就是整个阿墩子古城的故事。我的外公外婆一个是藏族、一个是白族，在他们那个时期，跨越民族的婚姻是不被允许的。我的外公就带着外婆徒步翻越雪山，走了三天三夜，走到了一个很远的小镇落脚。

"他们那时一无所有，我外公手中只有一副干银匠活的工具。他们都是心灵手巧又能吃苦的人，从一无所有开始打拼。外公为那里的人们制作银器，价格公道又讲究诚信，于是他成了越来越受欢迎的手艺人。后来，他被当地的有钱人看中，成了他们家的专职手艺人。

"我的外婆，她有白族女人的一切美德，且手巧，可以把普通的面粉做成各色各样的巧食。在条件艰苦的藏地，她也成了受欢迎的厨子。我的外公和外婆挣到了钱，他们离家很久，也很想家了，于是他

们把所有财产都打包起来，重新回到了阿墩子古城。

"家人看到他们过得很好，都真心为他们感到高兴。后来，他们接受了我外公外婆的婚姻，为两人祝福。而我的外公外婆也用这笔挣下来的钱，买下了现在的这栋房子。

"那时，他们是当地第一个跨民族通婚的家庭。接着，这样的婚姻变得越来越多了。我外公性格粗放、不拘小节，我外婆爱干净、生活讲究，他们却在一天天的生活中，接受了对方本来的样子。

"到了我父母这一辈，我的妈妈是藏族人，我的爸爸是回族人。他们的宗教信仰完全不同，我妈妈去的是藏传寺庙，我爸爸去的是清真寺，他们念的经也完全不同。我妈妈去转经的时候，我爸爸绝对不打扰；我爸爸不吃猪肉，我妈妈也绝对尊重。到了他们那一辈，在阿墩子古城，好几个民族生活在同一家庭内已经变得越来越常见了。"

讲到这里，李老师喝了一口酥油茶，微微地笑着。

"天哪！"我忍不住低呼一声。

Lucky 和 Star，要知道，一家人在同一屋檐下生活，会有多少千差万别的习惯！每个人如果都只以自己的标准去改造对方，最后的结局一定是大家都不开心。最好的改变是由彼此发自内心开始的一次旅程。当我们身边的家人感觉到他的全部都是被坦然接纳的，他们就会感觉到爱，也会温柔地对待彼此。

"我和我的妻子也是这样。"李老师温和地说，"我和所有人都说，一个人最大的本领就是让家人之间和平相处。我是回族，我信《古兰经》，而我的妻子信佛，这些差异都没有关系。我的妻子对我的母亲很好，她们有很多共同的语言。"

在最里面的小院，九十多岁的老妈妈在树下和她的朋友们聊天，

包容的城市和包容的人们

时不时发出阵阵笑声。

"我有两个女儿，她们也是嫁给了不同民族的小伙子。在阿墩子，这已经成为一件非常普遍的事。我相信我的女儿们也会生活得很幸福。"

李老师讲着他的故事，而我遥想着，在一个小小的屋檐下，是什么力量让我们能够跨越彼此之间如此大的差异而好好地相爱？

还是爱。

今天的世界，有了越来越多的冲突，而冲突的原因之一就是世界的多样化，人们还以自己的标准去要求周围的一切，最后的结果往往是失望。《疯狂动物城》这部电影最最触动我的地方就是，它给了我们一种希望，就是虽然我们彼此不同，但那恰恰也是我们值得被爱的原因。

我是多么希望你们成为心胸广阔的人，Lucky 和 Star。

它让所有的差异都变得闪闪发光。

娘亲　2017 年 5 月 14 日于香格里拉

 云南家书回信 —— Star

亲爱的妈妈：

　　我认为包容是一种宽容大度，容得下别人的不同和不足。在我心中，妈妈你就是那个很包容的人，你不会因为我把事情弄砸了就骂我，你会和我一起重新梳理一遍我为什么弄砸，下次做类似的事情时注意什么。

　　妈妈在英国时，我们读的是天主教学校，可我们发现天主教通常都是教内通婚，这就证明世界上仍有许多文化差异使两个相爱的人无法在一起。

　　其实，我觉得李爷爷的外公外婆很幸运，因为他们的族人至少能包容他们，所以他们迈的这一步十分有意义。如果这件事发生在宗教战争时，若其中有一对相爱的人，刚好他们正在打仗，那会发生什么？

　　在阿墩子的居民都很幸运，因为他们学会了包容别人的不同！

Star

 云南家书回信 —— 妈妈

亲爱的 Star：

　　其实你对姐姐就很包容。是因为有爱，就可以容纳对方的不同。

妈妈

一生一会，在火堆边遇见的老婆婆

亲爱的 Lucky 和 Star：

我们去了傈僳族的山寨同乐村。

寨子在高高的山上，我们的大巴穿过一座座山，直到那奇妙的山寨出现在我们眼前。高山衬托着的这个小村，像是桃花源一般的世界。

同行的村主任告诉我们，傈僳族是一个相信神灵的民族，他们相信山中有神灵，一切都有神灵的指引。

同乐村的傈僳族也是在神灵的指引下，选择了这个少有人居住的地方生活。

我们沿着弯弯曲曲的道路向山中的小村走去。在村口，我看到一株枯了的大树，它的枝干伸向远方的天空。站在此处，它神秘而倔强。

在一栋小小的木质房子前，历史在这里留下了伏笔，门前的春联上是我们不认识的文字。

"那是傈僳族的文字。"村主任告诉我们。

在傈僳族的陈列馆里，我们见到了"阿尺目刮"的表演视频，成群的青年男女跳着欢乐的舞蹈，队列绕出各种各样的形状。

舞蹈模仿山羊的步子，歌声悠扬地在山间回响，这是傈僳族的财富。

参观完了陈列馆，我和同伴们沿着小小的道路去探访小木屋。仔细看，这些建筑全都是由原木搭成的，它们被当地人称为"木楞子"。木头之间不上油漆，不用铁钉，全靠木料之间互相牵制。

这条小路还在修建，平衡力差的我努力不从山道上滑下去。就在这时，我看到一位老婆婆抱着一大捆干草慢慢地从坡上走下来。

她大概有七十多岁，但走路很稳，在我感觉最吃力的路段，她很轻巧地就走了下来。

我崇拜地看着这位老婆婆，看她抱着干草给牛圈里的牛喂食。

她看着我们露出了温和的微笑。要知道，好客与友善已经融入傈僳族的文化和血液里。据说，这里很多木门都没有门锁，如果你肚子饿了，可以随意推开一家的门，自己做饭吃，离开的时候，只要随意留下一点报酬就好了。

我想去老婆婆的家里坐坐，很期待地看着她。她示意我们跟着她走，我们来到了一栋矮矮的小木屋前。

那里，老爷爷站在门外，招手让我们进去坐。

墙上挂着他们和两个孙儿的合影，看得出来是专业摄影师拍摄的。还有一张老爷爷的特写照片，他一定是摄影师镜头里的"明星"，而他也为这一点感到骄傲。

进门就是一个火塘，上面放着一口大锅，里面煮着咕嘟嘟冒着热

老婆婆给牛圈里的牛喂食

老婆婆七十多岁，老爷爷八十多岁了。年轻人越走越远，老年人守护着这个村落

气的玉米粥。火塘边上放着孩子的玩具、一些书本，电视里放映着动画片，想来这是他们孙儿喜欢看的。孙儿们不在家，爷爷和奶奶看着他们喜欢的动画片，是不是感觉他们还在家中一样？

坐在火塘边热乎乎的，我的心中有一些伤感。其实，有很多年轻人都已经到城里工作了，他们会慢慢融入城市的生活，这是一种必然，也是一种进步。而老人，他们最熟悉的还是这片山林，他们会留在老房子里，生命之火就在这房子中发出微弱的光。

我和老婆婆坐在一起，看她用大大的锅勺搅动玉米粥。老婆婆七十多岁，老爷爷八十多岁了。

有的人，也许一生只能见到他们这么一次。

我迟迟不愿意离开，因为我知道，和他们一起坐在火塘边烤火，那是一生只有一次的缘分。我和他们，傈僳族的老爷爷和老奶奶，我们也许不会再见了。*Lucky 和 Star，旅途中的奇妙之处也就在这里，遇到那些只见这么一次的人，心中装下他们的故事。*

老爷爷的视力已经很不好了，但老奶奶还很健康，家中喂了七八头牛。每天重复这样的生活，沿着祖先设下的轨迹。年轻人越走越远，老年人守护着这个村落。

如同天上的云朵流散变幻，如同森林中的树木生长枯萎，村落里的人们因循着生命的节拍，面对这一切，我的伤感为何而来？

老爷爷和老奶奶，他们让我想起老家的亲人。

同乐村的老爷爷和老奶奶。

当我敲下这几行字的时候，我在心中再一次为他们祈福，祈祷他们健康平安。谢谢你们对我的邀请，让我得以在火塘边和你们一起烤火，取生命的暖。

娘亲　2017 年 5 月于香格里拉

你为什么开始？

亲爱的孩子们：

　　妈妈喜欢活在自己的小小天地里，这个小小天地里不需要有太多的东西，只需要有我自己喜欢和在乎的人，有我自己喜欢做的事情，我就会感到非常满足了。

　　这次和作家一起去云南，遇见了很多不一样的孩子，而那些孩子也深深地触动了我。

　　我们去了大概有十所学校，孩子们问了很多问题，一个问题像一道光一样，照亮了我的内心。

　　"你为什么开始写作？你是不是用笔在构建一个小世界呢？"一位小朋友举手站起来提问，她是一个看起来非常文静的女孩。

　　原本我一直是躲在角落里的人，但这时，我也激动得举起了手，这是一个我特别想要回答的问题。

　　那也是我为什么开始写作的原因。

　　"是呀，当我们用笔，一个字一个字去搭建的时候，我们修建起自己的世界，一砖一瓦，一字一句。当你喜欢科幻的时候，那些字会变成宇宙飞船，带你穿越时空去往宇宙的深处；当你喜欢神仙的时候，那些字会变成天空中的宫殿，它们装满世界上所有神奇的事物；当你喜欢冒险的时候，那些字会变成你的手电筒，你点亮它，进入一个一个洞穴去探险。孩子，那些世界全部都是属于你的，那个时候，你是这个小世界的什么呢？"

"主人。"那个孩子回答我。

他们的问题非常重要，是什么让我选择拿起手中的笔，或在键盘上敲下第一个字？对一个作者来说，当他沉浸于写作的世界时，外在喧嚣无法影响他，他慢慢沉浸，忘记时间，忘记饥饿，感觉着灵魂的脉搏和节拍，他开始与文字共舞。

对你们而言，可以沉浸的事情可能是任何事，也许是舞蹈，也许是手工，也许是对小动物的观察和照料，但这件事是怎么开始的呢？

它是如何一点点又一点点，落进你们生命的土壤，慢慢地发芽生长，直到最后长成一株树苗，然后又长成你生命中的一部分，与你们的灵魂密不可分的呢？

这个过程真的很奇妙，我无法完全洞悉它的秘密，*但是我相信，你们将来一定会找到那一件属于你们的事。那个时候，一定要记得刚刚开始时的心情，那种有些忐忑紧张、跃跃欲试，渐渐到不眠不休的感受，我想那就是热情和爱吧。*

"你为什么选择它？你为什么开始呢？"

好奇妙，那个时候，我要问你们这样的问题。我一定像你们的小小粉丝一样，认真地向你们提问，眼睛中闪动着崇拜的光。那时，你们会怎么回答我呢？

我一天天地观察着你们，Lucky，你为什么刚开始晃呼啦圈那么灵巧呢？Star，你为什么可以在做纸手工的时候那么专注，默默地坐一两个小时而不觉得乏累呢？

我注视着你们，怀着最最敬仰的心情。也许，在一个妈妈的心里，

你们所有的一切都是值得我膜拜与记忆的。

就这样一天天成长，那件让你们沉浸的事情会在哪里呢？在前方等着你们吗？这种期待的感觉好像一颗小种子被投入了土壤，有时我们蹲下身，好奇地注视着它，但是更多的时候，我们要忘记它的存在，只记得去享受当下的每一点滴的快乐。我们会猛然意识到，树苗不知在什么时候噌噌地生长起来了。那时，我们就一起带着欢喜，看它枝繁叶茂吧。

你们说，我们一起沉住气，种下这颗种子，好不好？

娘亲　2017 年 5 月于香格里拉

转动命运之轮

亲爱的孩子们：

  你们见过全世界最大的转经筒吗？它就在香格里拉独克宗古城。（独克宗古城的巨型转经筒建成于 2002 年，曾以世界之最被载入吉尼斯纪录。但纪录被后来者打破。）

  独克宗古城是茶马古道的枢纽，距今已经有 1300 多年的历史了，这个名字意为：月光之城。

  在香格里拉的天空下，空气很清新，但呼吸需要张大口，我在攀登台阶的过程中，看到有不少游人都随身带着氧气瓶，时不时地吸上两口。

  蓝天之下，我先看到一个巨大的转经筒，它慢慢地在天空下转动着，泛着金色的光。在转经筒的平台边上，坐着一位默默地看着远方的红衣僧人，他坐在那儿，口中念诵着什么。

虔诚的妈妈和女儿

  转经筒的外壳是铜做的，看起来庄重高大，下方有一圈转经的扶手。我有些疑惑，为什么要修这个世界上最大的转经筒？

  在这高原之上，岂不是有些费

力吗？

不停旋转着的转经筒，由十多个人一起努力转动着，其中有个藏族家庭，妈妈和女儿身体微微前倾，一起向前推动着。

女儿身上佩戴着颜色看起来有些旧的珊瑚珠串，头发梳成一条条的辫子，发辫上还佩戴着金色的发饰，看起来华丽而又庄重。

妈妈在身后陪着她，她们一起念着什么，后来我才知道，那是六字真言。念诵的过程，就是在为家人祈福，期待他们获得吉祥和平安。

母女两人就这样默默地念诵着，慢慢地转动着这巨大的转经筒。就在这个时候，刚才坐着的红衣僧人站了起来，把袈裟往身上一披，弯腰扶起那转经筒下面的把手，用力地推动起来，边走边大声地念诵着六字真言。加入的人越来越多，有的人也许只是过客，匆匆相逢，共同转动一圈，但巨大的转经筒因此转动得越来越快了，它在阳光下闪着光。

那位僧人是一直停留于此处的修行者，为那些推动转经筒的人送去一段助缘。想必他日复一日地守候在这里，陪着人们不停地转动这经筒。对他而言，这就是他选择的修行。累了，就休息下，休息好了，再继续往前。

我看着那藏族妈妈和女儿，无论是有人帮助，还是独力前行，她们的脸上都是那样平静和虔诚的神情。

"我也来啦！"我背上背包，冲向转经筒，和同伴们一起推动着经筒向前。

我早已不再担心高原缺氧，虽然每走一步，呼吸短促，但我总觉得当下有比这更加重要的事情——在高原之上，和许多第一次见面的人一起推动转经筒。

五彩经幡在风中飞起，好像也带着深深的祝福

它那么巨大，我看不清前面的人，也看不清后面的人，但是当我转动它的时候，我能够感受到人们的力量和我的力量一起推动着巨大的转经筒旋转。

我转了三圈，每一圈都是为你们祝福，为世界祈祷，但愿阳光永远普照独克宗，普照着藏族母女一家，还有所有心怀祈愿的人们。

远处，蓝天璀璨得让人心醉，独克宗古城在阳光下宁静祥和，它是在2014年的大火后重建的，这其中一定也有很多人的推动吧。在高原上，和很多人一起去转动有形或者无形的转经筒，只为了心中共同的心愿。

亲爱的孩子们，我现在懂了，为什么独克宗古城要有一座世界上最大的转经筒。它又在告诉我什么呢？我想，我多么幸运可以和你们相遇，我们一起转动生命的转经筒。

下山的时候，我看到一位父亲和他的女儿手牵着手，聊着天走下台阶。我想，他们一定是在这古城之上许下了幸福的心愿，也一起转动了转经筒。

五彩经幡在风中飞起，好像也带着深深的祝福。亲爱的孩子们，相遇的人的心愿会化为一股强大的力量，一直守护着这座古城，还有经过古城的旅客。

娘亲　2017年5月于香格里拉

丽江故事

亲爱的孩子们：

我是在丽江遇见那位女歌手的。

那是在白沙古镇，我们一群人正吃着饭，这时，响起了一阵歌声。

那些打动人心的歌声，它们都有一种特质，就是让我们在这歌声中，找到了自己。吉他乐声中，女子的歌声不那么高亢，也不那么婉转，这歌声只是默默地在叙说着自己的故事。

我在这古镇饭店的演唱席见到了蔓，她身着蓝色的长裙，长发披肩，手腕上系着许多珠串。

她的歌声中有一种力量，让你可以在人群中一下子听出这歌声的存在。

她专注在自己的歌声里，忘记周围的喧嚣，忘记我们这些吵嚷的游客，她只是在歌唱。这是天生的歌手。

"她真的太棒了。"我赞赏道。

有一位戴着墨镜，看起来非常干练的女子一直在注视着我们。后来，她走到我们中间。

"这饭菜还好吃吗？"那干练女子问我们。

"不好吃！汤太咸！"我们中的唐唐干脆地回答。

"还好，不是我家的饭馆，我们只是来了解一下现在大家对餐饮的需求。"干练女子指指台上，"看，那位歌手，她是参加过《中国好声音》的学员，拿到了极好的名次。我是她的经纪人。"

"哇！这么厉害！"

没想到，蔓唱完一曲之后，坐到我们中间。我和她聊了起来。她原本是在广州一带唱歌，后来和丈夫来到这边打拼。

蔓轻声地邀请我们去听她唱歌，在丽江古镇上的一个酒吧。

"好哇，好哇。"我和左左毫不犹豫地答应下来。

就这样和蔓认识了，我在小店购买了她的 CD。我总是很容易被圈粉，也许因为我们都是创作者，旅途中的偶遇也会有一种惺惺相惜的感觉。

我们离开了白沙古镇，慢慢地消磨掉时间，就到了晚上七八点。

"要不要一起去听蔓唱歌？"左左问我。

是呀，说好了要一起去的，但此刻我有些迟疑，觉得晚上的丽江会很吵。

"没关系，不用勉强，那么我先去了。"左左说道，她的身影渐渐消失在人群中。

我想了很久，在道路上徘徊了一会儿，终于还是给左左打了电话："你在哪里？"

我们俩四处寻找着蔓所说的那个酒吧。一路上，透过窗户，我们看着一个个酒吧，人们在跳舞，激烈的音乐声中，人们内心的喧嚣和躁动搅和在一起。

我们绕过一条条道路，终于找到了那间酒吧。它的布置看起来很有格调，一位三十岁左右的男歌手此刻正在台上唱歌。

还没有到蔓的演唱时间。

我们在酒吧里坐了下来，慢慢等待蔓。她和她的经纪人终于出现了。看到我们，她好像有一些惊喜，也许她并没有想到我们真的会来。

左左说："我们答应了你要来听你唱歌，所以一定会来。"

和她匆忙地合影后，她的经纪人告诉我们："蔓很快就会红了，已经和一些综艺节目的大导演讨论出场的事情。你们要抓住机会好好地和她合影。"

台上的男歌手正在唱歌，突然有人打断他，送上了几瓶压着百元大钞的酒，让他一口喝干。

我感到很尴尬，我认为歌声应该是被尊重的，不该是这样的。

男歌手拿过钞票，喝光了所有的酒，而蔓此刻在台下静静地等待着，等待他唱完那人点的歌曲。

她和经纪人谈笑风生，并没有一点不快的表情。

喝了那么多酒的男歌手有一些醉了，他在台上哭了起来，说："哥，我从九岁唱到现在，唱了二十一年，唱到了三十岁。我一直都没有放弃音乐。那天，我拿到了我这辈子最喜欢的一把吉他，大概要十万，我是多喜欢哪，哥，你能不能借我两万块钱，让我买下这把琴？"

刚才塞上酒瓶的男人此刻有些恼怒，气哼哼地说："当着这么多人向我借钱，什么意思？"

歌手被人慢慢地扶了下来，他只是哭。

他说他唱了二十一年，他得有多喜欢才能够坚持这么久？

Lucky 和 Star，我写作到现在，也有二十多年了，我能够感受到他的心情——那种不管不顾，只想做自己喜欢的事，为梦想而燃烧的心情，就算再无助，也会梦想着在低谷中开出花来。

已经超过蔓上台的时间二十分钟了。台下是哭泣与喧哗，男人的凶叫，蔓自顾自地上了舞台，抱起了她的吉他。

她的歌声在阴暗的舞台上唱响："唱山歌来，这边唱来那边和……"

嘹亮的歌声响起，安顿这空间中所有的不安与躁动，人们重新安静下来。她歌声中的力量与自信，从来不会因为外在的环境而改变，她抱起吉他，成为歌手，那就是她的角色与她的身份。

我的泪水默默地流下，直到自己泣不成声。

那么难，那么难，但是仍然坚持着不放弃，梦想着开花。

这歌声感染着我，让我也想为自己而歌，这歌唱和我的写作是一样的，我们都在不停地为自己的梦想而浮沉打拼。

此刻，蔓在舞台上的光芒已经盖过了一切，我和左左都哭泣起来，我们已经感受到了那感动——真正的创作者，只管好好地在舞台上唱歌。

泪水洗掉了周围污浊的气息；我们的心重新变得清新。虽然只有短暂的两首歌，但我知道我不会忘记，当我听到第一句歌声时内心的震撼。

已经是深夜，蔓和她的经纪人要离开了，我们再次与她们道别。经纪人又一次告诉我们，蔓很快会红了。

这时，说起了她的孩子，她说她的孩子在她不在家的时候，也会唱着歌等妈妈回来。我看着她们的身影消失在丽江古镇的夜色里，我为她的梦想祝福。

这就是我所看到的丽江故事，一位歌手为梦想而奋斗的故事。

娘亲　2017 年 5 月于丽江

家中

爱家，也爱更广阔的世界

满满的书架

坚果时间

温暖的角落

家中的海

写下"家中旅行"家书是在 2013 年，现在，我们已经搬离了那个家，外公外婆还住在那里。我们几乎每天都回外公外婆家，在那里，我们会看见那幅墙画——画面中的两个小女孩眺望着大海，大海也会守护着她们，让我们的家变得安宁祥和。

吧台变形记

我挪来了一盏跳跳灯，
灯光可以柔和地落下来，
洒在沙发上，洒在书架上，
那灯光带着暖黄的
光晕——真美，

Lucky 和 Star：

　　我亲爱的宝贝们，见信如面。

　　这个时候，你们都不在家中，我一个人悄悄地写下这封信，你们会读的时候，应该已经是大孩子了吧？那么，那个时候，我们的家中会有哪些变化呢？

　　我喜欢变化，因为变化意味着新的可能。可是有时候，我又觉得现在的时光是那么静好甜美，我珍惜现在和你们在一起的每一个瞬间，也珍惜和爸爸、外公外婆，还有爷爷奶奶在一起的每一个瞬间。

　　所以，我决定把现在家中我所珍惜的每一个瞬间和每一个角落都悄悄地写下来、拍下来，就像一个时光胶囊，留到你们长大后，飞向窗外世界的那一天，把它揣在怀里起飞。

　　我看过一本外国作者写的书，叫作《房间里的旅行》，书的内容我都已经忘记了，只记得里面的一种理念：旅行可以在外面广大的世界，为什么不可以在我们所习惯的平凡的家中呢？

好，你们听好，我现在可要慢慢给你们讲我们现在的家，还有我在这个家中的旅行。

走进我们的家门，你们首先会看见一个玻璃的吧台。爸爸妈妈还是两人世界的时候，我买回来这个吧台，期待着可以在两个人喝香槟的时候用上。我忘记了我们俩都不爱喝香槟，所以这个吧台很久都闲置在那里，落着灰，很寂寞的样子。

有了你们以后，我们在那个吧台上放了许多东西，娃娃玩具、各种各样的小药瓶，还有饼干等各种零食。吧台成了我们家中的杂货架。但是，请注意，如果它仅仅是一个杂货架的话，我就不会这么爱它了。

不如猜猜它的用途？答对了，我可爱的孩子们，它就是——书架！

我很喜欢看书，所以在你们还没有出生的时候，就买了许多我喜欢的书——《彼得·潘》《彼得兔》《小公主》……很久以来，这些书只有我一个人默默地欣赏，真的很孤独。所以我很感谢上天，有了你们，这些书的"书生"就有了更加光辉的寄托。

它们注定要协助我陪伴你们走过童年最美好的时光。

我订了许多儿童杂志，买了许多儿童绘本，好多是我自己也想看的，所以，是我沾了你们的光。我觉得阅读真的是人生中最美好的事情，有了阅读，我们可以对抗寂寞，对抗生命的有限，让人生在别人的故事中无限延展。

渐渐地，你们也和我一起爱上了书，我真高兴。Lucky，还记得你每天早晨六点起来，拿着自己的贴纸书，坐在那里看的时光吗？

Star，还记得你捧着一本《三字儿歌》，在那里一板一眼地念着："小老鼠，上灯台，偷油吃，下不来……"吗？那时候，你们都不到两岁哦。

妈妈没有说什么，但是心里很开心，我觉得我已经不为你们的未来担忧了，因为只要是爱看书的孩子，就一定可以找到幸福。

人们把自己的喜怒哀乐放进了书里，每本好书中，都有一个睿智的灵魂。

Lucky 和 Star，如果有一天，你们觉得寂寞了，就打开书，说不定，书里正有一个很老很老的灵魂等着你们，等着把他的故事告诉你们。

我很高兴这个吧台成了我们的书架。最上面的一层放着你们的零食，中间的一层放着姐姐的书，因为她要高一些，下面的一层就是妹妹的书，这样，妹妹伸手就可以拿到她喜欢的书了。

书有各种各样的色彩，我把它们放到这里，它们充实了我们的家，它们用色彩装饰了我们的客厅，空间也因为它们而变小了，小小的、窄窄的感觉，像是一个兔子的窝。外公把沙发床放在这里，上面铺开了一条红色的亚麻单子。太棒了！简直就像是专为你们量身打造的小窝！

我挪来了一盏跳跳灯，灯光可以柔和地落下来，洒在沙发上，洒在书架上，那灯光带着暖黄的光晕——真美。

我们在这里一起剥坚果吃，从网上买回的夏威夷果，用一个开果器轻轻一拧，就可以打开。你们那么喜欢坚果时光，也是大家围在一起的时光。

我们在这里下追逐棋，用一块积木涂上点数，我们把它当色子来下棋。Lucky，还记得刚开始时你不得第一就要哭鼻子吗？追逐棋下到最后，必须要点数恰恰好才可以到达终点。后来，我笑着告诉你，我们都要有"游戏精神"。就是说，不到终点谁也不会知道结果，只要你一直在玩。Star 呢，你在这里开始了你的第一次自主朗读，我还记得你朗读的第一本书。

我们还在这里一起看《视觉大发现》，真神奇的一套书哇！里面有那么多的图画谜，每看一次，都会找到不同的东西。我们一起比赛，谁要是找了出来，我就会在她的脸上亲一亲，瞪大眼睛，表示惊喜。

所以，这是家中我最喜欢的一个角落，那暖暖的灯光，那恰恰适合你们的沙发床，还有那满架的图画书和字书。

妈妈觉得已经把所有的智慧都告诉你们了，那智慧就在这满满的书架当中。书架隔开了电视机，再造了一个隐秘的空间，是属于我们的秘密基地，还记得吗？

所以，这次旅行，我选择从这里开始。

娘亲　2013 年 11 月 8 日于家中

面朝大海

Lucky 和 Star：

你们还记得，我们家中那面有大海的墙吗？

那面墙上是一望无垠的蓝色大海。天空中有几朵云飘浮着，数点白鸟掠过，还有远远近近三只白帆，像是大海中的白鸟。

无比难忘的是海水的颜色：蔚蓝、深蓝、宝石蓝……在幽深的地方，会显得深邃；在浅浅的地方，则像天空一般明亮。

就在离我们很近的地方，有一个看海的露台，上面坐着两个女孩子。一个梳着两条辫子，一个戴着顶草帽，她们紧紧地依偎着彼此，一起看海。

在她们身后，有一只看起来很卡通的小狗，瞪着它那大的搞笑的眼睛望着我们。

因为这幅画，客厅中的这面墙充满了生机。我们从厨房，还有从外公外婆房间出入的时候，就像是出入水晶宫一般。

Lucky 和 Star，你们还记得吗？这幅画是在 Star 刚刚出生的那几个月里画出来的。那段时间，因为家中的事务太琐碎了，Lucky 又处于心理过渡期，我们全家都处在一个需要调整的阶段。那个时候，在某个夜晚，我的心中涌出了一个念头："好想在家里可以看海！"

大海代表着博大、宽容，也代表着写意。说干就干！我找来了很

厉害的手绘师陈雷叔叔，让他给我们画了这面手绘墙。

大海的颜色，原来要经过好几次上色才会显出深邃和明亮同时共存的蓝。他画得那么用心，用了一个星期时间，大海才在我们家住下。

"Lucky，你知道那两个女孩子是谁吗？"我问道。

"不知道。"

"记住了，是你和 Star。等你们长大之后，Star 会陪你一起看大海，一起去吹风。"我正色说。

Lucky，你用心地点点头，从此之后，每当有人问起那画中的女孩子是谁，你总会告诉他们——是你和妹妹。

这也是我非常喜欢的一个角落。当我把自己扔进小沙发时，我就会看到这片宁静的大海，似乎自己也可以吹吹风，闻到海的味道了。

我还会想象一下你们长大了的样子，相亲相爱，在我们离开之后，仍然可以守护彼此。然后我把双臂伸展到脑后，长长地伸个懒腰，我想，我是真的看到了大海。

那只卡通小狗，你们还记得吗？在你们不好好吃饭的时候，外婆常常用这样的方法："快快，赶紧吃饭，不然的话，狗狗也一样饿扁了……"

"你们吃一口饭，我就喂狗狗一口饭……"

那只无辜的小狗，就这样无数次被我们打趣，被我们饲养在我们的大海旁。

有时候，只需要我们一点小小的改变，平凡的生活也可以被点石成金。那些琐碎的、平凡的，甚至有时候还是恼人的日常生活中，一定埋藏着最宝贵的财富。只要我们不放弃努力，一直想着要过出最精彩的生活，我们就可以点亮它，就像唤醒家中这片蓝色的大海。

　　我想起了《阿朝来啦》那本书，作者黑柳朝是《窗边的小豆豆》作者的妈妈。她讲到在战争时，全家被迫离开东京，她从家中带走的最贵重的东西就是一个天鹅绒沙发的沙发套。她用刀将它割了下来带到了乡间。

　　这个镶着华丽装饰的沙发套在她家中当过包袱皮，包过行李，也当过窗帘，悬挂在窄小的屋中，甚至还当过床单、桌单，但是无论在哪里，只要有它在，就能赋予家中一种在战争中也存在的骄傲与尊严。

　　那些点缀对我们的生活来说是不可替代的，它提醒我们，只要家中有鲜花，或者有悬挂着的画，我们对生活的期待就不会停下。

　　所以，我亲爱的孩子们，什么时候你们有了自己的家，我也想看到你们的家中除了有家具、家电这些物品，还放入了你们的心意——想和家人一起经营出更好生活的心意。

　　有这样的心意，我们的家就是温暖的。

　　　　　　　　　　娘亲　2013 年 11 月 29 日于重庆家中

高飞

去见识了不起的世界

越南

好朋友，就是会指出你的缺点

夜晚的西贡河

美奈的山与海

梦

朋友

2012 年的越南旅行，是我和好朋友阿翠、瑞英的约定。旅行需要旅伴，曾经被别人放过好多次鸽子的我，却在阿翠和瑞英那里感受到了无条件的接纳。好朋友之间也少不了争吵，可是，那种全心全意对你好的朋友，值得一辈子去珍惜。

好朋友

亲爱的孩子们：

　　2012 年去越南的旅行，我记得我打算独自上路，因为原本约好的朋友临时取消了行程，但我还是下定了决心："即使没有人陪我，我还是会去的！"

　　我雄心勃勃地打算从云南经陆路赶往越南，已经上路了，却发现云南到越南的小火车已经停开。

　　我想象自己独自坐着大巴，紧紧抱着自己的行李，一脸颓丧的样子，心中……是的，充满恐惧。

　　纠结时，我接到了阿翠阿姨的电话："喂，上次你不是说要一起去越南吗？一起去吧！我设计了行程，我们从北京直飞河内，然后转西

贡；你直飞西贡，然后我们在西贡碰头吧！"

"可是，我原本打算从陆路去河内的呀……"

"那条路太艰难了。去，马上买去西贡的机票！"阿翠阿姨在电话那头说。

机票很贵，可一想到有人会和我同行，而且是从北京出发，与我在越南会合，我就觉得心中好温暖。于是我咬咬牙，买了飞向西贡的机票。

那个时候，脑袋里面浮现的话是："士为知己者死……"天哪，这是多么不吉利的话呀！

Lucky 和 Star，我觉得自己很幸运，在生命的每个阶段，我都会遇见不同的朋友。阿翠阿姨和同去的瑞英阿姨，都是我读研究生时候的同学，我第一天去北大面试的时候，遇见的就是她们。可是，我并没有想过我们会成为认识得那么久的朋友。

原来，人与人就是不停地遇见，一些和你内心频率相同的人会和你产生深深的共鸣，不论时间来得早还是迟。

到了西贡，她们在机场等我，一看见她们，久别重逢的喜悦很快被一种迷惑取代了。

她们叽叽喳喳地讲着刚来越南的感受。

"太搞笑了，我们刚来的时候是深夜，好害怕出租车司机收我们高价，我们就不停地讲：'我们的丈夫会来接我们，我们在这里有许多朋友！'"

看着瑞英和阿翠，我一定是不自觉地在笑吧，不知道从什么时候起，我成了默默地听着别人说话的那类人。我觉得阿翠和瑞英，她们之间有着一种天然的默契。

妈妈和阿翠阿姨、瑞英阿姨

我们入住了那条有很多外国人聚集的街区上酒店。之前没有订房间，我们就拖着行李找房间。

阿翠的英文很好，由她来和前台讨价还价，我一时忍不住插了句话，阿翠生气地说："你不知道在别人接洽的时候，不要随便打断吗？"

我只好赶紧闭嘴。

这就是阿翠，直接，干脆，不留情面！

Lucky 和 Star，有时候我在想，如果你们要真正地了解一个人，最好是在旅行途中。在旅途中，要一起经历和决定很多事情，涉及的问题方方面面。我和阿翠在一个宿舍住了两年，从来没有发现彼此间的沟通存在什么问题。

在西贡时，我特别想去西贡河游河，杜拉斯有一本小说中描写过一个情节，就是少女在西贡河送别她的爱人，我总觉得特别浪漫。

阿翠说："西贡河有什么好玩的呢？我喜欢体验当地人的生活，就这样悠闲地转来转去，多好！"

我们就在西贡街区转来转去。一会儿迷了路，一会儿找到路，很开心的是，原来西贡街头的电视促销还有唱歌 PK 这样的活动，我们坐在那儿默默地围观。

但我一脸忧伤，心中还是惦念着我的西贡河。

"好想去坐船游河呀……"我说了第一遍。

她们不屑地走开了，然后我们在路边喝越南的冰咖啡，真好喝！我们在一起聊天，然后我又说了第二遍："好想去坐船游河呀……"

我想我当时一定是满脸忧伤。

她们有些烦躁地走在前面，但一不小心我们就走到了河边。

"好想去坐船游河呀……船马上就要开了……"也许，我当时的眼睛中还带着泪光。

"算了算了，服了你了！上船吧！"她们终于被我的怨念打败了，于是我欢呼着上了船。游船一个小时，我们继续喝着冰咖啡，看着身着闪光裙子的女子唱着"甜蜜蜜，你笑得甜蜜蜜……"

夜晚的西贡河灯光闪烁，但是又和想象中的不太一样，想象中的西贡河应该更加开阔吧？但是我真的很开心，终于实现了小小的心愿，还是和朋友一起。

"你就是这样，总是一副可怜巴巴的样子，最后我们所有的行程都按你的想法实现了，还觉得特别对不住你！"

我一边接受阿翠的批评，一边慢慢喝着杯中的冰咖啡，心中还是满满的快乐，我终于圆梦了——游了西贡河。

不过后来的两天，我发现，虽然我和阿翠号称"闺蜜中的闺蜜"，但是事实上，用她的话说，"我发现我们不见面时感情挺好的，简直可以说得上是'灵魂伴侣'，一起待两天也没有问题。可是让我们俩一起待上超过两天，我们俩就开始不和谐啦！"阿翠感慨地总结道。

我们乐呵呵地又从西贡坐飞机去了美奈，住在海滨旅馆。阿翠和瑞英最喜欢的事情就是拿我开玩笑，因为据她们说我太嚣张了，必须得打击我的气焰。

唉，Lucky 和 Star，我不想跟你们说，但在海边，我终于爆发了。

住在海边的我一直很害怕那阵阵的涛声，担心海啸随时会到来，但那天晚上的我，就好像是一场海啸。

具体细节我不得不略去，但是我爆发的时候，阿翠和瑞英阿姨被我的样子吓得跑进了厕所，一直等到我平静下来才出来。

不过，我们还是相亲相爱的好朋友，不是吗？

当我们从美奈到了河内，在河内的还剑湖边散步的时候，我看着阿翠和瑞英阿姨在欢乐地拍照，忍不住戴上了耳塞，一个人开始发呆。这里的风光很美丽，但我开始想你们了。

在湖心岛，我一个人走开，看着那些虽建在异域，却感觉和中华文明有许多关联的建筑。

我没有注意到阿翠在观察我。

"你为什么把自己和我们隔离开？你这样让我们感觉你很清高，看不起我们！"阿翠很直接地说。

"因为我觉得你们拍照很开心哪，我不想拍照，可是我又不想影响你们，所以我就一个人慢慢走开……"

阿翠深深地吐了一口气："你难道不能过来问一句'我能不能加入吗？'你的人际沟通是有问题的！你和人相处时，必须学会赞美，学会交流，学会专心地听他们的话，然后表达自己的观点，这就是倾听！你怎么到现在这么大了还没有学会？"

我语塞，有一种成长，是我从学校毕业后才学会的；有一种成长，不是来自父母，也不是来自学校，而是来自自己的伙伴。

"那你还和我做好朋友吗？"我白痴地问。

"笨蛋！你记得，真正的好朋友，不是因为……所以……，而是虽然……但是……！"阿翠义正词严地说。

Lucky 和 Star，我要怎么和你们说我当时的感动？Lucky，你上次去找自己的好朋友玩，结果她和另外一个女孩子约好了，没有搭理你，你哭得非常伤心。我当时陪着你，不停地对你说："妈妈是你永远的好朋友哇！我们在人生的不同阶段，都会有许多许多的好朋友，真正的好朋友，不是因为……所以……，而是虽然……但是……！"

这番话，就是来自阿翠阿姨。

很奇怪，我的关于沟通的知识，关于人与人之间交往的经验，居然都来自朋友们。我希望你们也结交到这样的好朋友：她会训斥你，她会批评你，她也会照顾你，给你准备好烈日下的防晒衣，还会在凌晨五点的时候起床，送你去机场，虽然她的飞机要到中午才起飞。

真正的好朋友，不是"因为……所以……"，而是"虽然……但是……"。

娘亲　2014 年 4 月 17 日于重庆家中

越南家书回信 —— Star

亲爱的妈妈：

　　如果我是你曾经的室友，我也许不会那样说，而是和你一起走过每一片你想去的土地。妈妈，你知道吗，当你说起美奈时你的眼里有闪亮的光，那里一定很美吧。真希望我能和你一起经历你所经历的一切美好和一切悲伤。你开心时，你与我一起感受；你难过时，我会轻轻拍拍你的背，让你好起来。你说起那些渔民时，不知为何我总觉得他们好勇敢，那么勇敢是值得被别人铭记的，也许不用知道姓名，只知道有这样一群为了生活而努力奋斗的人，就够了。

　　我想，我应该在什么地方、什么时间、什么年纪、什么样子的时候再去一次沙漠呢？在前往未知道路的时候，我依然会想起那个在我难过时轻轻拍我背的人，那个和我一起分享喜悦的人！

Star

 越南家书回信 —— 妈妈

　　妈妈爱你！

　　I love you!

 越南家书回信 —— Lucky

To 小洲＊：

　　加油，姐姐相信你。

　　★小洲是 Star 的中文名。

攀登与跋涉

就是那样害怕孤单的我，也慢慢地学会了独自旅行。一个人旅行常常会感觉孤独，尤其在迷失的时候，总觉得天地很大，却难以抉择自己前进的方向。

> 越南，我想到了阳朔！！！

亲爱的孩子们：

在你们很小的时候，有没有觉得妈妈像个女超人呢？妈妈的身高和小小的你们比起来，也许就像个巨人吧，虽然这个巨人常常犯迷糊，让你们觉得没有爸爸靠谱。

其实，妈妈并不像看起来那样坚强，我曾经很害怕一个人出发。上大学的时候，我和室友们说了许多次"我要去阳朔！"但一直没有去，后来室友们实在受不了我了，便说："你去吧，去吧，你一个人哪里敢去？"

一怒之下，我当天晚上就背着背包出发了，但我去的是……另外一个已经工作的女同学家，我躲在她的家中，然后去书店买了一本《广西行知书》，就在那本书中开始了我的流浪。

室友们当时着急了吧？我已经不记得了。后来，我满脸骄傲地回到宿舍，却被追问："照片呢？"我立马被打回了原形。

就是那样害怕孤单的我，也慢慢学会了独自旅行。一个人旅行常常会感觉孤独，尤其在迷路的时候，总觉得天地很大，却难以抉择自己前进的方向。

当我和阿翠还有瑞英去美奈时，我立刻爱上了这个海滨小镇。这里的建筑矮矮的，带着缤纷的色彩，黄色、天蓝色、白色、红色……衬着蓝蓝的天空，那么安宁美好。

在这里，我最喜欢做的是去看红沙漠的日出，还有海边的渔民捕鱼。

那天凌晨，一辆很拉风的吉普车来接我们，我第一次坐上了这样酷酷的敞篷汽车，整个人的感觉都不一样了。

我们在美奈的山与海间隔的马路上奔驰着，风吹过我的头发，一群女人唱着欢乐的歌，我好喜欢这样自由的感觉！

接着，我看到了那片红色的沙漠，沙砾真的都是红色的，上面生长着各色的荆棘，那景象带给人一种遥远的苍凉之感。

我脱了鞋，慢慢地在沙漠上行走，去看日出的地点。阿翠阿姨穿着她的波希米亚风格的长裙，裹着我的碎花围巾在风中行走，她紧紧地裹住围巾，蹒跚着向前，身后留下串串脚印。那个时候，我心中突然有种触动——我们不是都在这样攀登与跋涉吗？

亲爱的孩子们，我、我们、我们周围的每个人都行走在自己选择的那条道路上，我真心希望大家面前的那条道路充满鲜花与喝彩。可是生命不会这样简单，假如没有风吹雨打，生命就无法结出真正的果实。所以我们必须勇敢前行。

我赶紧拍下了阿翠跋涉的身影，心中默默地祝福她：一定会很快得到她所要的幸福。

那天，我们在红沙漠跳跃，抓拍自己在半空中的照片，双手举高朝着太阳……那种苍凉又有力量的感觉，直到今天，我也不会忘记。

我们还去看了渔村的渔民捕鱼，就在那时，天空下起了大雨，我们打着伞走到海边。

许多渔民坐在像圆形簸箕的渔船里，奋力向海浪的另外一头划去。浪一个接一个地翻滚，小船就像一片树叶在风中飘摇。没有一个人露出愁苦的表情，他们划到大船边，接过捕到的鱼，再划回岸边。

岸边裹着头巾的女子，无论年轻的，还是年老的，都拥上前去，接过小船里的鱼。天上还下着大雨，她们没有伞，但是谁也没有抱怨。吃早餐的人们围坐在一个小锅四周。

虽然有蝇虫飞来飞去，可只要有鱼儿们列队，他们就可以努力地活着。

不用伪装、不用表演，以自己的方式勇敢地活下去，这就是了不起的事情。

我不会忘记那天看到的风景，那是我对越南最难忘的回忆。直到两年过去了，那风景依然在我心中浮现。

无论未来拥有什么样的人生，无论身处沙漠还是大海边，Lucky，还有 Star，我都希望你们拥有攀登和跋涉的意志，勇敢地去面对未知。我们可以享受路边的花香，我们也要做好在风雨中独行的准备。你无法说得清哪种人生更为精彩，但真正的精彩是在不完全由我们抉择的道路上质朴而勇敢地前行。

那片大海，在我的心目中，通过回忆慢慢显现了它的形状。我好想把这种力量，这种海洋的力量、沙漠的力量、朴素而伟大的人们的力量全都讲给你们。

我想起了《The Climb》（《攀登》）那首歌，真好的一首歌，每次缺少力量时，它就会在我的心头响起。

亲爱的孩子们，什么时候，我们一起去看大沙漠吧，它和大海都是美丽的风景！

娘亲　2014 年 4 月于重庆南山

美奈海边拖着小船的渔民

美奈海边的越南女子

打开自己的心门

我在这里发呆，看海，看太阳慢慢落下，又看海面上漂浮着的白色泡沫，直到时间慢慢流逝。

咕

亲爱的孩子们：

我曾经反复做过一种梦，并总是在梦中惊醒。

我梦见被什么人追赶，不得不躲在一间狭小的屋子里面，外面的人不停地拍打着门，然后……一双惨白的手，颤动着想要扭开门锁。我尖叫着，拼命抵住那扇门，不让人进来。

好可怕的噩梦。

有一段时间，我不停地对自己、也对身边的朋友们说："我要调整好自己，传递出正能量……"

有人对我说："也许当一个人反复强调正能量的时候，就是他自己最需要正能量吧！"

我默然同意。是的，那段日子，我内心有着一些无法消解的烦恼，来自人与人之间的伤害。

我又做了那个梦：封闭着的小屋，想要闯进来的让人恐惧的力量。

在美奈，我们认识了一个笑起来很阳光的女孩。她告诉我们，她原本在网上约好了网友一起来越南旅行，结果很狗血的剧情是，那个男网友约了另外的一个女网友，丢下她一个人上路了。可是他们俩在路上被小偷偷光了路费，只好回头来找她，因为她是他们在越南唯一认识的中国人。她把钱借给了他们。

我们在路上"捡"到了这个女孩，她像一只流浪的小狗，加入我们的三人队伍。女孩人很好，既素朴又单纯。有一次，她问了我一个问题："你在家中和你的家人是怎样交流的呢？"

我觉得她这么问是在暗指我难以沟通，我心中很生气。当我开启了生气模式，就会显得很小气。

我开始用语言攻击她，直到阿翠阻止了我："你打击她是因为她无心地否定了你。你知道你的梦是什么含义吗？那紧紧关闭的不是别的，而是你的心门哪！你因为害怕受伤害而不敢让别人进去！当我面对一个人的时候，我会全心地面对她，一个小时也好，两个小时也好，因为我愿意在人与人的交往中付出时间。我们活在一个完整的社会中，必须相互理解、交流才能活下去！你的外表看起来那样冷，和你的内心一点也不一样，什么时候你能打开你

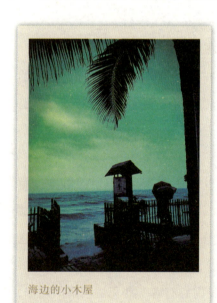

海边的小木屋

的心门，你就再也不会做那样的噩梦了！"

我和阿翠阿姨最喜欢做的就是互相解梦，我们的工具书就是弗洛伊德的《梦的解析》。我们能为彼此解梦，是因为我们知道，有时候别人会比你自己更了解你。

我们一起去吃海鲜。在美奈的海边，风好大，雨刮进了我们的凉棚。美味的冰咖啡鲜得像还

吸引人的海报

在游动的海虾，带着越南独特风味的、酸甜又微辣的螃蟹，艳艳的红毛丹……我们四个人大口大口地吃着海味，人均花费不到五十元。

食物安抚了我的内心，生活中的乐趣浮出海面，我自由地仰泳，心情就像美奈的天空一样蓝。

躺在海边的小木屋里，我听着涛声，想象海洋无穷与博大的力量。我们的海景房间一个晚上只有二百多元。我在这里发呆，看海，看太阳慢慢落下，又看海面上漂浮着的白色泡沫，直到时间慢慢流逝。

心中的小伤口，渐渐被这些美食、美景，还有美好的人治愈了。Lucky 和 Star，我多么希望你们永远快乐，为大家所爱，生活安宁平和，活得顺心顺意，就像燕子借着风飞得高高的一样。可是即使是快乐的燕子，也会有孤独和寂寞的时刻，不想，或者也不愿意打开自己去和世界交流。每个人都会有这样的时刻，即使是开朗积极的妈妈也难以避免，那样的话，你们会怎么做呢？

打开你们的心门吧，走出去！不管那是实体的门，还是我们内心

的门。要走到更加开阔的世界去，不要躲在一角舔自己的伤口。要去吃许多好吃的新鲜的食物，看一看世界的美景，再遇见许多精彩的人，然后，你们的心就被治愈了。

Lucky 和 Star，经过那次越南的旅行，经过和身边那些老朋友、新朋友的相遇之后，真奇怪，我再也没有做过那个躲在小屋子中发抖的梦了。

娘亲　2014 年 4 月于重庆家中

尼泊尔

你们的心胸要容得下每一处差异

滑翔伞

马克

杜巴广场

建在贫民窟的学校

2012 年，那是一次我和女友们相约出发的旅行。在广阔的世界里，我感受到文化差异带来的震撼，也感受到冒险精神打开了新世界的大门。无论是雪山的壮美日出，还是从高山上一跃而下的跳伞经历，都让我变成了不一样的自己。

冒险精神

Lucky 和 Star：

见信如面。

我想和你们讲讲这次旅行最难忘的，在博卡拉我去尝试滑翔伞的那一天。

妈妈是一个"宅"女，爱看书，不爱运动，而且天性喜欢安全。但这次旅行，我和你们另外三个阿姨一起，破例地尝试了一次"极限运动"。

"这是世界上危险指数最高的运动哦……"在旅途中偶遇的美国人马可这样说，他哈哈地一笑。

而我的神经骤然开始紧张。

神经大条的马可可能这个时候才意识到，对于被动参与这项运动

的我，他的话意味着什么。我开始愁眉不展，唉声叹气。

于是马可对我说："可是，每个人都会死呀，死于谋杀，死于癌症，这个运动的死亡风险不过是其中之一罢了。"

美国人的思维在这个时候对我没有办法产生影响，我不要死，至少在你们长大成人之前。

肖肖、火火，还有婷婷三位阿姨开始和旅行社的人讨价还价，我在一边继续发呆和紧张，"宅"女偏偏有三位颇有冒险精神的好友，这可真是有趣。

旅行社的办公室里挂满了参加滑翔伞项目的旅客照片，他们个个表情兴奋，在高空中展开双臂，但我丝毫没有兴趣，在一边环抱双手，这是一个自我保护意识极高的姿势。

"那么，你就没有梦想吗？小时候没有过飞上天空的梦想？"马克突然问道。

Lucky 和 Star，你们知道吗？在每个人心中，都有会被一击就中的角落，比如最近我看《环太平洋》，那位将军对他失去信念的下属说："如果这就是世界末日，每个人都会死，你看你到底是要死在战场上，还是死在随便哪个角落。"

男主角回头，一脸迷惑地望着将军，他知道他被击中了。

所以，我大声地回答："有哇，在我小时候，我做过这样的梦！"

每个人都有自己的飞翔梦，这是人类共有的梦想。不知道对于小小的你们而言，有没有过这样的时刻。我很小时，会望着蓝天，那是不属于自己的所在。我多希望能够飞翔，能够展开自己小小的翅膀。

内心梦想的种子就这样被重新唤醒。

这时我的感觉完全不一样了。如果说之前的我把这次飞行看作一

博卡拉费瓦湖宁静的湖水，从滑翔伞上可以望见它美丽的波光

次负担，那么现在，我开始把这次飞行当成实现童年梦想的机会。

像《蓝色天际》中牧洲的梦想一般，思想从负面到正面的切换也许就在一瞬间。*Lucky* 和 *Star*，我亲爱的孩子们，总有一天，你们也会经历现实与梦想的冲撞。可是，我真的希望，也有这样的一个念头出现在你们的脑海里，告诉你们去选择那个光明的方向，这样，人的心中就会充满力量。

吉普车来接我们了，个子高大的教练们带着大包的行李、飞行伞出现在我们眼前。我们跳上车，肖肖阿姨和我一起站在车上，感受着大风呼呼吹过面庞的感觉，那一瞬间，我仿佛成了丛林之王。

直到我登上山顶，这种自由的感觉才重新变为一种恐惧，无论梦想如何激励人心，恐惧却依然存在。

我被派给一位教练，他身形高大，很精神。

"我会安全吧？"这是胆怯的我问出的第一句话。

"如果你照我说的做。"他开始指挥我套上各种绳索，背上重重的安全降落伞。

我看着身边另外那三个女人，她们表情兴奋，正在摆各种姿势拍照。嗨，我的孩子们，那个时候，我真想扑上去找个人问问，这个项目有没有报了名，最后却落荒而逃的先例，如果有，我就会是接下来的那个。

风很大，天地如此开阔，不远处就是美丽的费瓦湖，可是我的心

却怕得麻木了。

第一个开始跳的是娇小的婷婷阿姨。

"跑，跑，一直向前跑！"

她的教练在身后对她喊道。

电影《生化危机》第二部里面有个镜头，是女主从一幢摩天大楼上身体与地面平行俯冲下来。

婷婷阿姨当时就是这个样子，她一直向前跑，跑得那么洒脱。然后，她飞起来了！

接着，是激动的肖肖阿姨，她几乎是蹦向了那悬崖，然后飞向了青天！

我看着她们飞，直到轮到了我。后来，看了火火拍下的视频，我才发现，当时我脸上全是黑线，一脸忧伤和苦闷，像是马上就要被推进屠宰场的羔羊。

可是，我还是跑起来了。跑起来是因为知道自己不想退缩，不想成为博卡拉历史上第一个报了名还落跑的滑翔伞玩家。

于是，我也飞起来了。起飞的瞬间，我的身体摇摆，我有些害怕，但是很快，我明白了什么是真正的像鸟儿般地飞翔。

那是在空气中同时面对大地与蓝天。地平线在摇摆，我看到远处的山峦连绵起伏，在我面前轻轻晃动，而美丽的费瓦湖的湖水，就在我面前闪动着波光。

斯皮尔伯格的电影《外星人 E.T.》里面有一个最梦幻的场景，孩子们骑着单车，在一瞬间脱离了地心引力，飞得越来越高，直到和月亮同行。

那一瞬间，我感动极了，但心中仍然有恐惧。不过，对未知的广

阔世界的探求最终打败了这种恐惧，并将其转化为极大的喜悦。在那一刻，我懂得了什么叫作冒险精神。

冒险精神就是相信在安全之外还有尝试的可能，相信人生有无穷尽的道路可以让我们自由选择。

它是一个民族前进的力量，也是一个国家前行的力量。马可已经快五十岁了，可是在他的身上，仍然充满这种力量。

孩子们，我希望你们也会拥有。

在高高的蓝天上，我唱着童年时我很喜欢的一首歌《红蜻蜓》。"飞呀飞呀，看那红色蜻蜓飞在蓝色天空，飞翔在空中不断追逐它的梦，天空是永恒的家，大地就是它的王国，飞翔是生活……"

我想把这首歌唱给你们听，更重要的是，我想告诉你们，如果少了去尝试的勇气，我们将失去多少快乐。

直到你们长大，成为自信又独立的女子，直到你们都变成白发苍苍的老人，这样的冒险精神都不应该丧失。它应该深埋在你们心中，成为你们前行的力量和动力，照亮你们的每一次抉择，这正是我想对你们说的话。

我不停地通过旅行寻找答案，重新发现自己。每一年，我都会短暂地离开你们，用十天左右的时间去旅行，然后带着这样的答案回到你们身边。

就像《霍比特人》中那位厌恶冒险、喜欢田园生活的先生那样开始踏上他的冒险旅程。那个时候，想起你们，我在想，我是不是应该为了你们再多一些冒险精神。

因为我就是你们身边的世界，我想把我看到的小小世界，一点一滴和你们一同分享，直到我们彼此共享整个世界。

娘亲　2013 年 7 月 30 日于博卡拉

 尼泊尔家书回信 —— Star

亲爱的妈妈：

你一定猜不到我小时候那么爱动、爱跑、爱跳，怎么现在变得这么"宅"了，因为我越大，想做的事就越多，到后来，我变得很累，只想待在家里做一条可爱的"闲鱼"。别问我为什么，因为……，我变得越来越不想动了。我的梦想其实一直不一样：

当警察 → 芭蕾舞者 → "闲鱼"

3~5 岁 → 6~7 岁 → 8~9 岁

因：看了《疯狂动物城》……因：看了《了不起的菲丽西》……因：原因不详

当然中间还有很多梦想，比如：

上好的学校！

拿第一！

得奖！

赢！

……

逐渐，我发现这些梦想中要取最可能实现和最靠近现实的，比如曾经：

我要有一个像芭比一样的房子！

你说我有时候的确有这样的梦想，可现在，在我看来它变得模糊、虚幻！

Star

尼泊尔家书回信 —— 妈妈

亲爱的 Star：

　　当你追求一个梦想时，除了"考上好学校""拿第一""得奖"，更重要的是，这件事要让你感觉快乐，就像你成为警察为了伸张正义，成为舞者为了舞动自由……真正的梦想埋藏在心中，像一团火焰。我想，"闲鱼"也有梦想。何况，在我心中，你是一头鲸，在大海中自由地遨游！

妈妈

 尼泊尔家书回信 —— 爸爸

亲爱的孩子：

　　当我看到你所写的梦想时，我突然有种莫名的激动或感动。梦想随着年龄的增长而变化，这没有什么不好。我要告诉你，孩子，一个人要有梦想，无论什么时候，当你开始变得彷徨时，请想一想你曾经的梦想；当你因为努力而疲惫时，也请想想"我为什么要有梦想？"其实，梦想很简单，它就是让我们的今天变得快乐，让我们的明天变得快乐，让我们的每一天都快乐、幸福！这就是我们的梦想。当警察可以让自己变快乐！当舞者可以让自己变快乐！当"闲鱼"可以让自己变快乐！有时候，让自己闲下来，是为了让自己在下一刻更勇敢而努力地奋斗！我相信你，孩子！

爸爸

成见

Lucky 和 Star：

见信如面。

现在让我们来谈谈成见。

我不喜欢单身旅行的男人，总感觉他们不太靠谱。说实话，从前的我也不怎么喜欢美国人，觉得他们总是自负得鼻孔向上。

直到这次旅行，我们"土豆四人组"遇见马可。

在博卡拉便宜的家庭旅馆中安顿好，我们四个女人狂想念家乡的川菜，于是去菜市场买回各种蔬菜，开始做正宗的中国食物。

我削的土豆被肖肖狂批为"猪不吃"，但我还是有信心能做出好吃的土豆泥。经过半天的折腾，我们每个人都做出了自己的拿手菜。

火火阿姨做的是白菜鸡蛋汤，肖肖阿姨做的是烘丝瓜，婷婷阿姨做的是凉拌洋葱，我做的土豆泥出人意料的特别好吃，这让我得意无比。

我们四个女人在绿色的草坪上摆好了白色的花园椅，然后准备大开动 —— 肚子太饿啦！

就在这时候，我们听到二楼传来一声问候："哈罗，你们在做什么吃的？是中国菜吗？"

抬起头，是一位穿着黑色背心、短裤，却在脖子上系了一条红艳艳领带的美国男子，一下子分辨不出年龄，只觉得这身搭配有些嬉皮。

我使出了典型的中国式客套，哈哈了两声，假装邀请他："是中国菜，要不要下来一起分享？"

马可毫不客气地坐到了我们中间。婷婷的英文非常好，她主要负责沟通，我却有些敌意地拿着筷子盯着他的盘子，心里盘算着我们的食物分配计划会不会被他打乱。

四个女人的战斗力很强大，我们在十五分钟内就扫光了所有的食物，最早被解决的是我做的土豆泥。

Lucky 和 Star，我真高兴，做的菜会得到这样的"礼遇"。

马可只是简单地动了几下筷子，他一直在讲自己的素食主义，后来，他只分到了几片洋葱。

马可喜欢突发奇想，在湖边时，他突然去请湖边洗衣服的女子帮忙洗他的衣服。结果旁边跳出来一个男人，向他宣布这是自己的老婆。

后来我们才知道，在这里，请人洗衣服，就是求婚的意思。

他的美国式大大咧咧就这样碰了一个钉子。

后来，马可说要回请我们，我们相信了，结果一直等到了晚上七点。同行的火火冒起无名火，要知道，根据尼泊尔和中国的两小时十五分时差，现在已经是晚上九点多了。

"我是很容易生气的，特别是肚子饿的时候！"这句名言成为我们后来在餐馆点餐时常常说的话，只是为了提醒厨师能够早些考虑到我们这群女人的需求，上菜快些。

马可为我们选了几样他认为不错的尼泊尔餐，然后他建议我们把套餐摆在一起，像在中国那样大家分享。

我们有些拘束，尼泊尔特有的萨朗琴声从外面的街道飘来，这小调有些忧伤的美丽，于是不知道是谁先唱起了一首来自中国的小调，也许是一首儿歌。

在这样的异国他乡，听到这样的儿歌，让人心中温暖。

后来，我们一起唱起了《乡村路带我回家》。

无比熟悉的旋律——唤起乡愁的旋律，马可一句一句地唱给我们听，他给我们讲解每一句歌词的含义。

他是有着曲折经历的男人，曾在年轻时重重"跌倒"，后来重新站了起来，他就选择在世界各地漂泊、画画，一年回一次美国。那时候，负责教古代文学的肖肖阿姨，念出了一首中国古诗："近乡情更怯，不敢问来人。"

音乐，可以让我们不再彼此设限，因我们可以唱出同一个旋律。抛开语言或者种族，在人类的心中，总有一个温暖的、可以触碰的角落让我们可以共鸣。

在遥远国度的小饭馆中，我们听着歌曲，感叹旅途的未知。不过，我仍没有放下对马可的排斥，直到我们去尝试滑翔伞运动。我因为心中恐惧，一直在一旁发抖，马可突然说出了那句"难道你小时候没有过飞翔的梦吗？"

我看到了马可嬉皮外表下那颗带着童真的心，还有他对人心的洞察，这让我真是感动。

Lucky 和 Star，我发现，原来无论是何种肤色和种族，无论是嬉皮或是主流，其实，每个人心中都有能够和他人产生共鸣的角落。我们需要倾听，需要了解，需要彼此对话。

在马可之前，我不曾认识过美国的朋友，所以会有这样的成见；在马可之后，我想我会对世界更多一些接纳与包容，这才是一种正确的人生态度。

　　我们不该给自己固设牢笼，带着自己的栅栏去看这个世界。这样，我们会限制住自己的视野。不妨打开笼子，从里面走出来，再回头看这个笼子，你会觉得自己从前的"角度"很好笑。

　　Lucky 和 *Star*，对你们来说也是一样，你们在未来一定会遇见不同个性，甚至一开始会让你们感觉和自己互不相容的人。但是请不要让成见束缚住彼此的目光，做一个可以打开自己视野牢笼的人吧，这样，你们才能够看到一个足够完整的世界。

　　后来，我们"土豆四人组"和马可联诗，在下着暴雨的旅馆屋檐下，写成了一首不规则的诗句："风吹云动骤雨降，水波山色共徜徉；惊雷一声心悸动，云淡风轻悄入眠。"马可给全诗用中文写了三个字的题目："有木有"。

　　我想，那也是关于博卡拉很难忘的记忆了。

　　　　　　　　　　　　　　　娘亲　2013 年 7 月 29 日于博卡拉

OPENESS

Lucky 和 Star：

　　见信如面。

　　这次，让我们来谈谈 OPENESS，也许我可以用"开放性"来代替它，无论如何，我希望你们是一个心中可以装得下世界的人。

　　在地球上，有很多很多国家，有很多很多不同肤色的人和不同的文明。有时候，你遇到一个新事物，会觉得它超乎你的经验之外，因此感觉震撼与混乱，甚至有些措手不及，但是你要学会面对它，聆听它带给你的讯息。

　　肖肖阿姨、火火阿姨和我一起走过迷宫一般的泰米尔街道，看到神庙就在尼泊尔人日常的街巷之中。

　　身着混合传统纱丽和现代服装的尼泊尔人在日常下班的路途中也不忘记摇摇神庙前的铜铃，弯身进入小小的庙檐参拜神明。我们穿行在街道之中，寻找着传说中的杜巴广场，无意中误入几座光辉的神庙，邂逅了尼泊尔美味的食物 —— 油炸咖喱土豆。

杜巴广场在哪里，我们手持地图走在迷宫般的街道中，火火阿姨总能准确定位。像我这样的路痴跟着她这位高大的"保镖"加"导航仪"，真是太省心了。

终于，我们看到了前方红色的建筑群，的确和导游书上的图片一模一样，但是 —— 是什么地方让我感到震撼到了极致？

在首府的中心广场上，摆地摊的摊主吆喝着自己摊上的蔬菜和饰品；演讲者放了大功率的音乐，在那里演说自己的观点来鼓动观众；下班的人群、买菜的妇女、穿艳红纱丽的女人、骑摩托车的人，各种喧嚣混杂在一起，向我涌来 —— 我失去了判断方向的能力，走几步都很困难。在加德满都的杜巴广场，我迷失了。

我疲倦得只想蹲在广场边上。

Lucky 和 Star，我想，这就是文化震荡。我们在面对不同于自身文化的事物时，会产生这样的混乱与震惊。我无法适应，旧有的系统被全面粉碎，我不知所措地站在文化与文化的交汇点上。

别无他法，我拖着自己疲倦的身体，看着一座座宫殿与神庙，心中在质疑、在不安。那传说中灵验的神殿，还有湿婆神威严的造像，象征着皇家的大钟，就在摊贩们的吆喝和排队放学的孩子们的笑声中存在。

Lucky 和 Star，在这次

旅行中，我再也没有重返杜巴广场。如果时间允许，我真的想不停地去拜访它。旅行就像一场呼吸，你打开自己的全部感观，没有任何预设地呼吸不同文明带给你的新鲜味道。第二天，听着加德满都的雨声醒来的我，突然明白了自己一直所持的立场。

Lucky 和 Star，你们的老家一个在农村，一个在小县城。即使在同一个家庭中，也会有点点滴滴的不同。你们要打开自己接受差异，这样，你们才会享受到生命中不同的快乐。住在高级酒店有自己的快乐，坐在大街上吃泡面还是有自己的快乐。拥有快乐的能力比什么都重要。

打开自己，世界才会与你连接，我亲爱的孩子们。

第二天，我试图独自走过迷宫般的泰米尔街，去找杜巴广场，再次看看我会不会有那种被击溃的体验。

但我没有找到，我又迷路了。在一位人力车夫的帮助下，我在无数林立的招牌中终于回到了旅馆。杜巴广场启迪了我，文明是存在多样性的。用火火的话说，这的确算是世界遗产中仍被使用最多的场所了。

Lucky 和 Star，下次你们来的时候，我希望你们不会有我这样强烈的震撼，我希望你们已经学会去了解不同文化之间存在的差异，并且你们也已经做好了与之对话的准备。

娘亲　2013 年 7 月 31 日于博卡拉

孩子们

Lucky 和 Star：

见信如面。

我想和你们谈谈孩子们。你们是孩子，这个世界上有很多很多的孩子，但是孩子和孩子之间却有很多不同。

出发之前，我看过黑柳彻子的《小豆豆和小豆豆们》，也曾给 Lucky 朗读过里面的一些段落。

这个世界居住着生下来就没有食物、没有水、没有机会上学，甚至没有父母和亲人的孩子。这个世界有着这样的残缺，但我希望这样的残缺可以由人类共同努力来弥补。

在加德满都，我认识了当地人 R.K，他虽然没有什么钱，却在兴办一所专门给贫民窟孩子上的学校，是 E.N（EXPAN NEPAL SCHOOL）。

我们约定好，过几天，等从博卡拉回到加德满都，我就去看看那所学校。

从博卡拉回加德满都的大巴停靠站在车站，一群孩子向我拥来。他们衣着破旧，许多人手中拿着一把勺子，看到我们的食物就对我们说"哈罗，哈罗"。

他们用眼神和姿势表明想要吃这个鸡蛋、那个饼干。

人数太多了，可能有数十人，我们不停地听到"哈罗"声。

这和想象中完全不一样。肖肖在来这儿旅行之前早就准备好了糖果，她想送给孩子们。可现在，我们的直觉在说，如果我们开始发放食物，场面一定会失控的。

高大的火火阿姨一屁股坐在我们和孩子们中间，开始淡定地削苹果。她是幼儿园老师，处理孩子的问题最有经验了。我们长出了一口气，感到阵阵放松。

Lucky 和 Star，你们除了去看自己的篮子里有没有糖果，还要看到这个世界上有很多很多没有糖果的孩子，你们应该去看看他们的篮子。Lucky，有一次我多撕了一张纸巾给你，你却生气了，你后来告诉我理由："这个世界上还有很多人没有纸，所以我们要节约每一张纸。"我听了真高兴啊。

回来以后，我们去了 R.K 的学校，还好我们去了。

E.N 学校里抱着妹妹的女孩儿，她有一双让人难忘的大眼睛

E.N 学校的孩子们，这个中间的男孩画画特别专心

　　那是所为贫民窟孩子办的学校，一个简陋的帐篷就撑起了整所学校，没有黑板，没有地板，只有四面漏风的油布。

　　这就是 R.K 努力维系的地方。尼泊尔实行基础教育免费，但贫民窟的居民们仍然有不少人，因为每年折合成人民币几十块钱的杂费而不愿送孩子入学。

　　我们不能理解。R.K 说学校离贫民窟比较远也是原因之一。总之，一些家长不愿意送孩子去学校读书。所以，R.K 就近开设了这所学校，为了让他们送孩子入读。

　　不读书，孩子们就失去了希望，他们将来就会流落到社会的边缘。这一点，Lucky 和 Star，我希望你们明白，学校无论存在多少问题，它都是寄托国家和未来希望的地方，而你们，就是希望。

　　对于 R.K 做的事情，即使是我们"土豆四人组"内部，也充满了争议。有的认为，如果自己都不思进取，就不值得接受帮助；但也有

兴办 E.N 学校的几位成员，右一位 R.K

的认为，一点点的改变，都将对人的命运产生巨大影响。

我们在学校度过了难忘的时光。火火阿姨教孩子们画画，说中国话；肖肖阿姨不停地夸奖这些孩子"真棒！""画得与众不同！"……

我感到很惭愧，因为我们能做的，只是付出这一点点时间而已。Lucky 和 Star，你们长大一些后，可以和我一起去做志愿者，你们会发现除了日常生活之外的另一重生命意义，这会让你们变得更好。有时候，当你帮助别人时，不是因为他们需要你，而是因为你需要帮助他们。我们可以一起去世界的各个角落，去陪伴那些需要陪伴的人，去付出我们的一点点时间和一点点爱。

有一个故事说，一个小男孩在海边不停地捡起一条条搁浅的小鱼，把它们扔回大海。有人问他："小鱼那么多，你帮得了多少？"

男孩回答："可是，这条小鱼需要，这条小鱼也需要。"他一边说，一边不停地把小鱼扔回大海。

我们离开了 E.N 学校，有个小女孩一直微笑着对我们说："下雨了，晚点走！"但我们终究还是走了。这一点点的努力，也许只是在大海边的一次努力，但是，这条小鱼，它需要。

如果你们和我一起去尼泊尔，我们就去加德满都泰米尔街区的凤凰客栈，把你们不用的那些英文书放在那里，留给尼泊尔的贫困孩子们，这点点滴滴的努力，对他们来说，是"需要"。

亲爱的孩子们，世界那么大，在每一个角落都有不同的故事。你们不要忘记，我们来到这个世界不是为了征服什么，也不是为了占有什么，我们只是来看世界的风景而已。与此同时，我们可以用自己的点滴努力，让这个世界因为有我们而变得更好。

期待下次与你们同行。

娘亲 2013 年 8 月 1 日于尼泊尔加德满都，雨声中

泰国

要做的事情就马上做

说去就去的普吉岛

好运

旅行中的你们

这一次去泰国是 Star 第一次出国，而且是和外公外婆跟团出行，他们是旅行团里最年幼和最年长的成员。这一路上，他们仨经历了大海的风浪，留下了难忘的回忆。直到现在，在我心中，还会浮现起在那条颠簸的船上，他们仨紧紧抱在一起的模样。

要实现的梦想，不要留到明天

这是一次说走就走的旅行！
理想中的旅行，
随心而至，
拿上护照或者证件就出发！

出发

Star：

外公常常说他最想去旅行的国家是泰国，你们因此有了这次旅行，而且是在夏天出发。

说"你们"，是因为我不能放下学生去泰国旅行，他们还在翘首以盼等着我打出期末成绩，我得乖乖地把工作做完。

于是我和外公商量："要不，你们带着一个孩子去旅行吧，我待在这里完成工作。"

带谁去呢？Star，你很欢快地回答："我要去坐飞机！"我和姐姐商量了一下，她同意你陪着外公外婆去旅行。

可是你们要出去并不容易，我们得找到合适的旅行社和合适的旅行团。我到社区边上的旅行门市咨询，一个年轻的负责人给我报价2700多元，六天五晚，只玩普吉岛。

"后天就出发，明天出票，赶紧订哦！"负责人热心地说。

我觉得还不错，可是外公外婆突然犹豫了："我们是不会忍心把Lucky扔在家里，自己出去玩的！"

好吧，虽然有时候我会做这样的事情。

外公外婆接着说："要不，明年再出去，等孩子们都大一点了再出去？这个星期，我们先回老家去。"

明年？我只信仰今天，所有今天能做的事情我决不会拖到明年，因为生命充满了无常，每个人能牢牢把握的，只有今天。

但他们不愿意去，我也没有什么办法。

不过，事情很快有了转机。第二天早上，我得到消息——成渝铁路被大雨冲坏了，可能要修两天。

我马上转告外公外婆："看来，你们现在没有办法回老家了。"

话音刚落，旅行社的年轻负责人就给我打来电话。

"我们现在做特价团，1980元，明天晚上就走，还是那个品质团，你们去不？"

外公开始去找护照了，但外婆一直固执地说不去。我有意无意地对她说，外公的血压高，他会不会自己跑去潜水呢。第二天，外婆一早醒来就告诉我，她也要去。

晚上飞机就要起飞了，我们立即拿着外公外婆和你的护照去签合同。

这是一次说走就走的旅行！

是理想中的旅行，随心而至，拿上护照或者证件就出发！

亲爱的 Star，我不相信"当我有了时间我就会……"这样的话，我只相信现在，相信当下，相信当我们想要去完成一件事情的时候，我们必须从现在的每一分钟开始向着那个目标进发。这样，我们每天都能多一点靠近自己的梦想，我们每天都能多一点实现自己的小小心

愿，我们不必把希望寄托于未来，因为我们手中已经牢牢握住自己今天的承诺。

那天，Lucky、Star，还有我，我们三人在路上走。Star 你唱起了一首歌："老爸老爸，我们去哪里呀？……就算你有一天掉光牙，我也可以带你去火辣辣！"

后来，我看到了外公在碧绿的大海中游泳的照片，那个时候，他和年轻人又有什么区别呢？

只有当我们的心老去了，我们才能说自己成了老年人；而当我们可以把梦想马上告诉全世界，马上去认真完成的时候，我们永远是年轻的！

有人说："无论是六十岁还是十六岁，每个人心里都怀着对新奇事物的向往，都会像孩童一样对未来充满永不衰减的憧憬，都能在生活的游戏中汲取快乐。在你我的心灵中都有一座无线电台，只要它接收到其他人发出的美、希望、快乐、勇气和力量的信息，你就会永葆青春。"

对新奇事物的向往，最终会转化成一种力量——想做就做的勇气，敢做自己的信心……这会让我们永远年轻。

亲爱的孩子们，老年人的想法总会变来变去，因为他们的担心和顾虑比我们多。但是，如果有一天我老了，也这样思前想后、变来变去，你们会接纳这样的我吗？

所以，在我们掉光牙之前，尽量完成所有的心愿，争取一点遗憾也不留，这就是我为什么反复地动员外公和外婆去旅行的原因。

这一次，换你们出发，我在原地守望。

娘亲　2014 年 6 月 28 日于重庆家中

面对不安，沉着应对

亲爱的 Star：

你现在还好吗？这次旅行是外公外婆带着你，你们去了泰国普吉岛。

这时候你才两岁半，尽管有人说你太小，还感受不到什么，但是我却相信，你在旅行中会有自己的收获。

那天我送你们去机场。我紧紧地握住你的小手，不停地对你说，要紧紧地抓住手哦，抓住手就安全了，不能只抓衣服。

我们在前面一边走，一边说话，看到轻轨车到了，我们着急地冲了上去，但转身一看，发现外公外婆没来得及上车，正在车下张望。

"警察叔叔，请帮忙让车停一下……"你马上向周围寻求帮助，发现了身着轻轨工作人员制服的叔叔，于是你上前一步，比我先反应过来。

"不行的，车已经关门，不能够打开了……"被误会为警察的叔叔给我们让座，让我们耐心等候，"到下一站等吧！"

你紧紧拉着我的手，对着窗外叫道："外公，外婆！"然后，你哭了起来，"怎么办，怎么办？"

车厢里的人友善地笑着，看着你和我。

我牵着你的手对你说："不要害怕，不要担心，任何事情都会有办法解决的。"

到了下一站，我牵着你的手下了车，我们在站台上等着。

"外公外婆……"你还是轻声哭着，却已经平静下来。

"Star，在外面，一定要紧紧地抓住家人的手，这样就安全了……"我对你说，"不要害怕，Star 是个勇敢的孩子……"

轻轨车来了，我们又见到了外公外婆。你还是紧紧地牵着我的手，但你的脸上露出了笑容，虽然还透露着一点紧张。

带着你在路上，我会得到许多照顾，永远有人给我们让座。

我一边紧紧地抱着你，一边写了张字条塞到你手里。

"带着它，上面有妈妈的名字和电话。"

到了换乘站，你们就要去往机场了，而我要赶回幼儿园接姐姐Lucky。

我看到你一只手紧紧地握着那张字条，一只手紧紧地抓住外婆的手，我知道你记住了妈妈的话。

与你们告别时，我担心你会哭，我使劲朝你们挥手，给你们飞吻，但你没有哭，只是看着我，也朝我挥挥手。

我开始想，在异国的天空下，你会有怎样一段不平凡的旅行呢？

Star，让我来数数你的优点吧，从你今天的表现来看，我发现你会成为一个很强大的"旅行达人"。

你会表达自己的需求，会向周围的人寻求帮助，反应速度也很快，这一点会让你在旅行团中认识新的朋友。

对妈妈提供给你的经验，你会记住，也会有自己的判断。

我有些紧张，因为不知道这次旅行对你而言是不是太艰难，因为你还是太小了。可妈妈愿意相信你，你一定可以快乐地完成这次旅行。

"为什么呢？"我似乎可以想到你这样歪着头一脸无辜地问我。

"因为你是妈妈的女儿呀。"我一定会笑着说。

妈妈就是这样，所以这次，Star，你要加油！

虽然话是这样说，可我还是每天早上六点钟醒来就想着你们。原来，去旅行的时候，留在原地的家人是带着这样的心情，期待分享你们的经历的。

祝好运！

娘亲　2014 年 6 月 28 日于重庆家中

大风大浪中才有真正的勇敢

这个时候的你，
不过也才两岁半，
可是看过的大海，
会不会留在你的心里呢？
那种磅礴无边的感觉，
会不会让你感觉到生命的精彩和
世界的无穷尽呢？

亲爱的 Star ：

听说你在普吉岛的大海上旅行时表现得很不错。船上风浪很大，可你一点也没有哭。

外公抱着你站在船头，外婆打着伞为你遮蔽风浪。亲爱的 Star，想象着你勇敢面对汹涌海浪的样子，我真为你感到骄傲。

这个时候的你，不过也才两岁半，可是看过的大海，会不会留在你的心里呢？那种磅礴无边的感觉，会不会让你感觉到生命的精彩和世界的无穷尽呢？

现在，我在家中想念着你。不，这不同于想念，这是一种期待分享的感觉。我觉得你看过的山水，就好像是我看过的山水；你看过的天空中的云彩，就好像是我看过的天空中的云彩。

在整个旅行团中，你和外公外婆分别是年纪最小和年纪最长的旅人，因此得到了大家的许多照顾。我想象两位老人紧紧抱着你在风浪中挺立的姿势，心中不禁感叹："我是不是一个太不靠谱的妈妈？"

导游姐姐叫谦谦，她在大海里抓了两条石斑鱼，特意做成了汤给你和另外两个小朋友吃。

地陪爷爷担心外公抱你太久会累，也会帮忙抱着你。他是一位远征军的后代，和外公有许多共同的语言，因为外公对那段历史也非常感兴趣。

你的精神一直很好，骑了大象，看了猴子学校，又看了歌舞表演。我想象着你睁大亮亮的眼睛，一脸兴奋的样子，世界有没有为你展现最精彩的一面呢？

当我们在家中的时候，我们要安心面对日常生活的琐碎与繁杂，这是我们在世间的修为，过好当下每一天，善待身边每个人，日常就是我们生活的基础框架。

但是当我们走到户外，就要扔下背着的包袱，全身心去感受外面的神奇世界。天空这么大，大海这么深，全都超出我们的想象，因此具有无比的吸引力。

我很高兴，Star，你这一路都没使劲儿地想我。就像我，我也不会使劲儿地想你。我愿意你看到广阔的世界，拥有宽广的胸怀，结交新的朋友，看到不同的风景，然后得到关于生命的新的领悟。

Star，我又一次想象你站在海船上的样子，那海浪好像也打在我的身上，那海风好像也吹在我的身上，我也在想象你微笑的脸庞，因为好奇而睁大了的你亮亮的、星星般的眼睛。

> 你写 PPT 时，阿拉斯加的鳕鱼正跃出水面；
>
> 你看报表时，白马雪山的金丝猴刚好爬上树尖；

你挤进地铁时，西藏的山鹰一直盘旋云端；

你在会议中吵架时，尼泊尔的背包客一起端起酒杯在火堆边；

有一些穿高跟鞋走不到的路，

有一些喷着香水闻不到的空气，

有一些在写字楼里遇不见的人。

这是一段广告文案，我特别喜欢。它代表着我们平常生活的表皮，当我们开始旅行，生活的表皮脱落了，我们会接受心灵的洗礼。Star，你会不会变得更加勇敢和顽强呢？看到了与众不同的广阔的世界，你会不会更相信妈妈的话了呢？

当你和外公外婆乘坐的航班飞回来的时候，我和姐姐坐了一个小时的轻轨去机场接你们。看到你走出机场大门的那一刻，我感到很欣慰，虽然你的脸上全是蚊子咬的包，但是表情中却多了许多自信。

去过了遥远的地方，结识了新的朋友，大风大浪中也不曾哭泣，这样，我们就会慢慢变得勇敢。看到你时，我这样想。

关于这次旅行，外公外婆谈论了足足两天。从热心的导游谈到淳朴的本地人，他们也谈论当地人宁可放慢发展脚步也要保留原有历史风貌的行为。Star，看来旅行除了带给我们快乐，还带给我们更加开阔的世界观。

这只是一个开始，我们永远不会停止我们面向世界的旅行脚步！

娘亲　2014 年 7 月 4 日于家中

澳大利亚

付出是一种爱的表达

2014 年的那个冬天，我和 Lucky，还有旅行搭档跳跳、跳跳妈妈一起去了澳大利亚。在那遥远的珀斯，有跳跳移居大洋洲的亲人。在澳大利亚的中国人是那么坚韧，像蒲公英一样，在哪里都会落地生根。

海洋精神

亲爱的 Lucky：

　　这次去澳大利亚，我们离梦想又近了一步，因为这是我们第一次走出亚洲。我们先飞往悉尼，再飞往墨尔本，然后到达珀斯。一路上，我们都在不停地寻找海洋。

　　海鸥在悉尼港上空自由地飞翔。阳光之下，艺人与海鸥嬉戏着，远远地，还可以看到悉尼歌剧院，但此时你心中只记挂着和跳跳哥哥争抢的那个上铺。我们和海仅仅打了个照面就回了酒店，因为你说要回去，我们一起穿过长长的街道回到酒店。

仿佛触摸到蓝天的教堂顶

　　在墨尔本，我们沿着大洋路一路自驾狂奔。很神奇吧？三个女人中只有一个女人带了驾照，但我们仍然敢在赫兹租车公司租下一辆车。

　　大洋路是一条必须去的路，一路既有田园风光——成群的牛羊散落在绿色的牧场上，也有茂密神秘的森林景色。为了寻找"十二门徒"的

海边奇观，我们不顾危险，一路向前。

天色渐渐暗下来，我们还在幽暗的森林中行进，雾已经渐渐起来。陆阿姨开着车，我们看着导航仪，给她分析路况。

陆阿姨告诉我们，有一次她很累了，边上坐的人只顾玩手机，就发生了擦剐。所以这次，我们三个女人时时刻刻精神高度集中。

森林里的那条路总在盘旋着，似乎看不到头。

这时候，陆阿姨突然问："这个场景让你们想起了哪部电影？"

如果说刚才还像《绿野仙踪》，那么现在……

肖肖阿姨很不安地说："我觉得很像《德州电锯杀人狂》。"

Lucky，你当时也感觉到了害怕，不停地说着："我要回酒店，我要回家……"

幽暗的森林中，传来阵阵鸟儿的啼叫。突然，我们面前的视线一下子被撕开——海洋出现在我们面前。

此时的天空已经暗去，我们终于在天色完全黑暗以前赶到了阿波罗湾，住进了一家汽车旅馆。

吃了一顿中国米饭，天色就已经全暗了。我起身要去买鸡蛋，陆阿姨她们要去看海。Lucky，我蹲下身问你，是愿意和我一起去买鸡蛋，还是要和阿姨们一起去看海。

你高兴地说："妈妈，我要去看海！"你让我在你的额头上吻一下，要我答应你按时回到约定的地方，然后你就高兴地牵着陆阿姨的手去海边冒险了。很快，你们就在海边发现了一只野兔！

亲爱的 Lucky，我很高兴你选择和阿姨们去看海，而不是恋在我身边。我希望你一直保持那种探索的劲头。一个心中有"海洋"的人，他的心灵时刻都能升起风帆。因为出发远行去探究未知的一切就是他

悉尼大学校园美丽的树

忠实的渴望。

在澳大利亚，城市与城市之间相隔很远，仅仅是从墨尔本飞去珀斯，我们就要倒两个小时的时差。

到达珀斯之后，我们去了港口，无意间进入一家"失事船博物馆"。在这里，我们看到了从海底打捞上来的世界上仅存的一台蒸汽引擎。

布鲁斯是博物馆的一位志愿者，他告诉我们，这台蒸汽引擎刚打捞出来的时候非常残破，经过十多年的努力，它才被修复好得以展示出来。

博物馆展览着海洋失事船只的遗迹，以及这些失事船只上的物品，我们带着对海洋的敬畏和对人类探索海洋精神的敬意参观着展品。

海洋是无尽力量的象征，它无边无际。在古代人的眼里，它通往

未知的大陆，意味着冒险与探索。动画片《海贼王》中的海盗路飞是我们"80后"和"90后"心中的偶像，因为他总是有打不败的勇气和饱满的热情来面对那全新的、充满魅力的世界。

在澳大利亚，我渐渐意识到身为中国人，我们和澳大利亚人的区别。心中装着那一片海，就会不仅仅满足于在海边停留，相反，总有一天，他们要乘船出海，去挑战那一片波涛汹涌！

同时，对失败的前辈心怀敬意，也是我们对海洋精神的敬意，对大海的敬意。

走出博物馆，我们又一次和大海撞了个满怀，任凭海风肆虐着我们的头发。今天，只有你一个小孩跟来了，你欢乐地奔跑，在风中嬉戏。我看着你站立在风中，凝望着那片大海，我好想问你，Lucky，你有没有把这片海洋装进你的心里呢？

把海洋装进心中，就是我对你，也是对自己的祝愿。

娘亲　2014年8月于重庆家中

悉尼街头一家花店的内景

满足我的中国胃

亲爱的孩子们：

在澳大利亚我才真正知道，米饭对中国人来说是多么重要。

我们在悉尼吃的第一顿正餐是韩国料理。

当我们一行五人一脸紧张地在这家店坐下翻看菜单时，发现价格真是"触目惊心"，我们手里拿的是澳元，但是为了节约，我们无时无刻不提醒自己换成人民币是多少。

"黑椒牛肉饭是 14 澳元，但乘以 6 就是 84 元人民币；鳗鱼饭是 18 澳元，但乘以 6 就是 108 元人民币……"我们非常心痛地算着账。

"等等，这里好像还设了最低消费，每人要 30 澳元……"肖肖阿姨警惕地说，"我们还是走吧。"

"问问再说！"我和小陆阿姨去问服务员，韩国女孩告诉我们不是每人最低消费 30 澳元，而是一张桌最低消费 30 澳元。

我们高兴地回到饭桌边，听说不是人均最低消费，肖肖阿姨也终于松了口气，于是我们开心地等待米饭上桌。

这真是我吃过的最贵的一份黑椒牛肉饭！

为了满足我们的中国胃，在澳大利亚的十天行程中，我们不是在搜寻米饭，就是在搜寻米饭的路上。

到最后，我们终于痛下决心，为了旅途的愉快，还是忘掉那个"6"

吧，不要再为它感到尴尬窘迫了。

忘掉"6"以后，我们开始感叹悉尼大学9块钱的米饭套餐了，真是既便宜，分量又足。那饭上的牛肉，块头大得出奇，汤汁味美浓郁。这是我们参观悉尼大学的意外收获。我们还一人打包了一大份，留着在飞往墨尔本的航班上吃。

Lucky，漂洋过海，我最大的发现就是我有这样的中国胃，它并不需要多么奢华的饮食，清粥小菜就可以让它满足。

墨尔本的克莱蒙特酒店是一家经济型酒店，这里每天的早餐营养丰富。冲一杯热可可，再拿上两片面包，就是一顿早饭了。

我们从大洋路自驾回来，肖肖阿姨和陆阿姨负责去还车，我负责在酒店照顾你们和做饭。

在家时，外公是那么能干，所以我不需要动手做饭。但来到澳大利亚，要满足我们的中国胃，必须自己动手才行。

我在超市买了大米、咸菜和鸡蛋，可到了厨房我就傻眼了，因为厨房里只有微波炉。

由于非常想吃白粥，我还是尝试用微波炉烹饪，还好，管用。但是煎鸡蛋怎么办呢？

我正手足无措，看到边上一个美国家庭刚刚做好了饭，正安静地吃着。

"你能教我用微波炉煎鸡蛋吗？"我向面前的女子求助，她看起来美丽又能干，有一双可以行走远路的长腿，还穿着马靴。

"没问题。"她马上起身，"我知道一个方法可以，那还是妈妈教我的。"她取出一个大碗，一个小碗，把鸡蛋倒在大碗中，调好，然后用小碗盖上。

"放到微波炉里去，会听到扑扑扑的声音，不要管它，大概五十秒钟就好了。"

"安娜，你真了不起！"

"知道吗？我们买了辆小车，背包旅行七个月了，我和我丈夫，还有两个女儿。我们得自己做饭吃，所以要学会在各种各样的情况下烹调。"

"七个月？！"

我想象着安娜一家的传奇故事：她和她两个可爱的女儿以及沉默的丈夫从美国来到澳大利亚，经历了长达七个月的漫长旅程。他们为什么出发，途中遇见了什么，这些都已经不再重要。我看到的安娜全身都充满了力量，独立自信的力量。

这种独立自信也许是从厨房开始的。

Lucky，那天你和跳跳哥哥与我一起用微波炉煎鸡蛋，你们非常用心，抢着做，似乎做饭成了你们的一种游戏，或一种乐趣。

原本也应该是这样的。*食物被我们精心地创造出来，它们饱含着我们对家常生活的定义，虽然平凡普通，但也应该为之竭尽全力。*中国食物是中国人的生活哲学。亲爱的孩子们，我这个懒惰的妈妈曾经幻想你们都巧手善做羹汤，十来岁就能包揽家中的厨房事务，而且可以把妈妈养得白白胖胖。

到了珀斯，我们住进明秀阿

在悉尼大学，9块钱可以打一大份的中国套餐

姨家，她令我明白，最温暖的中国女人是善于通过温暖胃来温暖心的。

每天，我们在外面闲逛完回家，明秀阿姨都会做好白粥等待我们。她摘下自家菜园里的茼蒿，用醋、酱油、蒜末拌过，就是一道最清淡养胃的中国沙拉，味道直达我们的心底。Lucky，你可喜欢吃这道菜了。汉堡、热狗虽然好吃，却无法让我们的胃欢喜。

在澳大利亚，我们还吃了一顿四川火锅。移民到珀斯的明秀阿姨一家，经过顽强打拼，硬是在家中创造了一个"中国饭店"。我们吃到热火锅的那天，正值风雨交加的夜里，锅里的鱼丸、青菜、豆腐……却与这雨夜无关。来到珀斯后，经过冬天的考验，大葱变得更加强韧和粗壮了，但烹饪之后，仍是我们中国的味道。

"什么都可以偷懒，家务不会也没有关系，但是唯一要讲究的必须是做菜，这样才不会亏待自己的味蕾！"明秀阿姨说，"我看你连菜板也不会用，这可不行，一定要好好学会做菜，这样无论在哪里，都不会亏待自己的中国胃。"

此刻，妈妈在心中暗暗下定决心，一定要做个会做菜的妈妈，而且要做出让人超级惊艳的菜品，不鸣则已，一鸣惊人，我也要好好满足自己的味蕾。

会做菜的女人是温暖的，不仅暖胃，更暖心，就像明秀阿姨那样，也像安娜那样，只要有她们在的地方就是家，美好的食物可以带给我们家的感觉。

我立下雄心，回国之后，一定大展拳脚。Lucky 和 Star，我不知道之后你们会不会吃到妈妈做的美味食物，如果吃到了，记得要感谢明秀阿姨和安娜，她们是我下定决心的原因。

娘亲　2014 年 9 月 2 日于重庆家中

澳大利亚家书回信 —— Lucky

To mama：

　　人们总说"乡土之愁"。虽然你嘴上常挂着"我要环游全世界"，但一个人离开乡土，总归还是会想念她的，只不过表现不太一样。像你，就是思念故乡的食物。我其实常常不符合年纪地担心你，毕竟你是那么感性，又是那么用心的人。在外面，我有些担心，但你总是会想到另外的让人开心的事。在想念故乡时，还不忘记我。如果不是你说起，这些事可能永远被我遗忘在记忆的角落，感谢你把我们的点点滴滴都记录了下来，妈妈，谢谢你哦！

Yours,

Lucky

 澳大利亚家书回信 —— 妈妈

亲爱的 Lucky：

　　妈妈也会有迷茫和失去方向的时候，在你不知晓的时候，你常常成为我勇气的来源。知道吗？当我看到你在努力追求自己的目标时，我也在你那里感受到了前进的力量。我常常在想，因为有了你们，我才感受到世界和我是紧密联系在一起的，我才有力量去好好爱这个世界，更爱在这个世界和你们经历的点点滴滴。Lucky。谢谢你哦！

Yours,

妈妈

普芬比利小火车的童话

亲爱的孩子们：

很久很久以前，在墨尔本的丹顿农山脉中，有一辆了不起的小火车，它叫普芬比利。普芬比利生活得很快乐，充满活力，因为人们都需要它。很多牲畜挤在上面，当然了，也有不少欢呼着、快乐叫喊着的小孩和他们的家人坐在上面。大家将货物交给普芬比利，让它运出山谷，又请它运回许多货物，人们因为普芬比利而活得更加便利，而它也因为自己被需要而感到充实自信。

时间慢慢过去，汽车渐渐出现了，普芬比利运载的货物越来越少，而维持铁路运营的成本越来越高。铁路公司想把普芬比利每天奔跑的这条线路取消。普芬比利渴望继续被人需要，它每天更加努力地奔跑着，拉响长长的汽笛，跑过山谷、森林，它渴望奔跑。

1953 年，发生了一次塌方，铁轨被破坏，铁路公司从此关闭了普芬比利这条铁路线。

普芬比利孤独地躺在那里，身上的铁衣慢慢长满了铁锈，心也慢慢长满了铁锈，它不再被人需要。普芬比利感觉自己被世界抛弃了，它决心紧紧闭上心门，再不去回想自己奔跑的岁月。

有一天，一位老人的声音叫醒了它："比利！你在这里？"普芬比利慢慢地睁开眼睛，它看到了一位头发花白的老人，我认识他吗？小火车用了好长好长的时间去回想，它终于想起来了，他是曾经乘坐它去往城里时一路大声欢呼的小孩。

老人用手轻轻抚摩着普芬比利，旧日的时光在他心头回旋。这样对待普芬比利是不对的，即使时代不停前进，我们仍应该记得历史，记得那些普芬比利为我们奔跑的岁月。

奔跑着穿过木桥的普芬比利小火车

老人的手带给普芬比利阵阵温暖，一滴泪水落在它身上，它的心开始松动了，但仍在犹豫要不要打开心门让老人走进来，看到自己的寂寞和悲伤。

"我会想办法让你重新开始奔跑的！"老人这样对普芬比利说。

其实，还有很多人想念着普芬比利，于是老人和其他许多志愿者极力向铁路公司争取重启这条铁路线。但是铁路公司总是犹豫着，因为不能确定普芬比利的经济价值。

后来，志愿者们争取到一个机会，在一次庆典中，他们要邀请整座城市的小朋友一起乘坐普芬比利小火车。他们行动起来，把这列身体已经生锈、心也已经结冰的小火车打扫得干干净净，给它换了机油，重新装上崭新的座位。

普芬比利麻木地站在月台下的铁轨上，它不知道会不会有人来看自己，它很害怕，怕到时候空无一人，自己依旧是被世界遗忘的。

庆典那一天到了，老人和其他志愿者早早地站在月台上等候着，

普芬比利害怕极了。

"别担心，小比利，我们陪着你，你就是我们的历史与岁月。"老人鼓励地拍拍它，其实老人也很紧张。

第一个孩子出现了，她兴奋地笑着，牵着父母的手，扑向小火车。旧日的回忆重新浮现，那是被人需要的感觉。

接着是一大群孩子，他们和朋友、家人一起欢笑着，激动地来看望这列烙印着丹顿农山脉记忆的小火车，很多大人都是曾经乘坐过普芬比利的孩子。

乘坐普芬比利小火车时沿途看到的森林景色

孩子越来越多，像潮水一般涌进站台，他们带着春天新生的力量，带着未来成长的力量，来与历史会面。他们欢笑着、奔跑着，充满了活力。他们拍拍小火车，抚摩小火车，他们爱它，发自内心地爱它。

普芬比利小火车的心被这欢笑声融化了，它终于打开了紧紧冻结的心门。因为被抛弃，它曾经抱怨过这个世界，但此刻，它感受到了爱，心渐渐地柔软起来。

"普芬比利，一直向前跑吧，跑吧，我们会陪着你！"老人慈爱地对它说。

普芬比利深深地吸了一口气，那是山脉、森林中的清新的空气，它做好了准备。

"呜！"小火车唱响了汽笛，它拉着一车孩子向森林深处奔跑，穿过阳光普照的树林，它要永远永远像这样充满力量地奔跑下去！

这次活动终于成功地打动了铁路公司，他们决定重启这条铁路线，让它成为一条旅游路线。他们做了一个非常正确的决定，今天的普芬比利小火车是世界上最受爱戴的蒸汽小火车之一。

老人离开了，孩子们渐渐长成了大人，又变成了老人。可是，永远会有成年后仍然记得普芬比利小火车的人回到这里，回到这个月台上，成为志愿者来陪伴小火车，为它加上机油，添上煤炭，然后陪着它一起奔跑。

*"我再没有什么可以奢求的了，我要永远永远，为了爱我的人们，为了这片山脉，一直向前奔跑下去！"*现在的普芬比利小火车感到很*幸福。*

Lucky 和 Star，在墨尔本，我和 Lucky 一起去坐了普芬比利蒸汽小火车，它穿越森林、溪流、山谷，最后到达一个湖泊，我听到的关于普芬比利的故事，就是你们听到的这个童话。

或者，童话更适合普芬比利小火车带给我的感觉。

娘亲　2014 年 8 月 29 日于老家

圈养与放养

亲爱的 Lucky 和 Star：

Lucky，我们开车行驶在大洋路上去寻找"十二门徒"那片风化的巨石时，肖肖阿姨发现了一只野生袋鼠，她说："看，野生的袋鼠！"Lucky，你还记得吗？

一只黑色的袋鼠出现在灌木丛中，跳跳哥哥朝它扔了块面包，它小心地凑上去吃（后来我们才知道，澳大利亚禁止私自喂养野生动物）。

"亲爱的袋鼠，站起来，笑一个！"

那只袋鼠像是听懂了我们的语言，它慢慢地站了起来。我们尖叫着不停地给它拍照，这可是我们第一次在野外碰到袋鼠哇！

你们都很兴奋，但是后来围观的人越来越多，袋鼠一蹬腿离开了。它蹦跳得那么有力，以至于小陆阿姨忍不住学起它来："蹦蹦蹦！"

我们还看到了野生的考拉，沿大洋路驾车回墨尔本的时候，公路边出现了"有考拉"的黄色路标，我们让小陆阿姨慢些开。

又是肖肖阿姨最先叫起来："停车，我发现了考拉！"

我们把车停在山间公路上，然后朝着"有考拉"的地方出发。高高的树上，一只动物懒懒地蜷着，看起来充满肉感，是灰黑色的。

这是一片桉树林——考拉的最爱。我们围着它不停地拍照，仿佛发现了著名的明星。考拉这只充满萌感的动物是我们在大洋路上收获

在大洋路自驾的女人的决心是不可阻挡的

孤寂的漫漫前路

快乐的我和幸福的你

"十二门徒"的风景，那十二块巨大的岩石正在岁月中渐渐风化

大洋路自驾途中的绚烂天空，宛如一片自由与开阔的世界

的最新的惊喜。

我们看到了许多野生动物，有袋鼠、考拉，还有各种叫不出名字的鸟类，它们活得自由、洒脱，即使被视为国宝，也依旧自由地生活在树上。

这里是动物们被放养的地方，或者说，用"养"这个字已经不太合适，它们只是依着自己的天性和意志，自由地选择着自己活着的方式。

我们在墨尔本的南十字车站点餐时，服务生提醒我们要"小心鸟"。我们当时并不知道是什么意思，但回头一看，有一只贼贼的海鸥正在车站的餐厅里到处巡视，寻找残羹冷炙，甚至趁你不注意就会上来偷吃，它一点也不怕人。就在我们给它拍照的时候，它还很淡定地注视着我们。我很感慨，这也是一只凭借自由意志生活的鸟儿。

在珀斯达文奇街区的社区公园中，我们看到了野生的黑天鹅，它们优雅地伸展着翅膀，带着新出生的小宝宝在溪流中游泳。这可是野生的哦！据说在从前，这里还有更多的野生黑天鹅，但因为一段时间的大量猎杀而减少了很多。

澳大利亚就是一座野生动物园，各类生命自由地选择自己的生存方式——飞翔，或者潜游。

孩子们也一样。沿大洋路回墨尔本时，我们停在一个沙滩边。那里有一辆小车，高大的爸爸和身材高挑的妈妈带着三个孩子从车里钻出来。两个女孩子一个身着冲浪服，一个身着桃红色泳衣，还有一个刚刚蹒跚学步的小男孩。

我们不无羡慕地点评道："哇，一个大家庭！"

爸爸牵着小男孩在沙滩上学走路。此时是澳大利亚的冬天，风有些冷，我们还穿着羽绒服，而那些孩子就这样穿着泳衣和冲浪服欢叫着冲进了海里。

过了一会儿，车门开了，从里面又钻出来一个戴着眼镜的少年，他也穿着冲浪服，怀里还抱着一块冲浪板。

少年看起来文弱，爸爸接过他的眼镜，简单地向他交代了几句，少年便冲向了海中，开始与海浪嬉戏。

"哇，好大的一个大家庭啊！"我们赞叹着。

又过了一会儿，车门又开了，一个看起来年龄最大的高挑男孩子出现了，他也毫不犹豫地扑向了大海。

这时候我们全都傻眼了，只能喃喃地说出"好大好大好大的一个大家庭"这样的话来。

Lucky，那时你和跳跳哥哥正在海滩上玩着沙子，海浪在远处拍打着。那个大家庭中的孩子们正面向大海，嬉戏挑战。我想，连澳大利亚的孩子们也是这样被放养着，冬天可以冬泳，追逐着海浪，穿上短衣短裤就可以出发。他们被允许有这样做的权利。

回到家中，Star，当你坚持在秋凉之后的晚上不盖被子，我也默默地允许了你，因为我开始这样想：*你有自己去经历、去感受的权利，你可以选择感受寒冷，或者选择感受温暖，我必须尊重你的选择。*

说真的，我当时真的好希望自己也会冲浪，那样我就可以加入他们的行列，一起扑向那奔涌着的、无尽的、自由的大海。

动物原本就应该拥有在自然中自由奔跑的权利，孩子也应该拥有——选择自己想过的生活以及经历什么样的人生的权利。

娘亲　2014 年 8 月 22 日于邛崃家中

在"十二门徒"景区，我们与野生黑袋鼠偶遇

大洋路上惊喜发现野生考拉，憨厚可爱，又呆又萌

在南十字车站神气地寻找食物的海鸥

在珀斯城贝克汉姆区意外地遇见了野生的黑天鹅一家

"一意孤行"的妈妈

你说你想吃苹果，
我就马上削给你吃。
你努力地安慰着我，
你说，
妈妈，等我长大了，
你老了，
我给你削苹果吃，
好不好？

Lucky 和 Star：

　　这次旅行刚开始，我就念叨着要带 Lucky 去动物园看考拉和袋鼠，虽然后来肖肖阿姨告诉我可以在路上看到动物，我心中仍然记得出发前对 Lucky 的承诺——我一定要带你去动物园看考拉和袋鼠！

　　所以到了悉尼，我就嚷嚷着要去动物园，但是我们停留的时间太短，没去成。到了墨尔本，可以玩的地方实在太多了，我们可以去大洋路飞速自驾，可以去葡萄园探访，还可以去乘坐热气球……最后我们选择去坐普芬比利小火车和大洋路飞速自驾，这样，我们就只剩半天时间，但还得按时坐飞机飞去珀斯。

　　"我和肖肖商量了，我们明天要去逛市区，你呢？"

　　"我还是要去动物园，"我一边吃着稀饭，一边很坚定地说，"因为我答应了我的小孩，一定要去动物园。"

　　事实上，Lucky，也许你自己都已经忘记了我的承诺，但是妈妈就是这样，要去什么地方，就一定会去。

不过，在克莱蒙特酒店向前台先生咨询后，我打消了念头。他非常诚恳地告诉我，动物园离机场有些远，来回奔波会很累，既然我们要去珀斯，可以去珀斯的动物园。

妈妈原本是个一点也不喜欢改变计划的人，但是旅行让我学会了适度地调整，我决定再次延期我的计划。

到了珀斯，我们预订了去波浪岩的一日游。原本是没有这项计划的，但我看到了那一片如同波浪的岩石，突然想起自己买过的一本书《世界上 100 个不得不去的地方》里面曾提到了这处风景。

"我要去波浪岩！"我宣布。

即使要坐五个小时的汽车，但只要确定了想去的地方，我就一定会前往，这就是你们的妈妈。当没有明确的目标，或者事情很小，怎么样都无所谓的时候，她是好商量的一个人。但是，当妈妈的"目标导航"模式启动，那就无论如何都要去实现那个目标了。

我们准备第二天五点四十起床，六点出门。我定好了闹钟，但心中还是很不安，生怕睡过了头。

半夜，我发现你身上居然开始发烫了！我摸摸你的额头，也很烫！你发烧了，我记得那是凌晨两点钟。

我再也没睡，起床不停地给你量体温。到了五点四十的时候，

只要愿意打开心门，处处都能发现美丽风景

达文奇社区盛开的花朵

明秀阿姨家附近安静别致的社区环境

我心中已经决定，旅程必须取消。可是，西澳旅行公司的电话总也打不通，这样就面临团费不能退的风险。但是，Lucky，你知道，对我来说，你和 Star 才是最重要的。无论什么样的风景，都没有你和 Star 的平安健康重要。

你说你想吃苹果，我就马上削给你吃。你努力地安慰着我，你说，妈妈，等我长大了，你老了，我给你削苹果吃，好不好？

Lucky，妈妈又哭了，我不是在为自己去不成波浪岩而惋惜，而是在想，我再坚定的决心也没有你们的一丝一毫重要。

你的精神看起来还不错，只是体温时时上升。肖肖阿姨对你说："妈妈有自己想要实现的心愿，Lucky，今天能不能让阿姨来照顾你，你让妈妈去实现她自己的愿望呢？"

你答应了，但是一直哭泣着，那个时候，妈妈一直望着你，我知道，你再没有比这个时候更需要我的陪伴了。也许你只是小小的感冒，可是我们总有自己沮丧的时候、低落的时候，也许是小小的麻烦，也许是感觉到了异国的孤独，那个时候，我们总有自己最需要的人，那是其他任何人没有办法替代的。

Lucky，就在那时，我终于释然地说："我不去了。"

即使去不了"世界第七大奇迹"也没有关系，即使团费全部不退也没有关系，在我的心中，这世界上最重要的就是人与人之间的感情，我选择留下来，在你最需要我时刻陪伴你的时候。

那天，我们一直待在珀斯的小姨家，一步都没有离开房间，我为你煮了你想吃的雪梨汁，不停地喂你喝水，给你用白酒擦身体。我还发现我带的那个冰敷眼罩放在冰箱里就能结冻成冰，可以放在额头给你降温。

那一天，珀斯的阳光很灿烂，我看着房间外面的光线慢慢移动，依稀可以看到绿树蓝天。我觉得，旅行并不一定是看到什么风景，而是和什么人一起去经历什么样的奇遇。

在珀斯海边一起玩耍嬉闹的孩子

在珀斯城市海滨自得其乐画着画的老人

　　一意孤行的妈妈被你们改变了，妈妈心甘情愿。那一晚，我一夜都没有睡好，一直摸你的体温，好神奇，把那个眼罩冰敷贴放在你的额头上之后，你的体温开始慢慢下降了。我后来也把它放在我的额头上，感觉心中平静了许多。要知道，我们第二天四点钟必须出发去机场，如果你发烧还不好，我独自一人，又应该怎么办呢？

　　像是小小的奇迹，Lucky，第二天凌晨三点四十，我一叫你，你就马上起床了，精神抖擞。我们在星光下提着行李，等着预订好的出租车来接我们。

　　一切都很顺利，你时不时地讲笑话给我听，咯咯咯咯地笑着，我觉得有什么力量在保佑着我们。

　　再没有比你们更加重要的了，Lucky 还有 Star。妈妈也会有自己的梦想，也会有自己努力想去拼搏和奋斗的时刻，但是，你们才是妈妈前进的真正力量。有时候，我觉得并不是我在陪伴着你们，而是你们在陪伴着我。人与人之间的爱，是比意志更加顽强的力量。也许正是因为这爱，Lucky，你才那么快就好了起来。

　　永远不要忘记，无论何时，无论何地，只要你们需要我，妈妈一定会像一个女超人一般，一个女蜘蛛侠一般，从天而降，因为，那是天底下所有妈妈的本能。

娘亲　2014 年 8 月 24 日于重庆家中

新加坡

我们要尊重规则，但是也要充满人情

2015 年，我们的旅行团队再次扩充，一群爸爸妈妈带着孩子去了新加坡。这次旅行中，动物园的夜行教给了孩子们勇气，而在旅途中，我们见到了我的老师李奕志，他用他的生活态度给我们上了新的一课。

做永远的追梦人

亲爱的孩子们：

这次旅行是因为李奕志老师。

他是我心目中的传奇人物。新加坡出生，少时贫苦，凭借自身的努力，先后到澳大利亚和英国求学，拿到了博士学位。五十二岁的时候，他毅然做出决定，担任香港《南华早报》的负责人。五十二岁呀，已是可以享受幸福人生的时候，李老师却有如此魄力，以铁腕手段，完成了对报纸的重新造血。

六十多岁时，他做了北大新闻传播学院的研究生导师。我觉得李老师很了不起，对他的传奇人生十分敬畏。

这是小江（孩子们的爸爸）十五年来第一次休年假，可以与我们一起旅行。他坚持第一次国外亲子行要去新加坡，我听从了他的意见。

我联系了李老师，怯怯地问："李老师，最近好吗？"

那边"叮咚"过来一条消息："很好，要不要来新加坡玩？"

不愧是老师，不愧是曾叱咤风云的报业高管，一下子就能洞悉我的心思。从联系酒店到制定旅行路线，李老师一直在给我很好的建议。

刚刚在新加坡安置好，我就接到了李老师的电话："晏菁，你在哪里呢？不是说好今天见面吗？"

我以为李老师早已忘记了，原来他一直都记得！

我和李老师在劳文达的地铁站见了面，看到背着双肩书包的他，恍然间，感觉时光在他身上一点没有留下痕迹。"李老师！"一句"老师"，在异国他乡就有了一种见到亲人般的感觉。

"去年，刚刚在厦门大学读了个历史学博士。"闲聊中，李老师轻描淡写地说道。

"李老师，你不是很早就在澳大利亚拿了工商管理学的博士了吗？"我诧异地问，但真正令我诧异的是李老师今年已经七十多岁了。

"是呀。"他轻松地说，"这还真是一次跨学科、跨语言、跨国籍的读博经历！"

"李老师，你跟金庸一样，金庸也是在像你一样大的年纪拿到了北大的文学博士学位！"我由衷地赞叹。

接着，李老师问了小朋友们一个问题："孩子们，你们知道新加坡为什么是不同的分区吗？为什么来自不同国家的人住在不同的区域？"

"因为我们都喜欢与自己相似或者熟悉的人住在一起吧。"我试着回答。

"答对了一部分，同时还因为当时英国殖民者采用了分而治之的管理政策。"李老师耐心地讲解道。

他带着我们在地铁中穿行。看着李老师背着背包努力保持平衡地前行，我真想接过他的背包，但是终于还是忍住了。

在七十岁之后敢于进行风险投资也是李老师所独有的勇气，其实，并不像他自嘲的那样——他的投资完全失败了，他还是收回了自己的成本，但无论情况如何，我都相信李老师会有他独有的面对生命考验的方法。

他带我们去看了新加坡最著名的鱼尾狮，又带我们去新加坡河散步。一路上，李老师一直在前面走得飞快，我们两个年轻人带着孩子在后面卖力地追赶。

"李老师，你太强大了……"好不容易坐下来，我对李老师说。

"这样的距离，我平时都是步行的，可以锻炼身体嘛。"李老师说道。

很会生活的李老师，带我们吃遍了新加坡的美食，从咖喱鱼头、海南鸡饭，到辣椒螃蟹……在临走前的一天，李老师为了我们方便，把碰面的地点特意选在离我们住处只有一站路，而他需要换乘，还要坐十几站才能到的地方。

可是那天，因为 Star 在飞禽公园睡着了，我在水边抱了她一个小时，坐地铁换乘去宏达桥的时候，足足迟到了半个小时。

李老师是何其守时的人，最讨厌的就是别人迟到。读书的时候，有一次，他带着同学们外出，有一位同学迟迟没有回来，他带着班上同学到点就走，一点也不拖延等待。所以我很是忐忑，给李老师发了短信道歉，却没有收到回信，内心只觉得对不起李老师。

等我们一群人到了地铁站，却看到一个熟悉的身影站在地铁口等待着，他背着那个黑色的双肩包，手里还提着一包东西。

"这个给你们，新加坡最好的娘惹糕点，记得一定要放在冰箱里，保持新鲜会非常好吃。"李老师说。

第二天，我非常小心地把糕点分给孩子们吃，她们都超级喜欢。

李老师，你曾对我说过这样一段话："其实我有一个梦想，就是可以留在学校里，永远也不要毕业，永远做一个学生。我真的想去剑桥再当一次学生，因为那里对学生没有年龄的限制。"

我懂李老师的心，他这一生经历过各种风云变幻，他奋斗过、坚持过，但最在意的不是曾经的"报业高管"的身份，而是他作为学生、作为老师的身份。因为这身份连接了校园与生命，是最质朴最真挚的追求。

看到李老师，我才知道，一个人在生命中的任何阶段，都可以保持自己的创造力和活力，活出生命最大的精彩。年龄不是制约我们的牢笼，只要心中怀有梦想，任何远方都可以抵达。

那天，和李老师在路口告别，我的心中很酸涩，因为不知道什么时候才会再相见。李老师和我们告别之后，没有回头，我看着他的背影，眼泪落了下来。

谢谢你，李老师。

总是在追寻自己梦想的李老师，让我们开始重新检视自己的生命，是不是已经活出了无穷的可能性。

Lucky 和 Star，你们还记得这次旅行中遇到的李爷爷吗？

娘亲　2015 年 9 月于重庆家中

镜中的自己

Lucky 和 Star：

　　每一次旅行都有各种各样的因缘。

　　肖肖阿姨是我的铁杆搭档，我们一起去过中国台湾，一起去过大洋洲。这一次，我们踏上了一起去新加坡的旅程。机票订好后，邻居小月妈妈来到家里串门，听说我们要去新加坡，就果断安排了机票，加入了我们。我最喜欢这样干脆利落的小伙伴了。

　　至于我们的家庭成员，Lucky 和 Star，还有爸爸，我的梦想就是带着你们环游世界。

　　爸爸并没有和我一样的梦想，他最近还面临着很大的工作压力。

水中似乎有另外一个自己在与他相对望

在年初的时候，我便订了机票，没想到出发的时间恰恰和他参加专业能力考试的时间冲突了。

　　他纠结了一阵子，我暗暗地鼓动他，去吧，去吧。

　　现在，我一翻开我们一起拍下的照片——Lucky 你走在最前方，四个小朋友手牵手大步往前迈，总会很感动。

Lucky，我从你迈步的姿态中就知道了你对这个世界的态度。

这次旅行，我们每个人都是因为不同的理由来到这个团队当中的，也为团队提供了不同的支持。

爸爸方向感很强，负责看地图和带路；我呢，勉强能够说几句英文，所以担当探路先锋；肖肖阿姨理财有道，任职财务总管；小月妈妈是数学老师，自然是我们的记账大臣啦。

Star，你正好处在人生中第一个叛逆期，所以老是哭和发脾气；跳跳是小男孩，已经有些大男子的气概了；Lucky的情绪比较稳定，但仍在努力面对自己的恐惧；小月十岁，是孩子们中最大的，很会照顾小孩子，也在学习如何面对全新的世界。

在河川生态公园，我拍下了爸爸与橱窗中的小鱼对望的场景，仿佛水中有另外一个自己与他相对望。

那时我突然想，我们旅行仅仅是为了看风景吗？还是旅行中的伙伴和遇到的人常常让我们以看镜子的方式来看待自己，从而给自己增加了某种可能性呢？

有次，跳跳发脾气，爸爸站到他面前，对他说："你必须好好向妈妈道歉，因为你必须尊敬妈妈，你这样做了，就不会后悔。"

有时候，教育男孩子，还是需要一场"男人和男人"之间的谈话，当跳跳放下自己任性的小脾气的时候，我想他也找到了他自己的镜子。

爸爸也终于学着放下工作，抱着Star在水中游泳了。我看到他脸上开朗的笑容，心想，其实他本来就应该是个朴实快乐的爸爸，工作只不过是他生活的一部分而已。

Star，你和Lucky开始越来越依恋他。走夜路的时候，你们甩掉

旅途中的爸爸让你们充分地依赖着

四个小朋友手牵手大步往前迈

我的手，紧紧地抓住他的手，我酸溜溜地问你们为什么，Lucky 你对我说："因为你靠不住哇。"其实，并不是我"靠不住"，而是爸爸给了你们更多的安全感。父亲对孩子是如此重要，工作不应该成为男人履行父亲责任的障碍。旅途中的爸爸让你们更加依赖，虽然我口头上表示抗议，心中却很快乐。

我把旅行当成一面观照自己的镜子。每一次我都向不同的人这里借来一点点优点，那里借来一点点优点，然后再慢慢内化成自己的一部分，让我变得更美好。

那天，在裕隆飞禽动物园，我看到了这样一句话："我们就是生物多样性。"生物多样性是指我们每个人身上都带着自己的痕迹，或者烙印，但是因为遇到了不同的伙伴，我们得以产生不同的可能。

旅行就是一面最好的镜子。

娘亲　2015 年 9 月于重庆家中

不敢往前走的时候，记得手中有光

Lucky 和 Star：

　　说起新加坡，我最喜欢的地方是夜间动物园。在黑夜里，我们举着手电筒，那样的感觉像是在进行秘密的寻宝探险。

　　那天，我们从河川生态公园出来就去了夜间动物园。河川生态公园非常棒，我最喜欢那段坐着小船漂流的经历。就像《明日世界》里的开始场景一般，我们的小船被升降机抬了起来，然后被放进了亚马孙河流般的航道中。

　　那一刻，我真的很想去亚马孙河冒险，总有那么一天的！

　　当夜晚降临的时候，我们已经在夜间动物园门外排起了长队，长长的队伍大概有四百米。进了动物园，我们正要排队去坐车，爸爸突然提议："为什么大家都要排队去坐导览车呢？我们步行吧！"

　　偌大的夜间动物园，仿佛只有我们八个人。我们打着手电筒，走在沙鼠小径上，周围的植被很茂密，四周只能听见我们脚步的回响。

　　说真的，我心中有些害怕。可是看到 Lucky 和 Star，我就感到自己有变得勇敢的责任。

　　我们看到了高挂在洞穴中、奇妙得像是蜘蛛网一样的萤火虫。如果一开始我们选择坐车，就看不到这样的风景了。始终有些道路是我们必须步行才能收获美妙的经历的。

这时候，Lucky 你突然开始哭闹起来，你说："我不要走路了，我要坐车！我要坐车！"

你崩溃了，我很少见到你有这样的时刻，你毕竟还是个孩子。黑暗中，我们每个人都有心生恐惧的时候，因为感觉前路迷茫，不知道什么时候才是终点；在无边的黑暗之中，不知道会不会有什么奇异的生物蹿出来呢？恐惧是人类对自己的保护。

唯一的手电筒在最小的 Star 手中，她举着光芒，倒还显得精神十足。旁边的路牌说狮子就在前面。

见到导引员，我问他："请问，狮子是在笼子里，还是放养的呢？"话说出来我才发现这个问题真是多余。不过，说实话，当我穿过一个个隧道和一扇扇门的时候，我联想到的全是《侏罗纪公园》里的场景。你看，Lucky，不只是你，连我也很害怕。

夜色越来越深了，走在路上的只有我们八个人，Lucky 你更加害怕了。你紧闭着眼睛，大声地哭喊："我要坐车！我要回去！"爸爸刚抱起 Star 在前面走，见你哭了起来，就要来抱你，可是你不愿意，你仍然大声哭喊着。

我对你说："手里拿着手电筒就不会怕了！"但是你还是不愿意。

我们走到了导览车东站，我心疼你，就对爸爸说："实在不行，我们在这里坐车吧。"你立即坐到了候车的长凳上。

爸爸坚决反对："不行，要自己走，要坚持下来。走完了这些夜路才可以坐车！"接着，他开始对你讲："我在十几岁的时候，家里那么穷，我挑着肥料，从山底爬到山顶，那个时候我也很累，但我还是坚持下来了。你想想看，现在走夜路是很累，只有坚持下来，才会有收获。"

虽然爸爸很坚决地说，但你仍很担心地哭。

动物园管理员从旁边走过来，问道："车已经来了，你们还走吗？"

我摇摇头，说："我们自己走，谢谢你。"

后来，我们又一起走过了狮子瞭望台和红树林小道。渐渐地，和我们一起漫步的人越来越多了，路上不再那么寂静，阵阵欢笑声隔空传来。

身边变得热闹起来，刚才的恐惧已经远去，这不过是经过东站后不久的事情，但是现在，孩子们，你们在这夜间的动物园中，开始了慢慢的探索与发现。

终于走完了步道，我们排队坐上了导览车。夜晚的微风徐徐吹来，车子行驶在轨道上，夜间的动物在两边穿行，有马来西亚貘，还有大象……我们发出了阵阵惊叹。

Lucky 和肖肖阿姨一起坐在前面；Star 在后面和王阿姨坐在一起；我和爸爸坐在中间。我突然发现，我们居然有了这样安静的二人世界。我对爸爸说："这样真好，先走路，再坐车，而且刚才还不用排队，真好的安排！"

Lucky 和 Star，我觉得在这件事情上，爸爸做得很对，他有他爱你们的方式；当然，我喜欢给你们提供一条退路，也算是另一种爱的方式。

所有的孩子都应该在父母的陪伴下走过这样一段夜路——在夜晚，打着手电筒，睁大双眼，探索黑暗。害怕很正常，恐惧也很正常，但是请记住，每个人的生命中也许都会有这样的一段日子，你不知道前路在何方，但只要举起手中的手电筒，身边还有和你一同前行的伙伴，你就一定可以坚定地走完这条道路。

娘亲　2015 年 9 月于重庆家中

新加坡家书回信 —— Star

亲爱的妈妈：

　　你知道吗？当时我其实也有点怕，但是想起了花木兰我就不怕了。你还记得当时我最喜欢哪位迪士尼公主吗？

Yours,
Star

 新加坡家书回信 —— 妈妈

Star：

　　你好！我一直记得你最喜欢的是花木兰，因为她勇敢、坚定地去追寻自己的梦想。我说得对吗？你也和她一样哦！但是花木兰不是迪士尼的公主，她是一位名副其实的中国小公主哦！

Yours,
妈妈

过生日的方式

真实的幸福就是，你知道自己想要什么，并且可以学会不在意别人的目光，自由地去感受这幸福。

请给我包起来！

亲爱的孩子们：

在新加坡，我过了自己的生日。我的生日常常是在旅行中度过的，但是这次不同，因为 Lucky 和 Star，你们和爸爸这次都在我身边。

从圣淘沙回来，我们走在怡丰城的时候突然看见了一家手表店，爸爸早就说他想要一只手表，只是被手表上的标价吓退了。

"女士，请问一下您的心理价位是多少呢？"店员很热情地问我。

"一千元。"我豪爽地说。

同行的伙伴瞪大了眼睛，你是土豪吗？一千元新币等于四千多人民币了呢！

"是人民币，一千元人民币。"我赶紧补充道。

身边的爸爸无奈地笑了笑。

店员为我们推荐了一款手表，爸爸拿在手上，看起来很喜欢。

"包起来吧！"我大方地说。

爸爸很开心地抬头看着我。这是我第一次送他这么贵重的礼物。

"哇，今天是爸爸的生日呀！得到礼物好开心吧？"伙伴们说。

"不，是我的生日呀。"我很平淡地说，"自己的生日，就是要让自己开心一点，送给他礼物，我很开心。"

我豪爽地取出信用卡，虽然里面的额度并不大，但是我喜欢送礼物给自己爱的人，这也是我让自己快乐的方式。

看得出来，爸爸特别开心。原来，男人收到女人送的礼物时，也会有这样开心的表情。

这一买就一发不可收了，同行的小月妈妈也买了一块，而跳跳哥哥也想要一块手表，不给买就一直哭着不罢休。

我突然想起了一件事，跑到店外面买了一盒纸杯蛋糕。七彩缤纷的颜色，有巧克力味道的，有草莓味道的，让人似乎闻到了生活的甜味。

"来，跳跳，你忘记了吗？今天是你的国际生日呀！"我突然想起的事情是跳跳妈妈告诉过我，自从上一次跳跳和旅途中的伙伴们一起吃了次生日蛋糕，便决定一年要过两次生日，其中一次就是国际生日。

"喔，我都忘记了。"跳跳破涕为笑。

"是呀，跳跳，你知道吗，并不一定要得到一件东西才会快乐，吃到好吃的，和朋友们在一起，都会很快乐。是不是？"跳跳妈妈这样说道。

后来，跳跳妈妈还是偷偷回店里去买下了那块跳跳喜欢的手表。

"你真行，自己过生日，却给爸爸买了生日礼物呀。"跳跳妈妈说。

"嗯，因为我喜欢这样。"我喜欢自己那一刻潇洒的样子，我不需要手表，我也不需要珠宝，我只想看到身边的人快快乐乐的。

这几个孩子，每个人捧着一块甜美的蛋糕，因为新加坡的地铁里不允许吃喝东西，我们就一群人坐在地铁上，拍下了一张大家都在笑的照片。

孩子们手中甜美的蛋糕，爸爸脸上飞扬的笑容……那一刻，我觉得这比自己坐在豪华餐厅里吃大餐还要快乐。虽然这样的造型并不优雅，但它是属于我的真实的幸福。

真实的幸福就是，你知道自己想要什么，并且可以学会不在意别人的目光，自由地去感受这幸福。

这就是我对幸福的理解。

娘亲　2015 年 9 月于重庆家中

人情与规则

亲爱的孩子们：

　　到达樟宜机场已经快凌晨一点钟了。来到一个新的国家，我会失去方向感，一时间有些六神无主。但是还好，经过一次又一次旅行的锻炼，我调整自己的时间变得越来越短了。

　　小月妈妈对我说："好晕哪，不知道应该怎么办了……"这是小月妈妈第一次自助出国。我对她说："当然，你这样的感觉我完全理解，到了一个新的国家，就去全身心体验当地的独特吧。"

　　我们分别坐了两辆车去往背包客栈。新加坡的出租车司机管理很好，一般不会随便绕路。我们遇到的司机说的英语跟传说中的一样难懂，但还好，我也能和他交流。

　　我身上没有准备零钱，问他："能不能使用大面额纸币？"

　　他说："找不开。"

　　"可以刷信用卡吗？"

　　"这辆车不行。"

　　"我有一些美元，可以用美元吗？"

　　"不，只接受新加坡元。"

　　这时，我领略到了新加坡人对本国货币的自信。我随身带着上次去澳大利亚游玩剩下的十澳元。

"用澳元，可以吗？"我用近乎开玩笑的语气说道。

"不行。"

"那你等等，我待会儿去背包客栈给你换钱哦。"

到了之后，我先跑去前台，看到那里坐着一位戴着眼镜的男子，看起来是华裔。

"您好！请问前台可以提供货币兑换服务吗？"我问。

"你是今晚入住的吗？不好意思，这里不提供。"他微笑着说。

我摸了摸脑袋，门外，孩子们和爸爸已经把行李搬下来了，司机在等着收账。

"能不能借我二十四新元？"我大胆地提出请求，心中做好了被拒绝的准备。

那位男子先是愣了一下，然后从抽屉里取出三十新元的新币递到我的手中。

我高兴地接过来，把钱交给了司机。这时候，同伴们也到了，他们手中也没有零钱，我很抱歉地对那位先生说："我能不能明天把钱破开之后再还给您？"

他想了想说："好的，不过我有个建议，因为我拿出来的是店里的押金，所以您如果有人民币的话可以先交三百元在我这里，明天您还钱之后，我再退给您。"

"好哇！"我从钱包里取出钱来，干脆地放到他手中。

这件事让新加坡给我留下了很好的第一印象，那位男子，后来我知道他姓梅，让我感到新加坡是个非常独特的地方。一般来说，遇到这种情况，要么借，要么不借。借是出于人情，因为你刚到这里，梅先生却提出要交三百元人民币的押金，为了提醒我不要忘记，这又是出于规则。在这里，人们做事不仅仅靠自觉和自律，还通过一种现实的约束来保证承诺的兑现。

有一天，我们一起去了新加坡博物馆，我带去的 2004 年版的攻略说博物馆在晚上六点之后会免费开放两个小时。我们那天出门比较晚，到了五点四十时，我让大家在博物馆门口等我，我先进去打听。

"什么？！还有二十分钟就要关门啦？"我心中一惊，赶紧把一群人叫了进来，可惜，除了"新加坡出产展"展厅，其他的所有展厅都关闭了。

"楼下还有一个新加坡历史展，可以去看看。"工作人员说。

看展之前，我向孩子们提了三个问题："华人最早在什么时间来到了新加坡？英国殖民统治者中谁对新加坡的影响最大？新加坡是由哪些种族构成的？"孩子们各自领取了自己的任务卡，去寻找问题的答案了。

来到"新加坡七百年历史展"展厅，展厅马上要关闭了，我抱着试一试的心态对门口站着的管理员说："能不能让我们去看看？我们带着孩子从中国来，想让他们了解一下新加坡华人的历史。"

这时，距离闭馆只有十分钟了。

管理员说："那就去看看吧，不过注意时间，只有十分钟了。"

这突然的惊喜让我喜笑颜开。孩子们冲进博物馆，开始浏览从神话时期开始的新加坡历史，这其中也有第一批华人的影子。

既然答应了管理员，就要严格遵守时间。这时，另外一位华人女性工作人员出现在我们身边，她善意地提醒我们："还有六分钟了，就要闭馆了哦！你们可以步伐稍稍快些，这样可以到前面的地方让小朋友拍照。"

我们赶紧加快了步伐。

"还有三分钟了哦。"

我们在闭馆之前走完了全程。

非常感谢新加坡博物馆的工作人员，如果没有他们的"人情"，孩子们的这次旅行想必会有一点点遗憾；也要感谢他们对时间的坚持，这也提醒了孩子们，在人情之中也应该坚守原则。

与人交往不可不讲人情，在别人困窘时要给予援手缓解尴尬，但是这伸出去的援手也要握住规则，不能因为太讲人情而破坏既有的规则，这里面度的拿捏是一种大智慧。在我遇到的梅先生和博物馆的工作人员身上，我看到了这种通融而有度的智慧，真的非常感谢他们。

在后来的闲谈中，我了解到他们都曾去过中国，或者即将再去中国，于是心中更生出了对他们的亲近感。

Lucky 和 Star，我们真正要向这些叔叔阿姨学习的，就是平衡人情与规则的大智慧。

娘亲　2015 年 9 月于重庆家中

已经做出的选择是最好的

心中便十分温暖。
感觉到自己被惦记着，
可是，
我的脚已经发肿了，
那个时候，
往刚才的『海洋之窗』走去。
他一把抱过 Star，
『来，喂食时间马上要开始了，一起去看看吧！』
是爸爸来了。
突然之间，我看到一个身影，

亲爱的孩子们：

我想要教给你们一些让自己快乐和幸福的方法，因为我认为这才是最重要的，我们在圣淘沙的经历就是这样。

出发之前，我和肖肖阿姨有了不同的选择。她想去环球影城，那里有很多大型游乐项目，她喜欢去那里探险。

我不太想去游乐场，我不想什么项目都去玩，和孩子们在一起，我觉得一定要减少活动范围，细细地在一个地方玩，这样才能够有放慢步调的旅行感觉。

而且 Star 还太小了，游乐场许多竞技性的项目，她还不能参加。一直以来，我都认为，到新加坡一定要去看看号称"亚洲最大"的海洋馆。

肖肖阿姨决定跟我们一起去海洋馆，但她有些勉强。到了圣淘沙捷运站，鲜艳的橙色让我感觉到强烈的度假气息。肖肖阿姨随着人群

开始排队,我赶紧去打听到海洋馆的道路。

"走这边,很快就到海洋馆了!"我对肖肖阿姨说。

"我决定了,还是要去环球影城。我刚才问了一个妈妈,她说海洋馆和海上乐园,各用半天就够了,环球影城要整整一天。"肖肖阿姨说。

这样也好,我从来不喜欢大家都做同样的决定,相反,我希望大家能够选择各自最喜欢的方式。就像爸爸喜欢看花,喜欢逛花市,而我喜欢带孩子们一起在书店看书。我们常常一起出发,爸爸去花市看花,我和孩子们一起在书店看书,然后中午大家一起吃饭。每个人的兴趣都值得被尊重和满足,而统一的选择往往无法满足不同的需要。

那个时候,Lucky,你大喊着说:"我也要去环球影城!"

"不行,你要和我们一起,肖肖阿姨没办法同时照顾两个小孩子!"我偶尔也会专制一下。

我和肖肖阿姨约定下午五点在捷运站下面碰头。

小月、小月妈妈,还有我们四个一起去了海洋生物馆。买票的时候,卖票的马来姑娘很贴心地提醒我,像 Star 这样才三岁的小朋友是可以不用买票的。

海洋总是让我感到神奇,那幽蓝的海底,神秘又充满未知。我们穿过神奇的鲨鱼海底隧道,在鱼群穿行的穹顶下行走着。这里的景区按照洋区分为不同的场馆,你们钻进一个小洞下面,透过那个小洞去观察奇妙的海洋生物。

很矜持的我终于忍不住也像你们一样钻了进去。哇!太漂亮了!透过玻璃窗的折射,我看到了色彩斑斓的鱼群在面前奇妙地游动着。

那个时候,我突然想,如果我在童年也看到这样的海洋美景,会

喂食时间到了

不会生出一个关于海洋的无穷的梦？

我在"海洋之窗"前发呆，这里的"海洋之窗"号称全世界最大，我期待前方还有更美更美的震撼。

不知不觉，我把这里和中国台湾的屏东海洋生物馆做起了比较。自从有了夜宿屏东海洋生物馆的经历，听过了大白鲸小蓝和巴布唱的歌，经历了从清晨的海底隧道中醒来的奇幻经历，我总觉得这里还可以更加特别些。

孩子们最喜欢触摸池，我们耐心地排队去摸水池里的海星。但我仍然看着前方——前方还会有什么呢？

这时，Star，你已经有了阵阵睡意，开始有些不耐烦了。爸爸抱着你向前走，就在这个时候，我们又看到了海底隧道。

唉！就这样出来了吗？

不可能吧？感觉应该还有更大的惊喜才对！

我心中感觉到了一阵失望。

　　肖肖阿姨……她和跳跳在环球影城玩得应该还开心吧；这个海洋生物馆怎么这么小；也许应该和肖肖阿姨一起去环球影城的，那里有很丰富的游乐项目：木乃伊冒险、擎天柱……真的应该去那里的！

　　Star，你此刻已经完全睡着了，而离我们和肖肖阿姨约定的碰面时间还有足足三个小时。我抱过 Star，对小月妈妈说，我要抱着孩子在这里睡觉，你们要不要再去看看海洋生物馆，然后等三点钟的喂食时间？

　　我一个人抱着你坐在隧道里，看着头顶和身后的鱼儿游弋着，身边走过不同国籍、不同装束的旅客：有蒙面的穆斯林女子，有带着孩子来的其他中国家庭，还有不少金发碧眼的欧美人……那时，我心中的失落还很强烈。Star，你已经睡着，我怕你太冷，就拿过手中的旅行攻略地图，把你紧紧地裹住。

　　路过的人看着我抱着一个裹着地图睡觉的孩子，投来了不知道是同情还是嘲笑的目光。后来有两个小孩，直接瞅着我们大笑起来。

　　我装作睡着了，但已经心灰意冷了。

　　就这样，Star，你睡了一个半小时。你现在还是一个小小孩，出门在外随时都可能睡着，每当这样的时候，我都会抱着你，让你慢慢地睡。

　　突然之间，我看到一个身影，是爸爸来了。

　　"来，喂食时间马上要开始了，一起去看看吧！"他一把抱过 Star，往刚才的"海洋之窗"走去。

　　那个时候，我的脚已经发肿了，可是，感觉到自己被惦记着，心中便十分温暖。

　　在巨大的"海洋之窗"前面，Lucky 和小月已经找位置坐好了。我们抱着膝盖看饲养员潜入"海洋之窗"为鱼儿喂食，魟鱼在我们面前游动着，嘴巴咧成一个大大的微笑。"海洋之窗"整个儿沸腾起来了。每个人都专注地看着。我想，其实我不在意看的是什么风景，我在意的是大家喜欢某事的样子。

大家凝视着，发出啧啧的赞叹声。幽蓝的海水将光芒投射在我们的脸庞上，那一刻，彼此在一起的感觉，真好。

我有些释然了。已经做出的选择就是最好的。我们不要回头去看错过了什么，也不要懊恼地想如果当初做了别的选择会如何，我们要为自己的选择感到自豪。在每个选择中自在地享受不就是体验快乐的一种方式吗？

我们在海洋博物馆的电脑游戏前玩了一个小时。Lucky 和 Star，我们还在那里创作了属于自己的瓷器艺术品，烧好后用电脑进行拍卖。我竭尽全力设计的瓷器卖出了三十三新元，爸爸设计的卖出了三百多！我说他只是凑巧而已，还催着他再试试，结果也卖到了很高的价格。

小月很生气，因为她的只卖了二十多元。于是，我们开始比赛谁设计的会卖出最低价。果然，她设计的瓷器最终卖出了九元的最低价，引来我们一阵阵爆笑。

轻松又没有负担的旅行，不是以看过多少风景来衡量的，而是取决于看风景的人的心情。后来，我们和肖肖阿姨碰头了。

"好刺激！"她说，"跳跳刚刚玩了一个变形金刚，被吓哭了。我们后来居然还碰到了一个以前教过的学生，他现在在考察各个地方的游艺项目。他和我一起劝了跳跳半个多小时，他才不哭了，又去玩了另外的三个项目。"

"虽然排队就排了三个小时，玩项目加起来不到一个小时，但是真的好刺激呀！"肖肖阿姨开心地说。

Lucky，那个时候你沮丧地说："哼，早知道我应该和你们一起去玩环球影城的！"

我对你说："Lucky，已经选择的就是最好的，这么想，你才会快乐。而且，我们一起参观了海洋生物馆，触摸了海洋生物，又看了'喂食'，妹妹还睡了一觉，难道这些不是很好吗？"

虽然这样劝你，但，Lucky，我知道你并没有错，你只是把我刚才所经历的一切都说了出来。就这一点来说，我们倒是都应该向肖肖阿姨学习，排队很晒，等待很累，跳跳被吓哭了也很愁人，但她还是发现了事情的有趣之处。比如，居然能在国外的游乐场遇到自己在重庆教过的学生，这是不是很戏剧化呢？

在海洋生物馆的那一天，我看到了自己身上和你同样存在的弱点，我们都太容易忽视已经选择并拥有的东西，要知道，安心地享受当下才是让自己幸福的方式呀。

娘亲　2015年9月于重庆家中

快乐的孩子背后，是一群心甘情愿的父母

在那一刻，我都感觉到一种深深的快乐，觉得当小孩真好。

亲爱的孩子们：

有时候，我会羡慕你们的快乐。仅仅是水、沙和树就能让你们足足玩上一整天。

在新加坡植物园，我们找到了一座"儿童花园"。这里简直就是你们的天堂，一进园就看到平坝中有一个戏水池。

粗粗细细的水柱从地底喷出来，在烈日之下，水珠散发着光。"新加坡的很多公园里都有孩子玩水的地方。"小月妈妈说着，从包里"变"出了一件游泳衣。

"哇！"

小月妈妈真是太神奇了。跳跳哥哥没有带泳衣，但小男生穿条小短裤就可以了。

Lucky 和 Star，你们站在一边，有些羡慕地看着小月和跳跳，但是大家好像不怎么放得开，不知道应该怎么玩。

"来，快来看我！"我提着宝蓝色的裙子，从一条水柱的中间跳了

过去，让水珠打湿我的裙子。

"裙子湿了，妈妈！" Lucky 叫道。

"没有关系，一会儿就干了，有这样玩水的机会，真是太难得了。"我故意这么说。

你们想了想，接着，小月跳进了水柱里；跳跳一屁股坐在了喷水口上；Lucky，你打着伞在水滴中奔跑，开心得不得了；Star 有些委屈，我知道你是多么想跳进水里。

小月妈妈像是有一个百宝箱，又从随身包里"变"出了一件防晒衣，这样，Star，你也有泳衣啦！

孩子们笑得多开心哪，在灿烂的光线中，每一滴水珠都闪着光，你们的笑脸也闪着光。我想起了我的童年。我至今都还记得，我的爸爸，你们的外公，带我去过好几次儿童游乐场，虽然玩过的项目都已经记不太清楚了，但是那种欢乐的感觉仍然在我的心里。

你们的外公薪水不高，却非常舍得带我去游乐场玩，要知道，这对他来说可是一笔不小的开销。我想，当我快乐玩耍的时候，他应该也怀着同样的心情在守护着我。

如果不提醒你们时间，你们可以在水边玩上一整天。后来，我们继续往前走，你们找到了神奇的树屋，爬上了真正的木头房子，然后"刺溜"一声，滑过长长的红色圆滑梯，就落到了沙地上。

沙子，还有滑梯，太好了，这是你们最喜欢的宝贝。

你们玩了将近两个小时才肯罢休，爸爸和我打着伞、抱着行李坐在旁边的长椅上睡着了。跳跳妈妈和小月妈妈在一旁守着你们。

你们可真会玩呀，各种稀奇古怪的玩法，你们一拍脑袋就能够想出来。哪怕只是随意走到一个河滨公园，你们都可以找到乐子玩得大尽其兴。

河边的草地上，你们发现了小小的含羞草，它居然可以开出紫红色的花朵！你们观察它，用小手去试探它，这让你们感觉很开心。植物园里，在凉亭中休息时，你们一拍脑袋想出玩"幽默话剧"的游戏。几个小朋友一起根据笑话的内容来现场表演，连我和爸爸都被你们派了角色——公交车站牌。飞禽公园里，你们又一次发现了儿童戏水乐园，那兴奋的表情，如开在脸上的花……在我抱着睡着的 Star 坐了一个小时的时候，想必你们更是发明了层出不穷的新游戏。

Lucky 和 Star，在那一刻，我都感觉到一种深深的快乐，觉得当小孩真好。

我对你们是充满羡慕的。我问过小月妈妈和跳跳妈妈，在我们小时候，可都没有像你们这样能体验那么多快乐的机会。我也有过快乐的童年，并且，我已经决定，要让你们体验到童年应该有的快乐。

单纯地、不需要任何复杂条件，一块雪糕就可以让 Star 开心；一次戏水就可以让你们忘怀地欢笑……多好！我想，你们并不在乎去的地方是哪里，只要有这些，只要在一起，你们就会拥有无穷无尽的快乐。

我需要你们，需要你们陪伴我重新经历一次快乐的童年。看到你们就像看到从前的我，我也在经历着和外公当年同样的心情。生命生生不息，我想把最好的和最欢乐的那部分记忆留存在心中，它们是属于我们共同的闪闪发光的宝石。

那天在戏水池边上等你们的时候，跳跳妈妈说了一句很经典的话："每个欢乐孩子的背后，都至少有一个辛苦的父母。"是的，抱着行李，在原地这样守望着你们，这角色有些像等待孙悟空探路回来的沙和尚。

可是他仍然是幸福的。因为在辛苦的背后是心甘情愿付出的幸福。

娘亲　2015 年 9 月于重庆家中

创意是一种混搭

亲爱的孩子们：

说起来，我和你们的肖肖阿姨这对组合，是最节俭的"穷游"搭档。带着你们一起在中国台湾旅行的时候，我们一天三餐基本上是在"711"解决的，最奢华的不过是多点一份咖喱饭，其他时间就是面包就白水。在海边的垦丁旅行时，我们连一条鱼也没有吃过。

在澳大利亚，我们更是将这种"穷游精神"发挥到了极致。我和Lucky，她和跳跳，我们常常只点一份饭，孩子们吃剩了我们再吃。

不过后来，我们都意识到了这样做不妥。这不是会养成孩子以自我为中心的坏毛病嘛！深刻反省之后，我们决定无论怎样穷游，都至少要给自己也点一份饭。

新加坡的美食是旅游攻略上特别提到的，来之前，我信誓旦旦地保证这次要进行美食之旅，肖肖阿姨则坚决说自己要减肥。

可惜的是，这次旅行终究让肖肖阿姨的减肥计划泡汤了。

第一天，李老师带我们去吃了肉骨茶。肉骨茶是来新加坡的华人创造的，将排骨和一些中草药炖煮在一起，熬成清香的汤料。据说，这是一位中医师为当时的华人苦力研创的一道早餐，因为他们干活太辛苦。

肉骨茶非常清香，而且汤料还可以不断续加。排队的人足足有十米远。

李老师还带我们去吃了海南鸡饭。鸡肉肥美，但最美味的是那米饭，用鸡汤做成，酱料是新加坡所独有的，连小小的小月都要了两份饭。咖喱鱼头更不用说。印度人和马来人最早都不吃鱼头，但是华人开辟了新的食材领域，佐以印度的咖喱和调味料，让鱼头产生了全新的口味，就连平时从来不吃咖喱的爸爸都忍不住在自己的碗中加了鱼头的料。

我发现，食物的混搭——地域、人群、菜式，竟会产生这样奇妙的效果！

比如，印度是没有抛饼这种食物的，但是在新加坡的印度人却创造出了印度抛饼，与新的地区环境"混搭"之后，食物也变得更加丰富，充满了全新的可能性。

后来，我们又去了宏远桥的大排档。辣椒螃蟹堪称此次新加坡之行我们吃过的最惊艳的食物。螃蟹原本美味，但是肉不够多，在新加坡吃的这道菜，创造性地加入了打散的鸡蛋、美味的酸辣酱，让整道菜火力全开！鸡蛋丰富了螃蟹，而螃蟹带给鸡蛋近于蟹黄的味道，真是奇妙的创造。

美味的辣椒螃蟹

回国前，李老师送了一包娘惹糕点给我。"这是新加坡特色，所有的颜色都是植物的自然颜色。"他说。

娘惹食物是华人与本地人融合之后，结合中国食物和马来食物的味道进行的新的创造。娘惹糕点非常美味，有一些北京稻香村的软糯，但更多的是一种自成一体的口味，清淡又适口。

这次旅行，真是大大满足了我这个"吃货"的胃口。

在回国的飞机上，屏幕上播放着厨艺类节目。很奇妙，华人厨师可以用方便面做出法式奶酪小土豆口味的食物，而传统的日本味噌可以用在美式苹果派的烘焙中！豆腐和奶酪呢，如果将它们组合在一起，会有什么样的可能性？我忽然脑洞大开。

回家之后，我正式做的一道菜就是"重庆版肉骨茶"。我忘不了肉骨茶清淡之中的丰腴味道。只不过猪肉涨价了，我把精排换成了大排，汤料包我用了重庆版的"归元炖汤料"。但最关键的是要用心，血水一定要烫净，熬煮要足足四个小时。

OK！

美味的汤让我想起新加坡的旅行。每去一个地方，当地的食物都会在我心中留下痕迹，令我可以回想和记忆。

炖菜的照片我上传到网络后，看到朋友们的点赞评论，心中有一种满足感。还记得明秀阿姨说"一定要善待自己的胃"吗，这是绝对的。

"叮咚！"李老师发来了一条消息。

"晏菁，你的肉骨茶应该卖得很好吧？"李老师幽默地说。

"目前只有 4 个食客，希望有机会让李老师尝尝！"

Lucky 和 Star，现在我终于懂得了，最好的创意应该是匪夷所思又顺其自然的。比如，把同样的食物或菜式放到一个全新的环境中，让它去和周围的人、周围的菜系产生化学反应，最后一定会有料想不到的好创意发生！它会自成一体慢慢生长出来。我爱上了做菜，因为这里有一种微妙的创造性。新加坡的美食让我领悟了如何保持创造性的方法——放开心怀，与所有在你身边偶然及必然出现的未知元素产生奇妙的混搭。

只有旅行可以在短短的时间内创造出无限的偶然，下一次，我们继续向着未知的世界出发吧！

娘亲　2015 年 9 月于重庆家中

梦游

总有想去的地方渴望到达

远方

总有很多很多远方等待我去探索，我梦想的下一个地方是敦煌。如果你有一个很想去的地方，就把它写下来吧，放在心里。在2016年，我和孩子们，还有一大群旅伴完成了丝绸之路的旅行，那是一段难忘的旅行，期待下次有机会和你们分享！梦想也是这样，先放在心中好好期待，也许，它很快就会实现！

敦煌壁画
是光
在黑暗中散布火焰
照亮俗世的双眼
是风
席卷黄沙呼啸过沧海
吹散旅途的苦盼

我走过了沙漠、湖泊和高原
寻找的究竟是一个起点，
还是一个终点？

飞天飞翔在壁画的空间
双臂挥动出无数个圆满
那位画师

跪倒在这壁画前
立下怎样的宏愿
拈动莲花的双手
轻轻放下
光与风拂动
花瓣在头顶蔓延成长长河流

守着阳光、月光、星光和烛光
画笔照亮洞中的灰暗
一种华美永不会褪色
那是人心的执着追寻
只为与未来不知名的信徒相遇
用美将他击倒的瞬间
一种坚持会存留永远
那是人心的热诚
只为得到自己的一声喝彩
将神明刻画于心头的勇敢

敦煌的飞天
我也在这壁画前跪倒
我也发下我的宏愿
以梦为马，以笔为帆
在这天地之间
涂抹我心中的画卷

写给妻女

因为你们，我的世界变得辽阔

妈妈

Lucky

Star

我们的家

孩子爸爸是家的共同守护者，因为有他的支持，才有我们这一次次的旅行。可是，他工作很忙，很少有机会和我们一起出发。谢谢孩子爸爸，谢谢他的支持，谢谢他为我们守护家中的灯光。

我非常高兴能够透过这些信去感受你们的经历。

希望你们在旅行中去感悟人生，去体会，去了解。

我会在这里守护你们，为你们建造一个家的城堡，当你们旅行归来时，抬起头就可以看到家中温暖的灯光。

亲爱的菁和我两个可爱的女儿：

　　见信如面！

　　爸爸在家挺好的。

　　收到你们的信，阅读着你们的成长、经历，我仿佛和你们正在一起经历快乐、悲伤、委屈，感受世间的冰凉与温暖。

　　妈妈写的这些信，一篇一篇记录着你们的成长和心路历程，经历对我们来说是一笔无比珍贵的财富。在你们很小的时候，妈妈就带着你们去近处的照母山感受春天的气息；慢慢地，你们长大一些，妈妈带你们回老家；之后，妈妈带你们去更远的地方……妈妈勇敢地带着你们去北京，去爬长城，去乐亭，去北戴河，去深圳，去香港感受迪士尼；你们还去了更远的地方，你们出国了，去澳大利亚，去泰国……

这些对你们来讲，是非常丰富和精彩的人生经历。**爸爸虽没有去过那么多地方，但是看到你们小小的年纪就随着妈妈到处旅行，去感受祖国的大好河山，去感受世界的宽广，我真为你们感到高兴。**泰国的旅行让我感受到仅两岁的 Star 的坚强和自律，澳大利亚的旅行让我感受到 Lucky 的懂事和乖巧。旅行，尤其是跟着旅行团的旅行，时间是早出晚归的，但是 Star 勇敢地走完了这一趟旅行，带给我太多的思考和惊喜。第一天到泰国，直到晚上十一点才到旅店，但小小的 Star 不哭不闹，非常守纪律。这一幕让我看到了日后长大的 Star，一个严于律己的 Star。泰国的自然风光是无限美丽的，芭提雅的海滩是碧蓝碧蓝的，小小年纪的 Star 和外公外婆坐着游艇在海中嬉戏玩耍，她是无比勇敢的。

Lucky 和妈妈那一次去澳大利亚，让我真切感受到大洋洲大陆的空旷与美丽。荒漠、草场、森林、袋鼠、考拉，当然还有太平洋的咆哮、奇怪的巨石、宽广的沙滩……但 Lucky 却感冒了，还有一点点发烧。妈妈很着急，Lucky 却安慰妈妈："只要多喝水，很快就会好起来的，请妈妈不要担心。"孩子的突然懂事总会让成年人大吃一惊。

因为妈妈要去北大参加培训，那个暑假，你们和妈妈、爷爷奶奶去了北京。来到妈妈读书的地方，看了燕园的花和柳树，看了波光粼粼的未名湖，看了蔡元培先生的塑像……我很惊异于妈妈给你们讲的故事，更惊讶于你们两个小孩对蔡先生的崇拜。俗话说，不到长城非好汉。你们也算是好汉了。妈妈培训结束后带你们去了小姑婆的家——乐亭，让你们感受了一下北方农村的生活，也让我在字里行间知道了北方农村的一些情况。这无形间让我想起了小时候和幺姨在老家养兔子时的生活片段，更让我想念亲人。血浓于水，可能说的就是此时此刻的心情吧。后来你们的小表叔还带你们去了北戴河。北戴河是旅游胜地，据说，毛主席经常到这里来游泳、度假。从你们的照片中，我看到了北戴河——美丽的度假胜地。

你们走了那么多的地方，是我在你们这个年纪所不能想象的，真是羡慕你们，生活在这么好的时代。爸爸工作很忙，很难有时间外出旅行，妈妈带着你们去感受外面的世界，让你们的心胸变得宽广博大，这也是爸爸的心愿，也让爸爸的世界变得更辽阔了。

我非常高兴能够透过这些信去感受你们的经历。希望你们在旅行中去感悟人生，去体会，去了解。我会在这里守护你们，为你们建造一个家的城堡，当你们旅行归来时，抬起头就可以看到家中温暖的灯光。

爱你们的江

后记
POSTSCRIPT

爱与时光

你是否也有过这样的时刻？

当我看到大女儿 Lucky 时，我会诧异，时间为何过得如此之快？从前那个奔跑着的小女孩，今天已经成长为亭亭玉立的少女。她有自己的主张、自己的理想，有时候还会有点青春期的小脾气。然后我会意识到，那些她幼小的时光，一心依恋我的时刻，原来是如此珍贵。无论现在还是以后，我都想跟她有很多很多的话可以讲。

你是否也有过这样的时刻？

在面对孩子可爱的笑脸时，恍惚间我会想，这样的时光多美好哇，我要怎样才能把这些美好一直留在心中呢？

你是否也有过这样的时刻？

有时候会想，如果有一天我不在了，孩子们会如何理解我？会如何看待我呢？我能给她们的最好的礼物是什么？

如果你也有过这样的时刻，那么我想，翻开这本书对你是有意义的，因为它会是一个惊喜的开始。

2019 年的一天，我去苏格兰旅行。在苏格兰高地上，我看到一位骑着山地自行车从山峰往下俯冲的爸爸。如果说这种行为在苏格兰高地不罕见，那么罕见的是当时他胸前还用婴儿袋挂着一个七八个月大的小婴儿。那个小婴儿就这样陪着他，一路从高山之巅向山脚狂奔，脸上还带着兴奋的神情。那一刻，我体会到那位父亲想把自己最喜欢的运动和孩子分享的心情。

我在孩子们很小的时候便带着她们旅行。有很多人问过我这个问题："孩子那么小，你带她们出去旅行，她们能记得吗？"

当时我微笑着回答："不管她们记不记得，我都替她们记得。"

于是，从 2012 年开始，我把旅行中的所有片段和瞬间记录下来，变成了一封封家书。每去一个地方，无论是有她们陪伴还是我独自完成的旅行，我都想和她们分享。

我相信，我们在旅行当中能得到最充分的成长，能潜移默化地教给孩子知识，而在旅行中写的家书能帮孩子们穿起无数个闪光的时刻。

从 2012 年到 2022 年的十年间，我用家书将那些瞬间变成我和孩子们心灵的对话，变成我们沟通的一种方式。

在写下旅行家书的时刻，我感觉我在和孩子们的未来对话，在和孩子们的过去对话，在和曾经的自己对话。十年的旅行家书，我向孩子们阐述我是如何理解这个世界的，也陪伴她们去感受这个新鲜的世界。

我们每个人来到人间都像一场旅行。旅行既是生命本身，也是生命中的闪光时刻。书信作为记录的最初形态和最简单、最质朴的方式，我用它传递给孩子们家庭的价值观。这是我能给她们的最好礼物，不是用说教，而是用记录我们共同瞬间的方式来完成。

2015 年，我在重庆一家广播电台做嘉宾，接听了一位苦恼爸爸的来电。他说："孩子很小的时候，我努力挣钱养家，不赚钱就没办法养他。可是现在孩子十八岁了，我跟他之间却没有留下太多共同的东西。我说话他不听，我们总是争吵。我该怎么办？"

我非常理解这位爸爸。在一段没有共同度过的时光中，我们如何去记得、去感受另一个人对我们的深刻爱意？

爱是需要表达与记录的。再深沉的爱，也需要让孩子感受和体会到。

时间有摧枯拉朽的力量，它把幼小的孩童变成高大的青年，又把我们从充满活力的青年变成老年。只有爱，也唯有爱，才能在时间中永存。

我们写给孩子的旅行家书会穿越时间保存下去，这是我们对孩子爱的表达。一封封充满爱的旅行家书就像一个礼物盒子，倾诉着爱也记录着时光，那是我们与孩子、与家人共同经历的成长过程。我们在家书中收藏了很多幸福的瞬间：在大海边、在沙漠中、在星空下、在城市里……这些瞬间永远不会消失。我爱的人就在身旁，我的旅行就在路上。

很幸运，图书的出版遇到了优秀的责编老师，她给出很多宝贵的建议；很幸运，也遇到了插画家"芙蓉城 zhuo 刀"，他不仅负责了本书封面和内文的插画，也全盘设计了整本书的版式，以及书签和赠品等，让它变成今天美好的样子。

从 2012 年到 2022 年，十年过去了，可是那些旅行的片段依旧那么鲜活。所以，我想邀请作为读者，无论是一孩家长还是同样有着两个女儿的你，一起拿起手中的笔，记录下此时此刻你正在进行的旅行，把那一封封由旅行家书封存起来的记忆，寄给你的孩子。相信我，无论多少年过去，他们一定都视如宝贝。

晏菁

2022 年 6 月